当金庸遇见弗洛伊德

JIN YONG MEETS FREUD

居正 著

济南出版社

图书在版编目（CIP）数据

当金庸遇见弗洛伊德 / 居正著 . —— 济南：济南出版社，2024.7. —— ISBN 978-7-5488-6625-1

Ⅰ . I207.425；B84

中国国家版本馆 CIP 数据核字第 2024R77M45 号

当金庸遇见弗洛伊德
DANG JINYONG YUJIAN FULUOYIDE

居正 著

出 版 人	谢金岭
责任编辑	姚晓亮 孙彦晗
装帧设计	胡大伟
封面插画	HE Design
内文插画	北 北 马志杰
出版发行	济南出版社
地　　址	山东省济南市二环南路 1 号（250002）
总 编 室	0531-86131715
印　　刷	济南乾丰云印刷科技有限公司
版　　次	2024 年 7 月第 1 版
印　　次	2024 年 7 月第 1 次印刷
开　　本	170mm×240mm 16 开
印　　张	18.75
字　　数	267 千字
书　　号	ISBN 978-7-5488-6625-1
定　　价	56.00 元

如有印装质量问题 请与出版社出版部联系调换
电话：0531-86131736

版权所有 盗版必究

序言

宋人曾道:"凡有井水饮处,即能歌柳词。"今人则说:"凡有华人居处,便有金庸小说。"

从获得诺贝尔奖的教授到贩夫走卒,从黄土高原到美利坚,各个阶层、各个地方,到处都有金庸迷。除了金庸,极少有哪一个作家的作品能如此广泛地受到人们的喜爱。

——《文坛侠圣:金庸传》作者冷夏

我从1992年开始接触金庸的武侠作品,此后我收集了很多金庸先生的作品……金庸小说写作方法独特,有高超的想象力。读金庸小说,使我受到了许多启发,从中汲取了不少写作方法。

——著名作家贾平凹

金庸武侠小说吸引读者之处,除了故事构思巧妙、弘扬中国传统文化之外,还在于其对人物刻画得栩栩如生,对人性洞察和理解得深刻。在《笑傲江湖》后记中金庸写道:"我写武侠小说是想写人性……只有刻画人性,才有较长期的价值。"

人性也是心理学研究的领域之一。尤其在临床心理咨询与治疗中，对人性的探索、对人格的评估是工作中的主旋律，这是为了更贴近地理解每一个走进咨询室的来访者。于是，在对人性的观察与理解上，金庸的武侠小说与心理咨询与治疗就有了交汇之处。在心理咨询与治疗的众多流派之中，由奥地利精神科医生、心理学家、哲学家、作家西格蒙德·弗洛伊德开创并发展至今的精神分析流派，对于人性的研究是颇为丰富且深刻的。

《当金庸遇见弗洛伊德》是一本从精神分析视角分析与解读金庸武侠小说中人物心理的书。精神分析由弗洛伊德的经典精神分析作为起点，百年来众多杰出的精神分析师和心理学家在弗氏理论的基础上不断修正、完善、发展，最终形成了众多不同的精神分析分支流派。其中，比较重要的有卡尔·荣格开创的分析心理学；由安娜·弗洛伊德、埃里克森发展的自我心理学与梅兰妮·克莱因、温尼科特发展的客体关系构成的英国精神分析；以雅克·拉康为旗帜的法国精神分析；海因茨·科胡特在美国创立的自体心理学等。

本书便是采用这些精神分析流派的心理理论与临床模型进行金庸武侠人物的心理分析。包含弗洛伊德的第一拓扑学模型（无意识、前意识、意识），第二拓扑学模型（本我、自我、超我）；荣格的集体无意识模型、人格模型；拉康派的三界理论、镜像理论；克莱因的偏执分裂－抑郁心位、嫉羡理论；自我心理学中的防御模式；客体关系中的移情、投射、投射性认同；自体心理学的三极自体理论，共情－理解理论；以及主体间性的交互体验场域视角。

在本书中，笔者抛弃了"潜意识"这个词，代之以"无意识"。在目前众多专业的精神分析书中，这两个词互有混用，笔者认为用"潜意识"这个词会产生与"前意识"含义相混淆的理解，而其本意是指在意识之外的存在，因此采用"无意识"这个词。

本书一共三十八篇心理分析文章，分析金庸武侠人物四十余位，以及一篇附录《谈"中西人格的心理差异"》。根据出版社建议将文章分为"爱情""成长""养育""创伤"以及"其他"五大主题版块，其中不少人物分析是跨越若干主题的。

谨以本书纪念金庸先生百年诞辰！

JIN YONG meets FREUD

爱情篇
郭靖黄蓉：爱上他是他 / 002
穆念慈：谁可相依 / 011
郭襄：梦醒时分 / 019
李莫愁：空城 / 025
纪晓芙：执迷不悔 / 032
宋青书：为爱痴狂 / 041
赵敏：敢爱敢做 / 050
段誉：花非花，恋非恋 / 062
程灵素：焚心以火 / 067
林朝英：爱要怎么说出口 / 074
岳灵珊：是缘是债是场梦 / 080
任盈盈：爱人同志 / 086

成长篇
胡斐：你走你的路 / 096
杨过：浪子心声 / 101
小龙女：别问我是谁 / 108
程英：碧海情天 / 117
周芷若：不需要爱情 / 121

虚竹：天才白痴梦 / 126
萧峰：不必在乎我是谁 / 133
岳不群：男人四十 / 140
黄药师：真我的风采 / 147

养育篇
杨康：爱我别走 / 158
郭芙：如果你知我苦衷 / 165
张无忌：聪明糊涂心 / 172
王语嫣：从未试过拥有 / 181
慕容复：梦里是谁 / 187
段正淳：影子情人 / 194

contents 目 录

创伤篇
包惜弱：为你我受冷风吹 / 202
殷离：我找不到，也到不了 / 210
谢逊：最深爱的人却伤我最深 / 218
阿朱：没有我你怎么办 / 228
阿紫：一生不再说别离 / 233
康敏：蜘蛛女之吻 / 240
四大恶人：我不要熄灭在风中 / 246
林平之：别爱我 / 252

其 他
令狐冲：不羁的风 / 262
东方不败：如果再回到从前 / 268
韦小宝：逝去的歌 / 274

附 录
谈"中西人格的心理差异" / 283

后 记 / 290

一个女孩子无意识中选择倾心的男子，一定和自己的父亲有关，要么和自己的父亲很相似，要么和自己的父亲截然相反。其实，这两种选择的内在心理机制是一样的，只是外在表现不同，它们都源自俄狄浦斯情结。

爱情篇

JIN YONG meets FREUD

当金庸遇见弗洛伊德

　　爱情与婚姻对人的意义是无意识中希望重温或改变一次童年的遭遇，重温或改变则是根据自己对童年生活的感受是美好还是遗憾来决定。所以，当和郭靖气质相似的耶律齐出现时，郭芙不做他想，芳心暗许。婚后郭大小姐的确又重温被宠被供着的美好生活。

郭靖黄蓉：爱上他是他

在金庸武侠世界中，郭靖和黄蓉的爱情与婚姻经常被读者们津津乐道。《射雕英雄传》里他们的爱情是小说的一条主线，《神雕侠侣》里又呈现了他们的婚姻情况。在这两本小说中，读者能明显感觉到两人从少年相识到中年相守，其心理上的改变与成长，以及感情上从青涩到成熟的过程。

郭靖的成长

郭靖是金庸武侠世界里最励志的主角，堪比电影《阿甘正传》中的阿甘。郭靖是遗腹子，自小丧父，母亲李萍在冰天雪地里生下他，含辛茹苦地将其养大。他智商和情商不高，资质悟性也平平，学什么都慢人家一拍，但是郭靖认准了一件事就会一直坚持下去，通过自己的不懈努力最终成长为一代大侠。他组织南宋军民于襄阳抵抗蒙古大军入侵，最后和妻子黄蓉、女儿郭芙、儿子郭破虏一同殉国（《倚天屠龙记》中提及）。郭靖其人其事诠释了"侠之大者，为国为民"的侠义精神。

郭靖天资相对来说比较平庸，甚至低于一般水平，看江南七怪教郭靖功夫有多费劲就知道了。但是这样一个先天遗传不出色的孩子最后能获得成功一定是有原因的，郭靖心理成长上的关键因素是有位了不起的母亲李萍。李萍身上有很多传统农村妇女的优点：朴实，吃苦耐劳，心地善良。最让人动容的是，当丈夫郭啸天惨死后，李萍怀着孩子，被俘后一路向北，其间择机逃出，在漫天风雪里诞下郭靖，靠着一股求生的欲望保全自己和孩子，独自一人在大漠将孩子抚养成人。心理学极为强调母亲在孩子0—3岁时的重要性，母亲对待孩子的情感、态度、行为对于孩子的心理成长影响巨大，孩子长大后的安全感、自我认同、亲密关系，都是在0—3岁这个年龄段开始慢慢筑基。小郭靖内摄了母亲李萍重要的心理特质，并深深地内化到他的自体中。因此，六岁的郭靖就有一份侠肝义胆，帮助藏匿哲别，面对成吉思汗手下大将术赤的鞭打也好，被狗咬也罢，始终不吐露半句哲别行踪。

李萍之所以被称为一位相当了不起的母亲，以上也只是一部分原因。现实生活中也有不少母亲如李萍般怀揣丈夫的临终嘱托，靠着强大的求生本能和对孩子的关爱，在重重困境中也能闯出一条路来。但是孩子长大成人后李萍的所作所为，却鲜有其他母亲能够做到。当一个家庭缺失父亲（丧偶，离异或父亲游离在家庭之外）时，母亲会不自觉地将孩子（更多是男孩）视作爱的替代对象，以此缓解丈夫缺失带来的情感痛苦。母子之间的羁绊会非常牢固，母亲会在无意识里保持与孩子紧密的联结，一丝一毫也不愿放手。这导致孩子在心理上无法真正长大，成为我们现在经常讲的"妈宝"。

孩子在3—6岁时，心理成长进入俄狄浦斯期。这个时候孩子需要父亲（父亲的角色）参与到家庭中，参与到教育中去，需要在心理上认同自己的父亲，理想化父亲。虽然郭靖的生父郭啸天早亡，但是他在俄狄浦斯期遇到了蒙古神箭手、大英雄哲别，后来又拜师江南七怪，还有成吉思汗铁木真，他们都扮演了郭靖心理层面上父亲的角色。郭靖将理想化父亲的原型投射到他们身上，再将他们好的品质内摄回来，并内化认同。李萍经过千难万险保全郭靖，在唯一的儿子身上倾注了太多的情感——有对儿子的部分，也有对丈夫郭啸天的部分。这么重的爱能够放手，实属不易。李萍的放手让郭靖在心理上逐渐成熟长大，无论是驰骋大漠引弓射雕，还是闯荡江湖华山论剑，郭靖的自体始终非常稳定，这一点也是最吸引黄蓉的地方。

黄蓉的成长

郭靖初遇黄蓉是金庸武侠小说中最著名的情节之一，很戏剧化，也很浪漫，所谓浪漫就是在现实生活中很少出现。那年，十八岁的郭靖独自从大漠南下嘉兴醉仙楼赴十八年比武之约，路过张家口遇上因和父亲黄药师吵架而离家出走的十五岁黄蓉。蓉儿故作小乞儿打扮，郭靖非但没有嫌弃，还花巨资请这位"黄贤弟"吃饭。席间，蓉儿任性捉弄看不起她的店小二，提出各种要求，郭靖始终宽厚以待。临别之时，蓉儿不过随口一句，郭靖就将汗血宝马相赠。郭靖、黄蓉两人的爱情始于这次相遇，对于黄蓉来说，这段经历带来的感受尤其强烈、深刻。

黄蓉自幼丧母，她母亲冯蘅因强记默写《九阴真经》心力交瘁难产而亡，父亲黄药师独自将她抚养长大。在桃花岛上除黄药师和后来被赶出师门的四大弟子，以及被禁闭的老顽童周伯通外，只有一些哑仆，在这样封闭和缺少互动的环境下，可想而知黄蓉在成长过程中，孤独是主旋律。对于母亲的印象，除了那幅肖像画，便是父亲偶尔一些回忆中的只言片语。小说中也提到每当黄蓉思念母亲时，便会到母亲的墓中对其画像诉说心事。黄药师虽然很疼爱女儿，但他并不是一个能够给予孩子很多良好情绪体验的父亲，黄蓉与父亲大吵一架离家出走闯荡江湖，也是因为给囚禁在岛上的老顽童周伯通送饭交谈而被斥责。

用精神分析的语言来说，黄蓉自小缺少被母爱抱持的体验，成长过程中缺乏能涵容她情绪的稳定客体，因此她在心理上渴望一个能给予她充分安全依恋的好客体，很明显父亲黄药师并不是这个客体。离家出走的黄蓉将自己打扮成小乞儿的模样，除了为闯荡江湖遮掩自己的女儿身，在心理上也是一种自怨自艾，她此刻的内心体验就如乞儿一般无依无靠，如浮萍漂泊。同时这也暗示了一种内心无意识的期待，即期待有一个能搭救自己、怜爱自己、呵护自己的人出现。而恰恰这个时候，郭靖出现了，第一次遇见小叫花般的黄蓉，无论是邀其同席，任由黄蓉点了一桌子菜，还是送马送皮裘送金子，只有付出不求回报，这一系列行为充分满足了黄蓉的自恋需要。这种被关注的目光带来的内心满足化解了蓉儿以小乞儿形象所象征的孤独的悲伤，之后两人再次相见，黄蓉回到明艳照人的少女打扮，让靖哥哥一时恍惚出神。黄蓉对郭靖是一见钟情，能决定一见即钟情的是强烈的美好体验，体验由移情决定，移情的本质源自缺失。郭靖的稳定以及第一次相见便无条件的付出，带给黄蓉的体验是抱持和涵容，即理想中母亲般呵护的感受。

青涩的少年之爱

郭靖蹑着脚步，悄没声地走到她身后，月光下望过去，只见她面前放着两个无锡所产的泥娃娃，一男一女，都是肥肥胖胖，憨态可掬。郭靖在归云庄上曾听黄蓉说过，无锡泥人天下驰誉，虽是玩物，却制作精绝，当地土语叫作"大阿福"。她在桃花岛上就有好几个。这时郭靖觉得有趣，又再走近几步。见泥人面前摆着几只粘土捏成的小碗小盏，盛着些花草之类，她轻声说着："这碗靖哥哥吃，这碗蓉儿吃。这是蓉儿煮的啊，好不好吃啊？"郭靖接口道："好吃，好吃极啦！"

黄蓉微微一惊，回过头来，笑生双靥，投身入怀，两人紧紧抱在一起。过了良久，这才分开，并肩坐在柳溪之旁，互道别来情景。虽只数日小别，倒像是几年几月没见一般。黄蓉咭咭咯咯地又笑又说，郭靖怔怔地听着，不由得痴了。（《射雕英雄传》第十五回）

少男少女青涩的爱情大抵如此。过家家是孩子经常玩的游戏，这个游戏有很多心理层面的含义，其中有照顾、依恋、模仿等心理元素。在儿童心理治疗中经常会采用游戏治疗的方式，孩子在玩游戏时，将内心无意识中的缺失、渴望，甚至创伤的部分，用投射的方式在游戏中的道具、故事、过程中呈现出来，然后通过玩游戏的过程（类似成人的言说过程），将这些呈现出来的无意识部分转化后再内摄回孩子的精神世界，达到治疗的目的。还处在儿童期的孩子会比较热衷过家家游戏，因为这个时期的他们需要处理心理上与父母分离，确立更多的自我意识但又依恋父母的矛盾情绪，他们需要通过这种游戏来完成心理成长。十五岁的黄蓉已经是青春期的少女，还在乐此不疲地玩过家家游戏，这反映了她成长中的缺失带来的创伤性体验，需要更多时间去反复呈现与消化才能达成治愈。黄蓉在这个游戏中扮演了照顾者的角色，这是母亲的角色，这反映了她内心的创伤，和对被照顾、被呵护的渴望。同时这个游戏里有另一个重要客体——象征郭靖的小泥人，这代表黄蓉的世界里有了一个亲密关系，多了一个爱和被爱的重要客体。此时黄蓉与郭靖的爱情，是一种青涩的少男少女之爱，是一种去性化的满足依恋与陪伴的爱。

  黄蓉听他这句话中深情流露，心下感动，过了一会，说道："只盼师父身上的伤能好，我再把这帮主的位子传还给他。那时……那时……"她本想说"那时我和你结成了夫妻"，但这句话终究说不出口，转口问道："靖哥哥，怎样才会生孩子，你知道么？"郭靖道："我知道。"黄蓉道："你倒说说看。"郭靖道："人家结成夫妻，那就生孩子。"黄蓉道："这个我也知道。为什么结了夫妻就生孩子？"郭靖道："那我可不知道啦，蓉儿，你说给我听。"黄蓉道："我也说不上。我问过爹爹，他说孩子是从臂窝里钻出来的。"

  郭靖正待再问端详，忽听身后一个破钹似的声音喝道："生孩子的事，你们大了自然知道。潮水就快涨啦！"黄蓉"啊"的一声，跳了起来，没料到欧阳锋一直悄悄地在旁窥伺，她虽不明男女之事，但也知说这种话给人听去甚是羞耻，不禁脸蛋儿胀得飞红，拔足便向悬崖飞奔，两人随后跟去。（《射雕英雄传》第二十一回）

在《射雕英雄传》中，郭靖与黄蓉的故事就是两个少年在一起经历各种奇遇，遇见各种奇人，参与大大小小的武林事件，并在其中获得心理上的成长，体验互相依靠与支持的去性化的青涩之爱。郭靖十八岁，黄蓉十五岁，除了那个时代缺乏性启蒙导致两人对性的懵懂，两人的性心理发展也是滞后的。在精神分析的理论模型中，孩子性心理发展的最重要推进因素是俄狄浦斯情结，顺利度过俄狄浦斯情结代表性心理的成熟，如果这个心理过程被阻碍了，孩子长大后在感情生活和亲密关系中会出现各种大大小小的心理问题。俄狄浦斯情结是精神分析核心理论之一，自从弗洛伊德提出这个理论模型后，百年来前前后后数代精神分析家在临床心理治疗中不断对其提炼、补充、修改、完善。男孩与女孩在心理上度过俄狄浦斯情结的过程是不一样的，这里不做详细的理论展开，对于这个情结最简单的通俗化理解就是所谓男孩的"恋母情结"与女孩的"恋父情结"。俄狄浦斯情结是一个三人（三元）关系结构，而恰恰郭靖与黄蓉的原生家庭都是两人关系，郭靖与母亲，黄蓉与父亲，都是二元结构。

在黄蓉与父亲黄药师的二元结构中缺少的是母亲的位置，这个部分的缺失让黄蓉对于依恋和关爱的情感需要，成为其无意识中选择爱的客体的首要因素。相对应地，郭靖与母亲李萍的二元结构中缺少父亲的位置，因此一个能给予郭靖人生指引，让他产生崇拜体验的客体也是他无意识中渴望的爱的对象。因此，在整部《射雕英雄传》中，我们看到黄蓉一直扮演着一种类似郭靖象征性父亲的角色，她的见识和机智让郭靖亦步亦趋，言听计从。也是在黄蓉的不断帮助下，郭靖从一个武功一般、资质平平的少年到获得北丐青睐，得到降龙十八掌的真传，最终武功上成为一流高手，事业上成为宋人抵抗蒙古入侵的一面旗帜。而郭靖对于黄蓉来说，是一位始终不离不弃、全心付出、呵护备至的象征母亲般体验的客体。从这一点上看，郭靖与黄蓉的确般配，在心理上他们各自从对方获得了无意识中最渴望的满足，也是对原生家庭创伤的一种疗愈。

郭靖与黄蓉的婚姻

三人对饮了两杯。那渔人道："适才小哥所歌的那首《水龙吟》情致郁勃，实是绝妙好词。小哥年纪轻轻，居然能领会词中深意，也真难得。"黄蓉听他说话老气横秋，微微一笑，说道："宋室南渡之后，词人墨客，无一不有家国之悲。"那渔人点头称是。黄蓉道："张于湖的《六州歌头》中言道，'闻道中原遗老，常南望、翠葆霓旌。使行人到此，忠愤气填膺，有泪如倾。'也正是这个意思呢。"那渔人拍几高唱："使行人到此，忠愤气填膺，有泪如倾。"连斟三杯酒，杯杯饮干。

两人谈起诗词，甚是投机。其实黄蓉小小年纪，又有什么家国之悲？至于词中深意，更是难以体会，只不过从前听父亲说过，这时便搬述出来，言语中见解精到，颇具雅量高致，那渔人不住击桌赞赏。郭靖在一旁听着，全然不知所云。见那渔人佩服黄蓉，心下自是喜欢。又谈了一会，眼见暮霭苍苍，湖上烟雾更浓。（《射雕英雄传》第十三回）

黄蓉向身旁众人低声道："咱们胜定啦。"郭靖道："怎么？"黄蓉低声道："今以君之下驷，与彼上驷……"她说了这两句，目视朱子柳。朱子柳笑着接下去，低声道："取君上驷，与彼中驷；取君中驷，与彼下驷。既驰三辈毕，而田忌一不胜而再胜，卒得王千金。"郭靖瞠目而视，不懂他们说些什么。（《神雕侠侣》第十二回）

类似这样的场景在《射雕英雄传》和《神雕侠侣》中多次出现。这也向读者展现了郭靖与黄蓉的爱情中缺憾的部分。郭靖是黄蓉的爱侣，但永远无法成为她的知己、灵魂伴侣，这缘于两人原生家庭、教育背景、智识品位的差距。世间不存在完美的爱情和婚姻，郭靖和黄蓉也一样，这才是真实。黄蓉选择了一个与父亲黄药师表面上截然不同的靖哥哥作为终身伴侣，无意识中表达了对父亲的不满，甚至是恨意。她的童年，极端一点说，是被父亲黄药师禁锢在桃花岛上孤独的童年，她在伴侣的选择上有反父亲的一面。在《射雕英雄传》中郭靖始终不得黄药师真正认可，黄药师在选女婿上更中意西毒欧阳锋的侄子（私生子）欧阳克。除了武林中的门当户对，很重要的一点是欧阳克风流倜傥、不拘礼法，很对黄老邪的胃口，性情更接近自己，而郭靖则与他简直天差地别。但细细分析，郭靖与黄药师有更深层面上的一致性，即深情。黄药师自从妻子冯蘅过世，就下定决心等女儿黄蓉长大成人后，独自驾一艘祭奠亡妻的船出海殉情。同样，郭靖对黄蓉也是一往情深，哪怕被师父江南七怪和全真丘真人逼迫离开蓉儿娶穆念慈，一向听话的他也咬牙违抗。后来两人因五怪在桃花岛被杀的误会，黄蓉远走，郭靖依然苦苦寻找她的芳踪，两人这才终成眷属。从心理学角度看，黄蓉一定会倾向于选择这个与父亲表面上不同，但内在又有相似之处的郭靖，而不是欧阳克作为自己的爱人。在与郭靖的相爱相恋中，黄蓉既能完成对父亲不满的"诉说"，又能体验与父亲相似的熟悉与安全感。至于在爱情中郭靖无法满足她关于智识、品位的需要，虽然会是一种遗憾，但不会成为两人关系的重大阻碍。因为这不是两人无意识中最重要的需求，或者说这些并不能补偿各自原生家庭中的缺失，因此在关系中并不是决定性因素。有最好，没有的话，这个遗憾也不会动摇彼此亲密关系的基础。

  郭靖在室中踱来踱去，说道："蓉儿，你平素极识大体，何以一牵涉到儿女之事，便这般瞧不破？眼下军务紧急，我怎能为了一个小女儿而离开襄阳？"黄蓉道："我说我自己去找，你又不放我去。难道便让咱们的孩儿这样白白送命么？"郭靖道："你身子还没复原，怎能去得？"黄蓉怒道："做爹的不要女儿，做娘的苦命，那有什么法子？"

  杨过在桃花岛上和他们相聚多年，见他们夫妇相敬相爱，从来没吵过半句，这时却见二人面红耳赤，言语各不相下，显然已为此事争执过多次。黄蓉又哭又说，郭靖绷紧了脸，在室中来回走个不停。

  过了一会。郭靖说道："这女孩儿就算找了回来，你待她仍如对待芙儿一般，娇纵得她无法无天，这样的女儿有不如无！"黄蓉大声道："芙儿有什么不好了？她心疼妹子，出手重些，也是情理之常。倘若是我啊，杨过若不把女儿还我，我连他的左臂也砍了下来。"

  郭靖大声喝道："蓉儿，你说什么？"举手往桌上重重一击，砰的一声，木屑纷飞，一张坚实的红木桌子登时给他打塌了半边。那婴儿本来不住啼哭，给他这么一喝一击，竟然吓得不敢再哭。（《神雕侠侣》第二十六回）

  在《神雕侠侣》中，爱情这条线通过杨过和小龙女的故事来呈现。郭靖和黄蓉的婚姻生活中已经没有了少年时的浪漫与甜蜜。很多读者会觉得蓉儿不可爱了，的确如此，因为蓉儿长大了，从女孩嫁为人妇，又成了一位母亲。郭靖和黄蓉进入了真实的婚姻生活，少了浪漫，多了人间烟火。这时候，两人原生家庭带来的各种差异就会被放大。郭靖是个严厉的父亲，这取决于他从小没有父亲，他儿时只有与严厉师父和威严大汗相处的经验，他的内心深处是把严厉等同于父亲对孩子的爱。而黄蓉是位溺爱孩子的母亲，尤其对第一个孩子郭芙的溺爱，这是她无意识中把自己对母爱的需要过度投射到女儿身上的结果。因此，两人在婚姻中经常为孩子养育问题上的分歧而争吵伤心。即便如此，两人的婚姻始终没有出现危机，这得益于维系两人婚姻的条件与动力，对比早年两人恋爱时有所升华。经过几十年婚姻生活的相濡以沫，郭靖与黄蓉彼此扶持，共同经历各种困难，彼此的依恋早已慢慢治愈了他们在原生家庭里的缺失和创伤，这部分产生的移情需要已经慢慢不再成为维系感情的主要动力。此时新的维系婚姻家庭的主要动力是两人共同的事业与理想，包括襄阳抗元的家国大业，传承各自武学的教育事业（丐帮传承，保护《武穆遗书》），共同养育孩子成才的父母事业。所以当郭靖与黄蓉出现在《神雕侠侣》中时，读者觉得蓉儿不可爱了，觉得两人的感情不浪漫了，但在婚姻中他们之间的感情是稳固的，他们的羁绊依然是深刻、牢固的。

穆念慈：谁可相依

在《射雕英雄传》中，穆念慈和杨康是一对情侣，与另一对情侣主角郭靖、黄蓉彼此呼应。但相对于郭、黄二人修成正果的爱情，穆念慈的情感经历就比较坎坷：在比武招亲场上对杨康一见钟情，之后两人分分合合，杨康的种种言行让穆念慈伤心欲绝，于是她飘然远去，后来发现自己竟已怀胎，她诞下杨过后独自抚养，数年后郁郁而终。

相遇

那少女掠了掠头发，退到旗杆之下。郭靖看那少女时，见她十七八岁年纪，玉立亭亭，虽然脸有风尘之色，但明眸皓齿，容颜娟好。那锦旗在朔风下飘扬飞舞，遮得那少女脸上忽明忽暗。锦旗左侧地下插着一杆铁枪，右侧插着两枝镔铁短戟。

只见那少女和身旁的一个中年汉子低声说了几句话。那汉子点点头，向众人团团作了一个四方揖，朗声说道："在下姓穆名易，山东人氏。路经贵地，一不求名，二不为利，只为小女年已及笄，尚未许得婆家。她曾许下一愿，不望夫婿富贵，但愿是个武艺超群的好汉，因此上斗胆比武招亲。凡年在三十岁以下，尚未娶亲，能胜得小女一拳一脚的，在下即将小女许配于他。在下父女两人，自南至北，经历七路，只因成名的豪杰都已婚配，而少年英雄又少肯于下顾，是以始终未得良缘。"说到这里，顿了一顿，抱拳说道："北京是卧虎藏龙之地，高人侠士必多，在下行事荒唐，请各位多多包涵。"

郭靖见这穆易腰粗膀阔，甚是魁梧，但背脊微驼，两鬓花白，满脸皱纹，神色间甚是愁苦，身穿一套粗布棉袄，衣裤上都打了补丁。那少女却穿着光鲜得多。（《射雕英雄传》第七回）

穆念慈初遇杨康是在比武招亲的擂台上，杨胜了穆一招半式，按照擂台定下的规矩，杨康当娶了穆念慈。但杨身为小王爷下场比武不过是少年郎贪玩之心一时兴起，门户相差之巨大使得杨康从没想过要娶其过门。这也导致了旁观的郭靖打抱不平下场与之争斗，继而又引发了之后的一连串事件。

穆念慈是孤儿，三岁时全家死于瘟疫，幸被杨铁心所救，抚养长大。杨铁心收养穆念慈也是有报恩成分，当年遭遇牛家村突袭，他与妻子包惜弱生离死别，重伤逃亡到邻近的荷塘村被穆家人所救。穆念慈长大后，杨铁心带着她东奔西走，尝尽风尘困顿。对比父女俩的衣着可以看出，杨铁心对穆念慈的照顾，是在自己能力范围内做得不错的，虽然自己穿得寒酸，但还是尽力让女儿在人前光鲜。

众人把马钰和王处一扶进客店，全金发出去购买棺木，料理杨铁心夫妇的丧事。丘处机见穆念慈哀哀痛哭，心中也很难受，说道："姑娘，你爹爹这几年来怎样过的？"

穆念慈拭泪道："十多年来，爹爹带了我东奔西走，从没在一个地方安居过十天半月，爹爹说，要寻访一位……一位姓郭的大哥……"说到这里，声音渐轻，慢慢低下了头。

丘处机向郭靖望了一眼道："嗯。你爹怎么收留你的？"穆念慈道："我是临安府荷塘村人氏。十多年前，爹爹在我家养伤，不久我亲生的爹娘和几个哥哥都染瘟疫死了。这位爹爹收了我做女儿，后来教我武艺，为了要寻郭大哥，所以到处行走，打起了……打起了……'比武……招亲'的旗子。"

丘处机道："这就是了。你爹爹其实不姓穆，是姓杨，你以后就改姓杨罢。"

穆念慈道："不，我不姓杨，我仍然姓穆。"丘处机道："干吗？难道你不信我的话？"穆念慈低声道："我怎敢不信？不过我宁愿姓穆。"丘处机见她固执，也就罢了，以为女儿家忽然丧父，悲痛之际，一时不能明白过来，殊不知不能明白过来却是他自己。穆念慈心中另有一番打算，她自己早把终身付托给了完颜康，心想他既是爹爹的亲生骨血，当然姓杨，自己如也姓杨，婚姻如何能谐？（《射雕英雄传》第十一回）

穆念慈对杨康是一见钟情，比武之后倾心于他，誓要嫁给这个金国小王爷。从意识层面来看，也许长年累月的漂泊让她产生了一种急于寻找归宿的心态，但是当杨康在比武招亲之后明确表达了不会娶穆念慈的意思，甚至使出九阴白骨爪抓伤了杨铁心，后来又一次次地欺骗于她，穆念慈依然对杨康抱有幻想，希望终有一日能够与之双宿双飞。这样的矛盾冲突就不仅仅是意识层面的问题，也许在无意识中有更深层的原因。

选择

杨康虽然是杨铁心的亲生儿子，但是两个人的身份、外表、举止、行为、性情可谓天差地别，当然，这是因为杨康从小理想化并认同养父完颜洪烈的结果。杨铁心坚毅，内心沉稳，疾恶如仇；杨康轻佻，富有心机，见风使舵。穆念慈选择倾心于一个和父亲杨铁心完全不同的男子，是有无意识里对父亲表达不满的部分。虽然杨铁心是自己的救命恩人，也对自己照顾有加，但通过穆念慈的表述可以看出，在其心中，父亲的养育和照顾是有原因的，即自己是个"工具"，自己的存在是为了通过比武招亲的方式帮父亲寻找一个外人，一个自己也不知道的人，这个人叫郭靖。所以无论是杨铁心在世时，还是过世后，丘处机等人希望穆念慈嫁给郭靖，但穆念慈铁了心不愿这么做。与郭靖在一起会让穆念慈一次又一次地在内心追问自己，早年奔波生活的意义何在？自己被父亲养大到底多大程度上是出于爱？乃至会怀疑父亲是不是真的爱自己，这些不会有答案的问题就够穆念慈内心冲突一辈子了。

穆念慈笑道："郭世兄要是听到你这般夸他，心中可不知有多喜欢了……那天爹爹带了我在北京比武招亲，有人打胜了我……"黄蓉抢着道："啊，我知道啦，你的心上人是小王爷完颜康。"

穆念慈道："他是王爷也好，是乞儿也好，我心中总是有了他。他是好人也罢，坏蛋也罢，我总是他的人了。"她这几句话说得很轻，但语气却十分坚决。黄蓉点了点头，细细体会她这几句话，只觉自己对郭靖的心思也是如此，穆念慈便如是代自己说出了心中的话一般。两人双手互握，并肩坐在槐树之下，霎时间只觉心意相通，十分投机。

……

午后未时前后，穆念慈匆匆出店，傍晚方回。黄蓉见她脸有喜色，只当不知。用过晚饭之后，二女同室而居。黄蓉先上了炕，偷眼看她以手支颐，在灯下呆呆出神，似是满腹心事，于是闭上了眼，假装睡着。过了一阵，只见她从随身的小包裹中取出一块东西来，轻轻在嘴边亲了亲，拿在手里怔怔地瞧着，满脸是温柔的神色。黄蓉从她背后望去，见是一块绣帕模样的缎子，上面用彩线绣着什么花样。突然间穆念慈急速转身，挥绣帕在空中一扬，黄蓉吓得连忙闭眼，心中突突乱跳。

只听得房中微微风响，她眼睁一线，却见穆念慈在炕前回旋来去，虚拟出招，绣帕却已套在臂上，原来是半截撕下来的衣袖。她斗然而悟："那日她与小王爷比武，这是从他锦袍上扯下的。"但见穆念慈嘴角边带着微笑，想是在回思当日的情景，时而轻轻踢出一脚，隔了片刻又打出一拳，有时又眉毛上扬、衣袖轻拂，俨然是完颜康那副又轻薄又傲慢的神气。她这般陶醉了好一阵子，走向炕边。（《射雕英雄传》第十二回）

一个女孩子无意识中选择倾心的男子，一定和自己的父亲有关，要么和自己的父亲很相似，要么和自己的父亲截然相反。其实，这两种选择的内在心理机制是一样的，只是外在表现不同，它们都源自俄狄浦斯情结。精神分析理论认为，俄狄浦斯情结在孩子3—6岁时体现得比较明显，即男孩会在无意识的想象里弑父娶母，所以会表现和母亲比较亲近而远离或讨厌父亲，女孩则反之。修通俄狄浦斯情结是这个年龄段孩子的"功课"，如果没有处理好或修通，这个情结会持续影响孩子未来与异性相处的模式，包括配偶选择、亲密关系、婚姻及家庭关系等。

《射雕英雄传》中很有意思的是，穆念慈和黄蓉在心仪男子的选择上都不约而同地选择了与自己父亲截然不同的对象，而穆、黄两人恰恰都是从小失去母亲，由父亲一手养大的。穆念慈心心念念要通过委身小王爷早些离开父亲，而黄蓉则更进一步，直接用离家出走的方式离开桃花岛远离父亲，这背后的心理机制都是一样的，都是因无意识里对俄狄浦斯情结的恐惧而付诸行动的一种防御方式。

所以，貌似反向的行为，指向的其实是无意识里对父亲的爱，渴望代替母亲的位置与父亲融合的俄狄浦斯冲动。穆念慈从小和杨铁心相依为命，父女二人的关系是没有第三个人（即母亲）参与进来的，母亲是缺失的。这个关系既满足了穆念慈对俄狄浦斯情结的幻想，同时也激发了她对于俄狄浦斯情结的焦虑与恐惧，这是一种爱恨交织的矛盾心理。

重演

　　完颜康闻到她的幽幽少女香气，又感到她身子微颤，也不觉心魂俱醉，过了一会，低声道："你怎会找到我的？"穆念慈道："我从京里一直跟你到这里，晚晚都望着你窗上的影子，就是不敢……"

　　完颜康听她深情如斯，大为感动，低下头去，在她脸颊上吻了一吻，嘴唇所触之处，犹如火烫，登时情热如沸，紧紧搂住了她，深深长吻，过了良久，方才放开。

　　穆念慈低声道："我没爹没娘，你别……别抛弃我。"完颜康将她搂在怀里，缓缓抚摸着她的秀发，说道："你放心！我永远是你的人，你永远是我的人，好不好？"穆念慈满心欢悦，抬起头来，仰望着完颜康的双目，点了点头。

　　……

　　穆念慈听他认错，心肠当即软了，说道："我在临安府牛家村我义父的故居等你，随你什么时候……央媒前来。"顿了一顿，低声道："你一世不来，我等你一辈子罢啦。"这时完颜康对她又敬又爱，忙道："妹子不必多疑，我公事了结之后，自当尽快前来亲迎。此生此世，决不相负。"

穆念慈嫣然一笑，转身出门。完颜康叫道："妹子别走，咱们再说一会话儿。"穆念慈回头挥了挥手，足不停步地走了。

完颜康目送她越墙而出，怔怔出神，但见风拂树梢，数星在天，回进房来，铁枪上泪水未干，枕衾间温香犹在，回想适才之事，真似一梦。只见被上遗有几茎秀发，是她先前挣扎时落下来的，完颜康捡了起来，放入了荷包。

他初时与她比武，原系一时轻薄好事，绝无缔姻之念，哪知她竟从京里一路跟随自己，每晚在窗外瞧着自己影子，如此款款深情，不由得大为所感，而她持身清白，更是令人生敬，不由得一时微笑，一时叹息，在灯下反复思念，颠倒不已。（《射雕英雄传》第十二回）

当杨铁心寻到十八年前失散的妻子包惜弱，两人在杨康与穆念慈以及众人面前双双殉情之时，父女二人带有俄狄浦斯情结意味的关系在穆念慈心中破灭了。穆念慈内心无意识的解读是：那个从来没有出现过的母亲终于出现了，原来父亲爱的一直是母亲，并且这个母亲抢走了父亲，父亲心甘情愿跟随母亲一同离去，结果是抛弃了我。

这个带有被抛弃色彩的事件又引发了穆念慈幼儿时期被亲生父母"抛弃"（父母因病死亡在孩子的内心体验中亦是一种被抛弃）的创伤体验。所以穆念慈在杨铁心夫妇自杀之后心心念念地思念着杨康，跟踪杨康，想和杨康在一起，希望重演小时候被抛弃之后能够有人搭救自己，让自己可以去依恋的"剧情"。

同时杨康是杨铁心与包惜弱的亲生孩子，与杨康在一起也是一种象征：我在和母亲包惜弱竞争父亲杨铁心的爱中失败了，但是我可以通过得到杨康的爱来报复和补偿这个缺憾。

穆念慈对杨康的恋恋不舍又激发了杨康内心对于母性依恋的需要，母亲包惜弱生杨康之前就因为突如其来的创伤事件一直陷入抑郁情绪中，对杨康的关注一定是不够的。虽然杨康转而理想化并认同养父完颜洪烈来弥补这个不足的部分，但这份缺失的母爱——来自女性的爱一直是杨康心中的一抹朱砂痣。虽然杨康对于女性的态度更多带有物欲化色彩（认同完颜洪烈的结果），但那只是得不到，害怕再一次失望的防御而已。当穆念慈一次次地用热切行动唤起杨康内心因缺失而极度渴望被爱的需要后，杨康和穆念慈的感情就如干柴烈火般发生了。

穆念慈道："那老儿走后，杨康又来跟我啰唆。我问他，刚才跟那老儿说的这一番话到底是真心还是假意。他说：'我跟你已做了夫妻，一切都不用瞒你啦。大金国大军不日南下，咱们得了铁掌帮这样的大援，里应外合，两湖唾手可得。'他说得兴高采烈，说大金灭了宋朝后，他父王赵王爷将来必登大宝，做大金国皇帝，他便是皇太子，那时候富贵荣华，不可限量。

"我一言不发地听着。他忽然说：'妹子，那时候你就是皇后娘娘了。'我……我再也忍耐不住，狠狠打了他一个耳光，夺门而出，直向山下急奔。这时铁掌峰上已闹得天翻地覆，无数帮众喽罗拿了灯笼火把，齐向那座最高的山峰上奔去。我独自下山，倒也无人拦阻。

"经了这番变故，我心如死灰，只想一死了之。那时候也不知东西南北，只是乱走。后来见到一所道院，就闯了进去，刚踏进门，便晕倒了。幸好那里的老道姑收留了我，我一场大病，病了十多天，这几天才好了些。我换上了这身道装，启程回临安牛家村去，不想在这里遇上了你们。"（《射雕英雄传》第三十二回）

穆、杨二人最终各奔东西，自然有家国仇恨的原因，但穆念慈在认识杨康的第一天就知道杨康是什么样的人，就如她对黄蓉所说，无论杨康是好人还是坏人都会跟随他一辈子，但为何最后黯然离去？因为那只是意识层面的表达。穆念慈不止一次地希望杨康能够放弃金人身份，认同汉人身份，并且能够与金人为敌，这是杨康无法做到的。假设杨康能够做到，那他就是向生父杨铁心认同，从某种意义上说是成为第二个杨铁心，如果穆念慈能够成功将杨康改造成这个样子，那么在无意识里便满足了她俄狄浦斯期的愿望，这个愿望在无意识里有强大的吸引力。

穆念慈儿时被抛弃的创伤对其影响是巨大的，这导致她非常渴望依恋一个人来修复创伤，同时在无意识里又害怕再次被抛弃。因此，当和一个人产生依恋后，因为担心再一次被抛弃，她会不自觉地做出一些事情让自己主动离开，以免陷入再次的被动。这个悖论在穆念慈与杨铁心以及杨康的关系中一次又一次地强迫性重复上演，这个悖论对于杨康来说亦是如此。

穆念慈与杨康之间存在着致命的吸引力，这个吸引力让两人走到了一起。但同时，这种吸引力也是由心理创伤引起的，创伤的影响往往是终生的（如果不修复的话），它让一个人不自觉地做出一些选择，而这样的选择又是另一次创伤的开始。

郭襄：梦醒时分

谈郭襄，首先要谈谈金庸先生写《神雕侠侣》这本书的主旨。全书讲的是一个"情"字，金庸对于情的看法，或者整本书对于情的总结都体现在贯穿全书的元好问那首《摸鱼儿·雁丘词》（上阕）中：

问世间，情是何物，直教生死相许？
天南地北双飞客，老翅几回寒暑。
欢乐趣，离别苦，就中更有痴儿女。
君应有语：
渺万里层云，千山暮雪，只影为谁去？

于是乎，书一开篇就是为情所伤的李莫愁杀害情郎陆展元之弟陆立鼎一家；武三通为情而疯，一路追来的妻子武三娘为夫吮毒而亡；其后便是杨过与小龙女坎坷的爱情之路：从小龙女失贞独自离去，到襄阳英雄大会两人重聚被天下群雄耻笑师徒乱伦，然后杨过断臂，绝情谷中情花毒，小龙女重伤难愈怕杨过伤心，留下十六字跳下断肠崖。从此杨过漂泊江湖，从翩翩少年到两鬓斑白，只为十六年的约定。另有为杨过盗药而死的公孙绿萼，心心念念杨过而终身不嫁的程英、陆无双，还有绝情谷主公孙止与裘千尺的相爱相杀，金庸写尽了情之苦，爱之难，苦到断肠，难到上青天，令读者深深感怀。

如果《神雕侠侣》以杨过漂泊半生寻小龙女不得郁郁而终结尾，抑或以杨过开始浪迹天涯结束，留给读者一个开放式结局（如《雪山飞狐》），也算是呼应了本书对情的探讨宗旨。

曾经看《金庸传》里有讲，当初金庸在《明报》上连载《神雕侠侣》时洛阳纸贵，人们都在等着看杨过和小龙女的结局，考虑到万一写成悲剧，读者一怒之下不买报纸了，金庸才写成了十六年后重聚的大团圆。

也许金庸先生心有不甘，还是想让大众认同他对于情之苦的深刻体验（年轻时苦追女神夏梦多年不得），于是乎写了郭襄出场的后八回，一位集美貌与智慧于一身，既可爱又豪爽的女孩子也会为情所困、被情所伤。

然而金庸在《倚天屠龙记》里依然没有放过她，借张三丰徒弟俞莲舟之口，道出郭襄从十六岁开始踏破万里苦寻杨过不得，最后在四十岁大彻大悟出家为尼，创立峨嵋派。是否真悟了不晓得，只晓得收了个徒弟取名"风陵"，想是与杨过的缘分始于风陵渡口的那一晚有关吧。

郭家二姝

谈郭二小姐郭襄必然要对比一下郭大小姐郭芙。

郭芙是郭靖与黄蓉的第一个女儿，在桃花岛出生，从小刁蛮任性，把桃花岛搞得天翻地覆。每当闯了祸父亲郭靖要惩罚她的时候，母亲黄蓉一味袒护，然后小郭芙搂着父亲脖子撒撒娇，郭靖也便不忍责罚了。郭芙的童年教育是没有边界的，她亦不知道界限在哪里，周围人一直在满足她的婴儿般夸大性自恋。所以我们看到郭芙长大后刁蛮任性，不通世事，缺乏共情能力，同时内心又非常脆弱。因为这世间并非如桃花岛一般，当遭遇挫折时有父母，有大师父柯镇恶，有大武小武挡在前面，所以当郭芙闯荡江湖时，不是受挫生气，就是闯祸害人。

再看郭二小姐郭襄。她小郭芙十多岁，生在硝烟四起的襄阳前线，一出生就先被李莫愁盗走，后又被断臂之后心存愤恨的杨过偷走，喝过豹奶，喝过米粥，就是没怎么喝过母乳，多次遇险生死一线。精神分析认为，越早的创伤越是深刻地印记在无意识中，并且会持续地影响人的一生。小郭襄最早体验到的是被父母"抛弃"的感觉，以及动荡中体验死亡的恐惧。为了抵御这种不舒服的感受，郭襄慢慢发展出的心理防御模式让她变得各方面都比较优秀，智商情商都很高，因为她内心的无意识有个信念，就是只要我足够好就不会被再次抛弃。

郭靖和黄蓉教养郭襄包括三子郭破虏的方式和郭芙相较是180度大转变。书中说郭靖黄蓉认为之前对郭芙的宠爱教育太失败，因此对二女、三子比较严厉，缺少关爱。书中李莫愁盗走郭襄，误认为是杨过与小龙女所生，并不知是郭靖黄蓉之女，当黄蓉一路寻女碰上李莫愁时，我们并没有看到一个因为挂念女儿生死而心烦意乱的母亲，黄蓉反而又表现出了年轻时那个促狭少女的本色，比武戏弄李莫愁，让杨过有机可乘偷走小郭襄。而作为父亲，郭靖对于杨过偷走郭襄的态度，居然是："咱们便拿襄儿换他一命，那也是心甘情愿。"襄阳一战，郭襄被金轮法王绑在高台之上，烈焰飞腾，远处的郭靖大义凛然，宁可女儿死也不投降。郭大侠，侠之大者，为国为民；最后杨过独自杀进蒙古军中，力敌法王差点性命不保救下郭襄。不知道此时此刻襄儿心底有多少的失望和伤感。郭靖和黄蓉是不合格的父母，从心理学角度说是功能很差的父母，三个子女的教育都不太成功，当然这也和他们两人的成长经历息息相关，一个自幼没有父亲，一个从小没有母亲，他们没有机会从各自父母那里学到如何做一个更好的父母。

被忽视的女儿

人都有依恋的需求，郭襄无法从父母那里得到更多的关爱，于是便向他人的关系中去寻求。所以我们看到郭二小姐喜好结交，且不避男女之别。从丐帮一众叫花子到风陵渡口的贩夫走卒，从年老的鲁有脚到少年张君宝，甚至与书中大反派金轮法王都有"交情"，法王一度想收郭襄做弟子。郭襄行事常出人意表，颇有外公东邪黄药师之风，被江湖上称作小东邪。其作风与父亲郭靖的行事风格完全不同，这也是她内心对于父亲不认同的表达。郭靖是个木讷忠厚之人，这也是东邪黄药师心底一辈子不喜之处，郭靖黄蓉婚后住到桃花岛，他便云游江湖，连唯一的女儿都不知其踪。黄蓉一心一意地选择和父亲完全不同的郭靖，也有部分不认同父亲的心理意义。而杨过的性格与郭靖完全相左，和黄药师颇为契合，少年时就被其看重，华山论剑的时候被东邪誉为西狂，岂不正对郭二小姐的脾气。

杨过未出生时，父亲杨康便死于铁枪庙，母亲穆念慈含辛茹苦独自抚养终积劳成疾，在杨过十二岁时撒手人寰，从此杨过乞食为生，受尽人间白眼。早期的经历造就了杨过明显的自恋型人格特征，他既渴望与人建立关系又害怕被抛弃，情绪的表达大起大落，行为举止又有与年龄不相称的世故油滑。这样的俊美少年对于女孩子简直就是"毒药"一般。郭大小姐郭芙一生都爱着杨过不自知，直到书中最后襄阳一战，万马军中，生死一线时，回首前尘往事，电光石火间才明白到这一层。

郭芙少时骄纵，被周围人视作明珠，父母亦不管教，身边的大小武极尽讨好之能事，唯杨过对她不理不睬。爱恨一体两面，于是郭芙不断羞辱他，内心总是没来由恨得牙痒痒，甚至砍去了杨过的右臂，使他身体永远失去的部分和自己有关，那是要杨过一生时时刻刻都记住她的无意识表达。

同时，郭芙又是幸运的，儿时得到父母的关爱是最多的，无论闯什么祸，无论怎么无法无天，都有父母担着，还不用担心被惩罚。在郭芙心中，她多么希望一生都拥有像童年一样美好的生活，哪怕长大回不去了，无意识里也希望再经历一遍。婚姻对人的意义是无意识中希望重温或改变一次童年的遭遇，重温或改变则是根据自己对童年生活的感受是美好还是遗憾来决定。所以，当和郭靖气质相似的耶律齐出现时，郭芙不做他想，芳心暗许。婚后郭大小姐的确又重温被宠被供着的美好生活。可叹都是一母所生，聪慧且讨人喜爱的郭二小姐就没那么好运了。

恋上大叔

郭襄长大再遇见杨过时，她十六岁，杨过三十五岁。历经十六年与小龙女的分离，杨过闯荡江湖，逐渐从性情乖张轻佻的少年成长为一代神雕大侠，沉稳又不失温情，江湖地位、人脉资源、处事能力早已与年轻时天差地别。郭襄第一次听到神雕大侠的名号，是在夜宿风陵渡听众人谈论杨过行侠仗义的事迹，不觉被深深吸引，这是赤裸裸的光环效应，郭襄也认同了。之后她随大头鬼寻神雕大侠，见识了杨过凭着一身软硬手段调解江湖纷争，大侠的光环在小郭襄的心中又加重了一层。跟随杨过去黑沼捉灵狐是两个人第一次单独相处。一起相伴去完成一个任务，这在心理上是非常有意义的，代表两个人一起拥有了一个"秘密"，这样的体验是能够拉近亲密关系的。这个秘密在彼此心底珍藏，只属于郭襄和杨过，是没有小龙女也没有其他人分享的。《倚天屠龙记》中，数十年后当灭绝师太使出一招"黑沼灵狐"，金庸还不忘提一句，此招是峨嵋祖师郭襄为了纪念当年与神雕大侠一起黑沼捉狐而创，金老爷子当真心思缜密。

杨过送给郭襄三枚金针，可以帮助她完成三个愿望，如同阿拉丁神灯般。郭襄立马用掉了第一枚金针，想看看杨过藏在面具下的真容。当面具摘下，一张清癯俊秀的脸孔出现在眼前时，郭襄此生心中再也无法忘记。第二枚金针，郭襄邀请杨过在她生日那天来看看她。郭襄的这个十六岁生日过得可谓刻骨铭心，杨过先邀请了江湖上诸多英雄豪杰前来给郭二小姐祝寿，然后献上三重大礼：歼灭蒙古先锋部队，割下敌人两千只耳朵；以祝寿烟花为讯号，火烧蒙古大军粮草；当场揭穿潜入丐帮的内奸霍都。三件大功劳将欢乐气氛烘托到最高时，杨过飘然出场。而这一切是为了襄儿，至少是借着襄儿的生辰，这对于郭襄来说是一种什么体验？这是一种自恋心理被充分满足的高峰体验。套用《大话西游》里紫霞仙子的那句话：我的意中人是个盖世英雄，有一天他会踩着七色的云彩来娶我……

如梦似幻的美好，怎会有少女不倾心？当杨过苦等小龙女十六年无果意欲轻生时，郭襄拿出第三枚金针希望杨过不要跳崖，杨过还是跳了，郭襄跟着也跳了，至此，情根深种直至生死与共。

　　襄阳一战以及华山论剑后，杨过与小龙女归隐活死人墓，从此绝迹江湖。郭襄从十六岁情根深种，到四十岁削发出家，其间二十四年中踏遍江湖寻找杨过。如果问她寻到了又如何？和杨过、小龙女一起生活？怕是襄儿自己也说不清，只是一味去寻，无意识驱使着她寻找。郭襄儿时的遭遇，父母抚养功能的不佳，让她无意识中一直对于高质量的依恋关系心存向往，虽然与杨过相遇相识的日子极短，但是其间发生的种种故事，感受到的高质量的爱与关怀，以及自恋的满足感远超之前所有的关系体验，即便在《倚天屠龙记》中遇到潇洒倜傥的"昆仑三圣"何足道，又何足道哉。这些是襄儿从小在心底便缺失的，是襄儿诸般美好下深深的悲伤，她去寻杨过是一种象征，杨过是她内心缺失部分的象征，她要找回来。

　　峨嵋山巅，青灯古庙，襄儿落发，泪洒前襟，回首前尘往事，襄儿是否大彻大悟？心底的缺口还在吗？仰天望去，白云苍狗，天地悠悠。

李莫愁：空城

在一个阴云密布的午后，我一个人开车在行人稀少的路上，突然收音机里传来了一首杨坤的歌《空城》，就在一刹那，我脑海中闪现一个名字：李莫愁。李莫愁虽然是《神雕侠侣》里的配角，但她基本贯穿了整部小说，并影响了故事走向，其身上强烈的情感激荡让人印象深刻。她在武林中被看作一个可憎可恨的魔头，同时又可怜，可悲，可叹。

分裂

武三娘叹了口气道："这就是了。我是外人，说一下不妨。令兄陆大爷十余年前曾去大理。那魔头赤练仙子李莫愁现下武林中人闻名丧胆，可是十多年前却是个美貌温柔的好女子，那时也并未出家。也是前生的冤孽，她与令兄相见之后，就种下了情苗。后来经过许多纠葛变故，令兄与令嫂何沅君成了亲。说到令嫂，却又不得不提拙夫之事。此事言之有愧，但今日情势紧迫，我也只好说了。这个何沅君，本来是我们的义女。"（《神雕侠侣》第一回）

通过武三娘的描述可以得知，李莫愁原本是个好女子，和令人闻风丧胆的女魔头风马牛不相及。促成其性情大变的是，十多年前她倾心的男子陆展元最后没有娶她，而是娶了另一位女子何沅君。李莫愁欲大闹陆、何二人的婚礼，席间一位天龙寺的高僧出手阻拦，定下了十年之期，十年内李莫愁不得找两位新人的麻烦。十年期限过去，陆、何二人已相继去世，李莫愁旧恨难消，欲灭掉陆家其他人泄愤，这也是《神雕侠侣》这本书的开场。

时当南宋理宗年间，地处嘉兴南湖。节近中秋，荷叶渐残，莲肉饱实。这一阵歌声传入湖边一个道姑耳中。她在一排柳树下悄立已久，晚风拂动她杏黄色道袍的下摆，拂动她颈中所插拂尘的万缕柔丝，心头思潮起伏，当真亦是"芳心只共丝争乱"。只听得歌声渐渐远去，唱的是欧阳修另一首《蝶恋花》词，一阵风吹来，隐隐送来两句："风月无情人暗换，旧游如梦空肠断……"歌声甫歇，便是一阵格格娇笑。

那道姑一声长叹，提起左手，瞧着染满了鲜血的手掌，喃喃自语："那又有什么好笑？小妮子只是瞎唱，浑不解词中相思之苦、惆怅之意。"（《神雕侠侣》第一回）

武三通急跃出洞，但见李莫愁俏生生地站在当地，不由得大感诧异："怎么十年不见，她仍是这等年轻貌美？"当年在陆展元的喜筵上相见，李莫愁是二十岁左右的年纪，此时已是三十岁，但眼前此人除了改穿道装之外，却仍是肌肤娇嫩，宛如昔日好女。她手中拂尘轻轻挥动，神态甚是悠闲，美目流盼，桃腮带晕，若非素知她是个杀人不眨眼的魔头，定道是位带发修行的富家小姐。（《神雕侠侣》第二回）

书中李莫愁第一次单独现身和第一次出现在众人面前的场景分别在第一回与第二回。她给人最大的感受就是矛盾。第一次现身时，听着一首欧阳修填的词曲，她心有所感，情真意切，与之形成鲜明对比的是一只刚杀了人后沾满鲜血的左手，预示着其凶横残忍的另一面。而当李出现在众人面前时，一副盈盈浅笑的仙子模样，让人很难将她与杀人不眨眼的魔头联系起来，就如李莫愁的江湖外号一样，赤练仙子，狠毒的赤练蛇与美貌仙子，分裂的两面。

这互相冲突的两部分呈现出一种非整合性的分裂。分裂是一种非常原始的防御机制，运用分裂机制比较多的人在看待事物时，关注到的是分裂出来的部分，认知或情感体验上要么是全好，要么是全坏，无法把好坏整合起来感知。经常采用分裂模式应对世间万事万物的人，通常会让人感受到偏执的性格特点。

丧失

李莫愁立起艳羡之念，想起自己的不幸，缓缓地道："小师妹，你一生便住在这石墓之中，跟你熟识的男子也就只他一人，却不知世上男人负心的多，真正忠诚对你的只怕半个也没有。你师姊本来有个相好的男人，他对我说尽了甜言蜜语，说道就是为我死一千次一万遭也没半点后悔。不料跟我只分开了两个月，他遇到了一个年轻貌美的姑娘，立即就跟她好得不得了，再见到我时竟睬也不睬，好像素不相识一般。我问他怎么样？他说道：'李姑娘，我跟你是江湖上的道义之交，多承你过去待我不错，将来如有补报之处，自不敢忘。'他居然老了脸皮说道：'李姑娘，下个月二十四日，我在大理跟何姑娘成亲。那时你如有空，请你大驾光临来吃喜酒。'我气得当场呕血，晕倒在地。他将我救醒，扶我到一家客店中休息，就此扬长而去。"

她复述陆展元当年对她所说的决绝言语，神情声口，十足十便似出于一个薄情寡义的男子之口，只是加上了极深的怨艾愤恨。这些年来，她的确时时刻刻在回想当日陆展元对她所说的言语。（《神雕侠侣》新修版第七回）

李莫愁与陆展元十年前的爱恨情仇到底如何，金庸只在新修版里补了这一段李莫愁自己的解读和情感体验，陆展元是否真是个负心汉，恐怕很难得知。但是可以肯定的是，这个"丧失"的经历是一个扳机，触发并打破了李莫愁心理上原本相对平衡稳定的状态，让赤练仙子往后余生一直在偏执的性格和分裂的处事模式中不断强迫性重复。

心位

> 武三通突然喝道:"李莫愁,我要问你一句话,陆展元和何沅君的尸首,你弄到哪里去了?"李莫愁陡然听到陆展元和何沅君的名字,全身一颤,脸上肌肉抽动,说道:"都烧成灰啦。一个的骨灰散在华山之巅,一个的骨灰倒入了东海,叫他二人永生永世不得聚首。"众人听她如此咬牙切齿地说话,怨毒之深,当真是刻骨铭心,无不心下暗惊。(《神雕侠侣》第三十二回)

当一个人遭遇"丧失"事件后,可能会进入梅兰妮·克莱因所谓的"抑郁心位"。这个抑郁位态并非抑郁症,而是一种包含多种情感体验的过程,有悲伤,内疚,遗憾,懊悔,甚至还有愤怒和攻击等情绪掺杂在一起。而经过一段时间对相关人和事以及情感体验的内心"哀悼",该整合的整合,该分离的分离,最后在心理层面完成修复,这个人在人格层面也就得到了强化,在心理层面也成长了。而有一部分人在遭遇丧失事件后不会进入这个抑郁位态,为了阻挠自我进入这个哀悼的过程,他们会采用躁狂性分裂的防御模式,就像李莫愁这样,克莱因把这样的状态称为偏执-分裂心位。

通常一个心理上相对健康的人一生会在"偏执-分裂"与"抑郁"这两个位态之间来回摆动,从而不断地整合自己。但很明显,李莫愁始终处在偏执-分裂心位,无法进入抑郁心位开始哀悼的过程。究其原因,则是来自其内心深处的被迫害焦虑。

每个孩子出生后,体验到的是和妈妈温暖而安全的子宫完全不同的一个世界,尤其在当母亲忽视或离开而感到饿、冷等不适时,小婴儿会在内心产生一种焦虑,是一种由于害怕被迫害、被毁灭而产生的焦虑,即被迫害焦虑。而母亲温暖的照顾和回应是缓解小婴儿被迫害焦虑的良药,母亲这个好的情感功能会通过内摄机制进入小婴儿的心中成为好的自体客体,并逐渐内化到孩子的自体中,之后慢慢成为孩子自体中好的部分。这个部分一方面是自尊、自我好的评价和认知的基础,另一方面也会成为日后缓解和忍受焦虑等心理冲突的有力支撑。

《神雕侠侣》中并没有交代李莫愁儿时的情况，只是从小龙女口中侧面知道，作为小龙女的师姐，李莫愁的少年期是在活死人墓里度过的，她如何到了古墓，在被师父收为徒弟之前遭受过什么创伤，我们无从知晓。小龙女是孤儿，从小在活死人墓中被孙婆婆照顾长大，而孙婆婆并没有照顾过李莫愁，也许李莫愁是由师父亲自带大的。李、龙二人的师父是古墓派开派祖师林朝英的婢女，在整部书中没有正面出现过，几乎也没有被谈起过。小龙女对杨过谈得最多的是师祖林朝英，也曾流露出对照顾自己的孙婆婆的情感，唯独对授业恩师只字不提。可以想见，李莫愁和小龙女的师父也许是个情感比较淡薄，对待徒弟比较冷淡的一个人。从这一点看，这个师父大概率不是一个温暖共情的"好妈妈"。

而如果一个孩子从小缺乏好的客体（好妈妈）进行内摄的体验，内心对于焦虑的忍受度是非常低的，于是采用分裂的防御机制，把不好的感觉投射到外界的人和事，这样才能暂时缓解焦虑带给自己的痛苦。

爱煞

武三通也是所爱之人弃己而去，虽然和李莫愁其情有别，但也算得是同病相怜，可是那日自陆展元的酒筵上出来，亲眼见她手刃何老拳师一家二十余口男女老幼，下手之狠，此时思之犹有余悸。何老拳师与她素不相识，无怨无仇，跟何沅君也是毫不相干，只因大家姓了个"何"字，她伤心之余，竟去将何家满门杀了个干干净净。何家老幼直到临死，始终没一个知道到底为了何事。其时武三通不明其故，未曾出手干预，事后才得悉李莫愁纯是迁怒，只是发泄心中的失意与怨毒，从此对这女子便既恨且惧，这时见她脸上微现温柔之色，但随即转为冷笑，不禁为程陆二女暗暗担心。

李莫愁道："我既在陆家墙上印了九个手印，这两个小女孩是非杀不可的。武三爷，请你让路罢。"

武三通道："陆展元夫妇已经死了，他兄弟、弟媳也已中了你的毒手，小小两个女孩儿，你就饶了罢。"

李莫愁微笑摇首，柔声道："武三爷，请你让路。"

武三通将栗树抓得更加紧了，叫道："李姑娘，你忒也狠心，阿沅……"

"阿沅"这两字一出口，李莫愁脸色登变，说道："我曾立过重誓，谁在我面前提起这贱人的名字，不是他死就是我亡。我曾在沅江之上连毁六十三家货栈船行，只因他们招牌上带了这个臭字，这件事你可曾听到了吗？武三爷，是你自己不好，可怨不得我。"说着拂尘一起，往武三通头顶拂到。（《神雕侠侣》第二回）

由于缺乏可以抚慰焦虑的好客体来内化，李莫愁内心始终处在一种极为"空"的状态，加上常年生活在古墓中，黑暗的古墓带着死亡的味道，加重了她内心深处的被迫害焦虑，所以李莫愁宁愿放弃继承掌门的位置也要离开古墓，无意识里是想寻求可以治愈自己的那个好客体，来填满内心空洞的缺口。

可惜陆展元并不是能够治愈李莫愁内心的好客体，当然我们并不具体知晓两人的感情经历，只有李莫愁的一面之词。

可以客观了解到的事实是：李莫愁手臂上依然留着守宫砂；陆在李莫愁威胁逼迫下依然与何沅君坚定地结合并同生共死；陆依然留存着当年李送给自己的锦帕。

种种情景可见陆并非如李莫愁描述的是一个彻头彻尾的渣男，也许当年只是赤练仙子的一厢情愿也未可知，只是李莫愁不能在内心整合地去看陆，不能面对两人诸多好坏掺杂的情感体验，而是一刀分开，把坏的部分投射到外界，投射到他人身上，以让自己暂时好受一点。因此，李莫愁开启了偏执-分裂模式，杀人如麻——因为何老镖师姓何就残忍地灭门；商家旗号有沅字就毁了几十条商船；听闻谁是负心汉不分青红皂白直接一刀杀了。

李莫愁一生倨傲，从不向人示弱，但这时心中酸苦，熬不住叫道："我好痛啊，快救救我。"

朱子柳指着天竺僧的遗体道："我师叔本可救你，然而你杀死了他。"

李莫愁咬着牙齿道："不错，是我杀了他，世上的好人坏人我都要杀。我要死了，我要死了！你们为什么活着？我要你们一起都死！"

她痛得再也忍耐不住，突然间双臂一振，猛向武敦儒手中所持长剑撞去。武敦儒无日不在想将她一剑刺死，好替亡母报仇，但忽地见她向自己剑尖上撞来，出其不意，吃了一惊，自然而然地缩剑相避。

李莫愁撞了个空，一个筋斗，骨碌碌地便从山坡上滚下，直跌入烈火之中。众人齐声惊叫，从山坡上望下去，只见她霎时间衣衫着火，红焰火舌，飞舞身周，但她站直了身子，竟是动也不动。众人无不骇然。

小龙女想起师门之情，叫道："师姐，快出来！"但李莫愁挺立在熊熊大火之中，竟是绝不理会。瞬息之间，火焰已将她全身裹住。突然火中传出一阵凄厉的歌声："问世间，情是何物，直教生死相许？天南地北……"唱到这里，声若游丝，悄然而绝。（《神雕侠侣》第三十二回）

偏执-分裂机制始终固着，导致李莫愁最后明显从边缘的状态慢慢走向了偏精神病性的状态，内心的痛苦让她对所有好的客体产生了嫉妒。这是一个悖论：一方面希望得到好的客体来治愈自己，另一方面又嫉妒好的客体有自己不具备的心理调适能力，所以要毁灭这个好客体。

李莫愁的可恨，可怜，可悲，可叹，源自其成年后因丧失爱情而激发早年创伤体验带来的痛苦，继而采用分裂的防御方式去应对。最终在绝情谷中，李莫愁带着心中无法熄灭的痛苦，和对好男人和好的情感模式的失望离开了这个世界，虽然令人叹息，但这对赤练仙子来说未尝不是一种解脱。

纪晓芙：执迷不悔

相比较同时代其他武侠小说，金庸武侠作品在人物性格刻画的丰富性上绝对首屈一指，就算是对非主角人物的性格描写也绝不含糊，而是很丰满，很鲜活，很动人，一个个呼之欲出，就算所占篇幅不多也总能给人留下深刻印象。纪晓芙就是其中很典型的一位。

登场

峨嵋派众人最后起身告辞。纪晓芙见殷梨亭哭得伤心，眼圈儿也自红了，走近身去，低声道："六哥，我去啦，你……你自己多多保重。"殷梨亭泪眼模糊，抬起头来，哽咽道："你们……你们峨嵋派……也是来跟我五哥为难么？"

纪晓芙忙道："不是的，家师只是想请张师兄示知谢逊的下落。"她顿了一顿，牙齿咬住了下唇，随即放开，唇上已出现了一排深深齿印，几乎血也咬出来了，颤声道："六哥，我……我实在对你不住，一切你要看开些。我……我只有来生图报了。"殷梨亭觉得她说得未免过分，道："这不干你的事，我们不会见怪的。"纪晓芙脸色惨白，道："不……不是这个……"

她不敢和殷梨亭再说话，转头望向无忌，说道："好孩子，我们……

我们大家都会好好照顾你。"从头颈中除下一个黄金项圈，要套在无忌颈中，柔声道："这个给了你……"无忌将头向后一仰，道："我不要！"纪晓芙大是尴尬，手中拿着那个项圈，不知如何下台。她泪水本在眼眶中滚来滚去，这时终于流了下来。

静玄师太脸一沉，道："纪师妹，跟小孩儿多说什么？咱们走罢！"纪晓芙掩面奔出。（《倚天屠龙记》第十回）

纪晓芙是汉阳金鞭纪老英雄的掌上明珠，也是峨嵋派掌门灭绝师太在收周芷若之前最看重的徒弟，灭绝师太曾一度有意将掌门之位传给她，可见其"苗红根正"的出身。《倚天屠龙记》中第一次提到纪晓芙，是在张翠山结束十年海外生活从冰火岛返回武当山与师兄弟互表衷肠时，二师兄俞莲舟提到六师弟殷梨亭与纪晓芙定下了亲事。在众人的描述中，纪晓芙是名门弟子，武功、人品都是上上之选，与殷梨亭是天生一对。但就是这么让大伙觉得天造地设的一对，似乎在纪晓芙第一次出场时出现了一些不和谐的音符。纪晓芙似有难言之隐，欲言又止，而殷梨亭在痛失五哥张翠山的当下，心中虽有一丝疑惑，但也没有细细追问。

纪晓芙在张三丰百岁寿宴上目睹了张翠山夫妇双双自尽的事件。张翠山的行为背后是对三师兄俞岱岩多年残疾的愧疚，这触发了他对妻子殷素素爱与恨的激荡，最终将毁灭指向自身。张翠山是名门正派，是武当的张五侠，殷素素是邪魔外道，是天鹰教堂主，正邪的对立，门派的纷争是残酷的。在荒无人烟的冰火岛，张翠山夫妇可以逃避这个冲突，可一旦回到中原，踏入江湖，这个冲突便不可避免，终会发酵，最后酿成惨剧。这个惨烈的事件让纪晓芙心有所感，击中了她心中埋藏许久的秘密，于是担忧、恐惧、内疚等情绪便不可遏制地流露了出来，那么纪晓芙的秘密又是什么呢？

秘密

纪晓芙知道今日面临重大关头，决不能稍有隐瞒，便道："师父，那一年咱们得知了天鹰教王盘山之会的讯息后，师父便命我们师兄妹十六人下山，分头打探金毛狮王谢逊的下落。弟子向西行到川西大树堡，在道上遇到一个身穿白衣的中年男子，约莫有四十来岁年纪。弟子走到哪里，他便跟到哪里。弟子投客店，他也投客店，弟子打尖，他也打尖。弟子初时不去理他，后来实在瞧不过眼，便出言斥责。那人说话疯疯癫癫，弟子忍耐不住，便出剑刺他。这人身上也没兵刃，武功却是绝高，三招两式，便将我手中长剑夺了过去。

"我心中惊慌，连忙逃走。那人也不追来。第二天早晨，我在店房中醒来，见我的长剑好端端地放在枕头边。我大吃一惊，出得客店时，只见那人又跟上我了。我想跟他动武是没用的了，只有向他好言求恳，说道大家非亲非故，素不相识，何况男女有别，你老是跟着我有何用意。我又说，我的武功虽不及你，但我们峨嵋派可不是好惹的。"

灭绝师太"嗯"了一声，似乎认为她说话得体。

纪晓芙续道："那人笑了笑，说道，'一个人的武功分了派别，已自落了下乘。姑娘若是跟着我去，包你一新耳目，教你得知武学中别有天地。'"

灭绝师太性情孤僻，一生潜心武学，于世务殊为隔膜，听纪晓芙转述那人之言，说"一个人的武功分了派别，已自落了下乘"，又说"教你得知武学中别有天地"的几句话，不由得颇为神往，说道："那你便跟他去瞧瞧，且看他到底有什么古怪本事。"

纪晓芙脸上一红，道："师父，他是个陌生男子，弟子怎能跟随他去。"

灭绝师太登时醒悟，说道："啊，不错！你叫他快滚得远远的。"

纪晓芙道："弟子千方百计，躲避于他，可是始终摆脱不掉，终于为他所擒。唉，弟子不幸，遇上了这个前生的冤孽……"说到这里，声音越来越低。

灭绝师太问道："后来怎样？"

纪晓芙低声道："弟子不能拒，失身于他。他监视我极严，教弟子求死不得。如此过了数月，忽有敌人上门找他，弟子便乘机逃了出来，不久发觉身已怀孕，不敢向师父说知，只得躲着偷偷生了这个孩子。"

灭绝师太道："这全是实情了？"纪晓芙道："弟子万死不敢欺骗师父。"

灭绝师太沉吟片刻，道："可怜的孩子。唉！这事原也不是你的过错。

丁敏君听师父言下之意，对纪师妹竟大是怜惜，不禁狠狠向纪晓芙瞪了一眼。

灭绝师太叹了一口气，道："那你自己怎么打算啊？"纪晓芙垂泪道："弟子由家严作主，本已许配于武当殷六爷为室，既是遭此变故，只求师父恩准弟子出家，削发为尼。"灭绝师太摇头道："那也不好。嗯，那个害了你的坏蛋男子叫什么名字？"

纪晓芙低头道："他……他姓杨，单名一个逍字。"

灭绝师太突然跳起身来，袍袖一拂，喀喇喇一响，一张饭桌给她击坍了半边。张无忌躲在屋外偷听，固是吓得大吃一惊，纪晓芙、丁敏君、贝锦仪三人也是脸色大变。

灭绝师太厉声道："你说他叫杨逍？便是魔教的大魔头，自称什么'光明左使者'的杨逍么？"

纪晓芙道："他……他……是明教中的，好像在教中也有些身份。"

灭绝师太满脸怒容，说道："什么明教？那是伤天害理，无恶不作的魔教。他……他躲在哪里？是在昆仑山的光明顶么？我这就找他去。"

纪晓芙道："他说，他们明教……"灭绝师太喝道："魔教！"纪晓芙道："是。他说，他们魔教的总坛，本来是在光明顶，但近年来他教中内部不和，他不便再住在光明顶，以免给人说他想当教主，因此改在昆仑山的'坐忘峰'中隐居，不过只跟弟子一人说知，江湖上谁也不知。师父既然问起，弟子不敢不答。师父，这人……这人是本派的仇人么？"

灭绝师太道："仇深似海！你大师伯孤鸿子，便是给这个大魔头杨逍活活气死的。"

纪晓芙甚是惶恐，但不自禁地也隐隐感到骄傲，大师伯孤鸿子当年是名扬天下的高手，居然会给"他"活活气死。她想问其中详情，却不敢出口。

灭绝师太抬头向天，恨恨不已，喃喃自语："杨逍，杨逍……多年来我始终不知你的下落，今日总教你落在我手中……"突然间转过身来，说道："好，你失身于他，回护彭和尚，得罪丁师姊，瞒骗师父，私养孩儿……这一切我全不计较，我差你去做一件事，大功告成之后，你回来峨嵋，我便将衣钵和倚天剑都传了于你，立你为本派掌门的继承人。"

这几句话只听得众人大为惊愕。丁敏君更是妒恨交迸，深怨师父不明是非，倒行逆施。

纪晓芙道："师父但有所命，弟子自当尽心竭力，遵嘱奉行。至于承受恩师衣钵真传，弟子自知德行有亏，武功低微，不敢存此妄想。"

灭绝师太道："你随我来。"拉住纪晓芙手腕，翩然出了茅舍，直往谷左的山坡上奔去，到了一处极空旷的所在，这才停下。(《倚天屠龙记》第十三回)

纪晓芙在师父灭绝师太面前终将这个秘密讲了出来。这个秘密大致就是自己多年之前遇上明教光明左使杨逍，然后被尾随、被搭讪、被调戏，最终失身，诞下一个女孩，从此带着这个孩子流落江湖。这个秘密中提到的故事表面上看是个典型的被性侵的创伤性事件，但在纪晓芙描述事件的过程中没有任何情感的表达，始终是平铺直叙，一直到提及与自己有婚约的殷梨亭时才有情绪出现，并请求师父责罚。貌似自己遭受的痛苦感受不值一提，反而对不起殷梨亭的感受更加强烈。这只说明一件事，就是纪晓芙人格里的本我欲望，的的确确是爱上了杨逍，而超我的道德感又让自己感觉有负殷梨亭，所以通过恳求师父让自己出家为尼来满足超我的惩罚。

当然，纪晓芙不敢带有情感地谈论她对杨逍的真实感受，其中有刻意隐瞒的部分，这个事件大概发生在十年之前(纪晓芙向灭绝师太袒露实情时，其女儿杨不悔已是八九岁的年纪)，以纪晓芙的聪明，她一定在心中将遇到师父，不得不说出这个事件的经过构思过很多遍了，这才可以这么流畅而不带情绪地叙述。因此纪晓芙言说的不是真正的秘密，而是秘密之后的"秘密"，因为真正的秘密是无法言说的。

周芷若睁着眼睛，愈听愈奇，只听师父又道："郭大侠夫妇铸成一刀一剑之后，将宝刀授给儿子郭公破虏，宝剑传给本派郭祖师。当然，郭祖师曾得父母传授武功，郭公破虏也得传授兵法。但襄阳城破之日，郭大侠夫妇与郭公破虏同时殉难。郭祖师的性子和父亲的武功不合，因此本派武学，和当年郭大侠并非一路。"

灭绝师太又道:"一百年来,武林中风波迭起,这对刀剑换了好几次主人。后人只知屠龙宝刀乃武林至尊,唯倚天剑可与匹敌,但到底何以是至尊,那就谁都不知道了。郭公破虏青年殉国,没有传人,是以刀剑中的秘密,只有本派郭祖师传了下来。她老人家生前曾竭尽心力,寻访屠龙宝刀,始终没有成功,逝世之时,将这秘密传给了我恩师风陵师太。我恩师秉承祖师遗命,寻访屠龙宝刀也是毫无结果。她老人家圆寂之时,便将此剑与郭祖师的遗命传了给我。我接掌本派门户不久,你师伯孤鸿子和魔教中的一个少年高手结下了梁子,约定比武,双方单打独斗,不许邀人相助。你师伯知道对手年纪甚轻,武功却极厉害,于是向我将倚天剑借了去。"

周芷若听到"魔教中的少年高手"之时,心中怦怦而跳,不自禁地脸上红了,但随即想起:"不是他,只怕那时他还没出世。"

只听灭绝师太续道:"当时我想同去掠阵,你师伯为人极顾信义,说道他跟那魔头言明,不得有第三者参与,因此坚决不让我去。那场比试,你师伯武功并不输于对手,却给那魔头连施诡计,终于胸口中了一掌,倚天剑还未出鞘,便给那魔头夺了去。"

周芷若"啊"的一声,想起了张无忌在光明顶上从灭绝师太手中夺剑的情景,只听师父续道:"那魔头连声冷笑,说道,'倚天剑好大的名气!在我眼中,却如废铜废铁一般!'随手将倚天剑抛在地下,扬长而去。你师伯拾起剑来,要回山来交还给我。哪知他心高气傲,越想越是难过,只行得三天,便在途中染病,就此不起。倚天剑也给当地官府取了去,献给朝廷。你道气死你师伯孤鸿子的这个魔教恶徒是谁?"周芷若道:"不……不知是谁?"

灭绝师太道:"便是那后来害死你纪晓芙师姊的那个大魔头杨逍!"(《倚天屠龙记》第二十七回)

情感不能直接言说似乎是峨嵋派的"传统",从峨嵋派开山祖师郭襄便是如此。郭襄爱的是神雕大侠杨过,但过儿一早倾心小龙女,又比郭襄大二十岁左右,一直以大哥哥的身份自居。杨过与小龙女在第二次华山论剑之后归隐活死人墓，郭襄四处寻访，她对自己说只是想知道杨过的下落，想再看他一眼，这何尝不是一种思念，一种深情。郭女侠从十六岁开始，二十多年间不断寻访杨过，历经襄阳城破，父母、姐弟全部阵亡，孤单一人，江湖飘零，情深如斯，最终在四十岁时于峨嵋山出家为尼，孑然一身。是郭襄看破红尘，放下情缘了吗？多年以后，她收了一个徒弟继承衣钵，却给徒弟取名：风陵。回首往事，那一年郭襄十六岁，在风陵渡口第一次听众人谈到神雕大侠，悠然神往，之后遇见杨过，从此一生无法释怀。她对杨过的爱是说不出来的，只能隐藏在"风陵"两字的背后，成为秘密。

　　纪晓芙的师父灭绝师太痛恨杨逍的起因是，师兄孤鸿子败于其手下，并遭言语羞辱，急怒攻心，不久染病而亡。其实这是一次江湖门派间公平的比武，杨逍既没有使什么阴谋诡计，也没有出重手置人死地，光明正大地赢了。孤鸿子虽败似乎也没受什么重伤，致命的是心理上被杨逍自恋的表达挫败了，创伤了。孤鸿子与灭绝师太是师兄妹，彼此之间固然有师门之谊，但提到往事，灭绝师太的反应超越了一般师兄妹的情谊。她逼迫纪晓芙下毒暗算杨逍，如果纪答应，除了原谅其种种违反门规的错误，甚至许以峨嵋掌门之位。要知道灭绝师太人如其名，灭情绝欲，并不是宽容和善之人，能够这么做可见其心中有多大的悲愤。灭绝师太本身亦是一个十分自恋的人，能入其法眼的人物少之又少，这样自恋的人居然让弟子用下三烂的手段去杀死自己的仇人，可以想见她对杨逍的仇恨有多深，已经超越了一般的江湖门派争斗，上升到了私人恩怨的地步。这背后可能也隐藏了灭绝师太不能言说的秘密，就是她爱着师兄孤鸿子，她原本有机会不让师兄离她而去，但是她因顾忌同样自恋的孤鸿子的面子没有随他一起去比武，这也许是灭绝师太内心最痛苦、最悔恨的决定，这些不能被涵容的部分必须排除在内心之外，于是她将这部分怨恨自然而然地投向了杨逍。灭绝师太内心对爱的渴望，对亲密关系的期待随着孤鸿子这个爱的客体的逝去而灰飞烟灭，于是，她压抑掉这些她以为自己不需要的情感，绝情灭欲的灭绝师太就此诞生。

传递

  杨逍又细问了一遍纪晓芙临死的言语，垂泪道："灭绝恶尼是逼她来害我，只要她肯答应，便是为峨嵋派立下大功，便可继承掌门人之位。唉，晓芙啊，晓芙，你宁死也不肯答允。其实，你只须假装答允，咱们不是便可相会、便不会丧生在灭绝恶尼的手下了么？"

  张无忌道："纪姑姑为人正直，她不肯暗下毒手害你，也就不肯虚言欺骗师父。"杨逍凄然苦笑，道："你倒是晓芙的知己……岂知她师父却能痛下毒手，取她性命。"

  张无忌道："我答应纪姑姑，将不悔妹妹送到你手……"

  杨逍身子一颤，道："不悔妹妹？"转头问杨不悔道："孩子，乖宝贝，你姓什么？叫什么名字？"杨不悔道："我姓杨，名叫不悔。"

  杨逍仰天长啸，只震得四下里木叶簌簌乱落，良久方绝，说道："你果然姓杨。不悔，不悔。好！晓芙，我虽强逼于你，你却没懊悔。"

  张无忌听纪晓芙说过二人之间的一段孽缘，这时眼见杨逍英俊潇洒，年纪虽然稍大，但仍不失为一个风度翩翩的美男子，比之稚气犹存的殷梨亭六叔，只怕当真更易令女子倾倒。纪晓芙被逼失身，终至对他倾心相恋，须也怪她不得。以他此时年纪，这些情由虽不能全然明白，却也隐隐约约地想到了。（《倚天屠龙记》第十四回）

  峨嵋派前几代掌门，包括周芷若在内，其情感经历在心理层面上很明显在重复演绎着同一种模式，或者说这更像一个魔咒，即不能获得美好的爱情，哪怕内心再渴望，最终也会失去，永远无法得到，甚至会被惩罚。从开山祖师郭襄开始，风陵师太的情感故事不详，到灭绝师太，再到纪晓芙和周芷若，都按照这个剧本去重复演绎。这就是精神分析中经常讨论的"家族代际传递"的心理现象。从个人层面来说，一个人会不断在无意识里重复早年的情感体验和行为模式，而在家族层面亦会有类似的现象，在家族内未被治愈的创伤，会在无意识里一代又一代地传承下去，轮回上演，被重复体验。

  从心理学角度上看，峨嵋派就是这样一个进行无意识"代际传递"的家族。在一代代的创伤传递中，每代人都会在无意识的影响下感到莫名的痛苦，但又不明白其中缘由，只能在意识层面想远远地逃开。纪晓芙没有选择殷梨亭，而倾心于杨逍——一个与峨嵋派势不两立的明教中人，一方面是想逃离家族无意识代际传递的创伤，另一方面是希望通过逃离这样的代际传递成为一个真正的女人。这是她的师祖郭女侠，以及师父灭绝师太都没有成为的角色。要成为女人，首先要成为欲望的对象，这样才能站在女人的位置。从与杨逍的苦恋上看，她的确成功了一半，但另一半却没有走到底。不是纪晓芙不愿意，不努力，是无意识的家族代际传递的力量实在太强大。在无法清晰感知被无意识影响的情况下，纪晓芙也同样选择了一个年纪大自己很多的成熟男人，一如杨过之于郭襄，孤鸿子之于灭绝师太（具体大多少，书中未提及），而这样的成熟男人又并非对自己情有独钟。杨过自不必说，孤鸿子如果心中对灭绝师太有深刻的牵挂，必会珍惜自己的性命回到峨嵋。至于杨逍，在纪晓芙独自离去后，再也没有主动寻找过这个深情的女子，参与教内斗争不顺后，一个人独居坐忘峰。并且这三个男人都同样具有非常自恋的特质，被这样特质的男人吸引，也是代际传递里逃不掉的宿命。

　　纪晓芙以为自己可以打破"家族创伤"的代际传递，哪怕付出失乐园般的代价，但最终还是呈现了峨嵋派这个"家族"里代际传递的相同命运。她一方面用自我放逐、独自忍受痛苦的方式表达了无意识里对"母亲"和"家族"的忠诚，另一方面，纪女侠也没有后悔过，所以她给自己与杨逍的孩子取名：杨不悔。

宋青书：为爱痴狂

金庸武侠小说中有种说法："一遇杨过误终身。"前有陆无双、程英、公孙绿萼，后有郭襄，他们都爱上了杨过。但是最后要么终身不嫁，要么为爱殉情，又或者遁入空门，最终归宿都令人唏嘘。以上都是女子，在《倚天屠龙记》中，有一位男子也是为情所困，他原本是有为青年，但一步一步堕入深渊，最终身败名裂，他就是武当派内定的第三代掌门人选宋青书。不少读者都认为宋青书的悲剧始于在人群中多看了周芷若一眼，从此深陷情网无法自拔，最后被人利用铸成大错，背叛师门，死于非命。本文就来分析一下宋青书为何会对周芷若如此痴迷，其内心世界到底发生了什么"动乱"。

巅峰出场

众人适才见他力斗殷氏三兄弟，法度严谨，招数精奇，确是名门子弟的风范，而在三名高手围攻之下，显然已大落下风，但仍是镇静拒敌，丝毫不见慌乱，尤其不易，此时走到临近一看，众人心中不禁暗暗喝彩："好一个美少年！"但见他眉目清秀，俊美之中带着三分轩昂气度，令人一见之下，自然心折。

殷梨亭道:"这是我大师哥的独生爱子,叫作青书。"静玄道:"近年来颇闻玉面孟尝的侠名,江湖上都说宋少侠慷慨仗义,济人解困。今日得识尊范,幸何如之。"峨嵋众弟子窃窃私议,脸上均有"果然名不虚传"的赞佩之意。

蛛儿站在张无忌身旁,低声道:"阿牛哥,这人可比你俊多啦。"张无忌道:"当然,那还用说?"蛛儿道:"你喝醋不喝?"张无忌道:"笑话,我喝什么醋?"蛛儿道:"他在瞧你那位周姑娘,你还不喝醋?"(《倚天屠龙记》第十八回)

第二个圈将要兜完,宋青书猛地立定,叫道:"赵灵珠师叔、贝锦仪师叔,请向离位包抄,丁敏君师叔、李明霞师叔,请向震位堵截……"

他随口呼喝,号令峨嵋派的三十多名弟子分占八卦方位。峨嵋众人正当群龙无首之际,听到他的号令之中自有一番威严,人人立即遵从。这么一来,青翼蝠王韦一笑已无法顺利大兜圈子,纵声尖笑,将手中抱着那人向空中掷去,疾驰而逝。

灭绝师太伸手接住从空中落下的弟子,只听得韦一笑的声音隔着尘沙远远传来:"峨嵋派居然有这等人才,灭绝老尼了不起啊。"这几句话显是称赞宋青书的。灭绝师太脸一沉,看手中那名弟子时,只见他咽喉上鲜血淋漓,露出两排齿印,已然气绝。

……

她呆了半晌,瞪目问宋青书道:"我门下这许多弟子的名字,你怎地竟都知道?"宋青书道:"适才静玄师叔给弟子引见过了。"灭绝师太道:"嘿,入耳不忘!我峨嵋派哪有这样的人才?"(《倚天屠龙记》第十八回)

宋青书在《倚天屠龙记》中出场即巅峰。他出身名门正派,是武当实际的掌门人、武当七侠之首宋远桥的独子,武当开山祖师张三丰的嫡系徒孙。青书从小就被当作武当派未来的掌门人来培养,苗红根正。除了出身好,从小得到足够的支持,其本身也有着高于普通人的天资,加上后天系统正规的武当派武学训练,他自然而然地成为武当第三代的佼佼者(严格意义上讲,张无忌不算武当派系统训练出来的）。宋青书在书中正式出场之前已在江湖颇有名望，是能独当一面的青年才俊，放到武林各派中都是不可多得的人才，未来的武林之星。

情商在线

　　当日晚间歇宿，宋青书恭恭敬敬地走到灭绝师太跟前，行了一礼，说道："前辈，晚辈有一不情之请相求。"灭绝师太冷冷地道："既是不情之请，便不必开口了。"宋青书恭恭敬敬地行了一个礼，道："是。"回到殷梨亭身旁坐下。

　　……

　　宋青书大为叹服，说道："家父常自言道，他自恨福薄，没能见到尊师的剑术。今日晚辈见到了丁师叔这招'轻罗小扇'，当真是开了眼界。晚辈适才是想请师太指点几手，以解晚辈心中关于剑法上的几个疑团，但晚辈非贵派子弟，这些话原本不该出口。"

　　灭绝师太坐在远处，将他的话都听在耳里，听他说宋远桥推许自己为天下剑法第二，心中极是乐意。张三丰是当世武学中的泰山北斗，人人都是佩服的，她从未想过能盖过这位古今罕见的大宗师。但武当派大弟子居然认为她是除张三丰外剑术最精，不自禁地颇感得意，眼见丁敏君比划这一招，精神劲力都只三四分火候，名震天下的峨嵋剑法岂仅如此而已？当下走近身去，一言不发地从丁敏君手中接过长剑，手齐鼻尖，轻轻一颤，剑尖嗡嗡连响，自右至左、又自左至右地连晃九下，快得异乎寻常，但每一晃却又都清清楚楚。

　　众弟子见师父施展如此精妙剑法，无不看得心中剧跳，掌心出汗。

　　殷梨亭大叫："好剑法，好剑法！妙极！"

　　宋青书凝神屏气，暗暗心惊。他初时不过为向灭绝师太讨好，称赞一下峨嵋剑法，哪知她施将出来，实有难以想象的高妙，不由得衷心钦服，诚心诚意地向她讨教起来。宋青书问什么，灭绝师太便教什么，竟比传授本门弟子还要尽力。宋青书武学修为本高，人又聪明，每一句都问中了窍要。峨嵋群弟子围在两人之旁，见师父所施展的每一记剑招，无不

精微奇奥，妙到巅毫，有的随师十余年，也未见师父显过如此神技。(《倚天屠龙记》第十八回)

在《倚天屠龙记》中，峨嵋派的掌门灭绝师太可以说是一位极难相处的人，连膝下的弟子都对她又敬又怕。但宋青书第一次与灭绝师太见面就与其相处得非常投契，这是相当不容易的一件事，这代表了他观人识人、沟通交流的能力是相当强的。他能够在短时间里摸清灭绝师太这个长辈的脾气秉性，并毕恭毕敬、投其所好，与之建立良好的关系，这个沟通的本领是需要在特定的情境下才能潜移默化地学习并内化的。宋青书善于与长辈、权威沟通和相处的本事与其父宋远桥息息相关。宋远桥是张三丰的大弟子，代管武当多年，深得师父信任，其办事能力和沟通能力肯定也是一等一的。这代表了宋青书对父亲宋远桥的认同，也代表他对武当派的认同，对自己未来是武当掌门这个角色的认同。这个认同是他的人生目标，是他心理能量的源泉，是他在江湖上取得成就、扬名立万的推动力。

遭逢挫折

俞莲舟虽叫他（宋青书）不可伤了张无忌性命，但不知怎的，他心中对眼前这少年竟蓄着极深的恨意，这倒不是因他说自己粗暴，却是因见周芷若瞧着这少年的眼光之中，一直含情脉脉，极是关怀，最后虽奉了师命而刺他一剑，但脸上神色凄苦，显见心中难受异常。

宋青书自见周芷若后，眼光难有片刻离开她身上，虽然常自抑制，不敢多看，以免给人认作轻薄之徒，但周芷若的一举一动、一颦一笑，他无不瞧得清清楚楚，心下明白："她这一剑刺了之后，不论这小子死也好，活也好，再也不能从她心上抹去了。"自己倘若击死这个少年，周芷若必定深深怨怪，可是妒火中烧，实不肯放过这唯一制他死命的良机。宋青书文武双全，乃是武当派第三代弟子中出类拔萃的人物，为人也素来端方重义，但遇到了"情"之一关，竟然方寸大乱。

……

宋青书心中大骇，偶一回头，突然和周芷若的目光相接，只见她满脸关怀之色，不禁心中又酸又怒，知道她关怀的绝非自己，当下深深吸一口气，左手挥掌猛击张无忌右颊，右手出指疾点他左肩"缺盆穴"，这一招叫作"花开并蒂"，名称好听，招数却十分厉害，双手递招之后，跟着右掌击他左颊，左手食指点他右肩后"缺盆穴"。这两招"花开并蒂"并成一招，连续四式，便如暴风骤雨般使出，势道之猛，手法之快，当真非同小可。众人见了这等声势，齐声惊呼，不约而同地跨上一步。

只听得啪啪两下清脆的响声，宋青书左手一掌打上了自己左颊，右手食指点中了自己左肩"缺盆穴"，跟着右手一掌打上了自己右颊，左手食指点中了自己右肩"缺盆穴"。他这招"花开并蒂"四式齐中，却给张无忌以"乾坤大挪移"功夫挪移到了他自己身上。倘若他出招稍慢，那么点中了自己左肩"缺盆穴"后，此后两式便即无力使出，偏生他四式连环，迅捷无伦，左肩"缺盆穴"虽被点中，手臂尚未麻木，直到使全了"花开并蒂"的下半套之后，这才手足酸软，砰的一声，仰天摔倒，挣扎了几下，再也站不起来了。

宋远桥快步抢出，左手推拿几下，已解开了儿子的穴道，但见他两边面颊高高肿起，每一边留下五个乌青的指印，知他受伤虽轻，但儿子心高气傲，今日当众受此大辱，直比杀了他还要难受，当下一言不发，携了他手回归本派。（《倚天屠龙记》第二十二回）

光明顶一役是宋青书遭遇的重大挫折。面对已经被倚天剑贯胸而入、重伤不能移动的张无忌，他使出全部解数依然惨败收场，这个打击对宋青书来说可谓巨大。根据书中之前对宋青书行为举止的描写，很明显他属于自恋型人格。在六大门派围剿明教的作战中，他夸大的、略带表现癖的自恋部分和现实自我的结合是恰当的，说明当时其自体感还是比较连续和统整的。对于自恋型的人来说，影响其自体稳定感的死穴就是羞耻感，羞愧感。在与张无忌的这场公开比试中，在六大门派、明教上下几千人面前的失利引发的内心羞耻感，对宋青书来说是巨大的、沉重的，甚至可能会摧毁他自体的统合感。

宋青书对张无忌的恨，来自嫉妒。嫉妒缘由有二，一是和周芷若有关。周芷若对张无忌的关切之情被宋青书看在眼里，妒火中烧，其内心的独白是：

"周姑娘，你难道没有看到我吗？没有注意到我的优秀，我的与众不同，我的出类拔萃吗？"而周芷若更关注张无忌，这在宋青书的内心无意识解读是："我和张无忌比是不好的，甚至可能是一无是处的。"这个心底的自动化解读会引发当事人的无价值感，甚至被抛弃感。

青书的嫉妒之二来自张无忌，经光明顶之役，张无忌重伤再也支撑不住，当他的真实身份被武当诸侠知晓后，张无忌迅速成为众人关注的焦点，宋青书的受伤、失败再也不重要了。父亲宋远桥、众师叔的眼光再也离不开张无忌，关切之情溢于言表。而在此之前，宋青书才是父辈和师门的关注所在。这种失落，对自恋型人格特点的人来说，会引发内心最深的恐惧，亦即无价值感、被抛弃感。

破碎

宋青书沉吟半晌，说道："你要我在太师父和爹爹的饮食之中下毒，我是宁死不为，你快一剑将我杀了罢。"陈友谅道："宋兄弟，常言道，识时务者为俊杰。我们又不是要你弑父灭祖，只不过下些蒙药，令他们昏迷一阵。在弥勒庙中，你不是早已答应了吗？"宋青书道："不，不！我只答应下蒙药，但掌钵龙头捉的是剧毒的蝮蛇、蜈蚣，那是杀人的毒药，绝非寻常蒙汗药物。"

陈友谅悠悠闲闲地收起长剑，说道："峨嵋派的周姑娘美若天人，世上再找不到第二个了，你竟甘心任她落入张无忌那小子的手中，当真奇怪。宋兄弟，那日深宵之中，你去偷窥峨嵋诸女的卧室，给你七师叔撞见，一路追了你下来，致有石冈比武、以侄弑叔之事。那为的是什么？还不是为了这位温柔美貌的周姑娘？事情已经做下来了，一不做，二不休，马入夹道，还能回头么？我瞧你为山九仞，功亏一篑，可惜啊可惜！"

宋青书摇摇晃晃地站了起来，怒道："陈友谅，你花言巧语，逼迫于我。那一晚我给莫七叔追上了，敌他不过，我败坏武当派门风，死在他的手下，也就一了百了，谁要你出手相助？我是中了你的诡计，以致身败名裂，难以自拔。"（《倚天屠龙记》第三十二回）

宋青书在光明顶众目睽睽之下，自恋型人格遭受重大创伤，这引发了自体的碎裂感。对于自恋的人来说，自体不稳定会触发"退行"的心理防御机制。退行即希望回到生命的早年，通过体验早期的、原始的融合感受来抚慰创伤。这个时候，青书希望体验到类似与女性（母亲）的融合感、一体感，甚至共生感来摆脱因自体的不稳定带来的无价值感和被抛弃的痛苦感受。青书不自觉地冒天下之大不韪去偷窥周芷若，是对融合需要的性欲化表现，这亦是自恋人格在退行中最常见的表现形式之一。心理上退行后的青书已经没有了六大门派围剿明教时那样的意气风发，机智果敢。此时的他完全受制于陈友谅，除了陈本身就是一位手段毒辣的枭雄，青书的自我功能已经随着心理退行而处在受损状态，就像是一个受伤、惊恐、无助的孩子，被陈友谅控制也是自然而然的事了。

退行

群雄鼓噪声中，周芷若在宋青书耳边低声说了几句话。宋青书点了点头，缓步走到广场正中，朗声说道："今日群雄相聚，原不是诗酒风流之会，前来调琴鼓瑟，论文联句。既然动到兵刃拳脚，那就保不定死伤。这位夏老英雄适才言道，司徒先生平生未有歹行，责备本派静迦师太滥伤无辜。众位英雄复又群相鼓噪，似有不满本派之意。兄弟倒要请教：咱们今日比武较量，是否先得查明各人的品行德性？大圣大贤，那才是千万伤害不得，穷凶极恶之辈，就不妨任意屠杀？"群雄一时语塞，均觉他的话倒也并非无理。

……

周芷若拂尘微举，说道："俞二侠，本座也不必瞒你，此人是本座夫君，姓宋名青书，原本系出武当，此刻却已转入峨嵋门下。俞二侠有何说话，只管冲着本座言讲便是。"

……

宋青书伸手在脸上一抹，拉去粘着的短须，一整衣冠，登时成为一个脸如冠玉的英俊少年。群雄一看之下，心中暗暗喝彩："好一对神仙美眷！"（《倚天屠龙记》第三十七回）

濠州婚变之后，黑化的周芷若找来宋青书做自己的挂名夫君，两人并没有夫妻之实。周这个举动有报复张无忌的意味，对青书来说也算是一定程度上得偿所愿。屠狮大会上，宋青书是周芷若的工具，是周的马前卒，对周的吩咐言听计从，忠心不贰。青书擅自叛出武当，投靠峨嵋，周芷若教他九阴白骨爪，指示他当场用此邪功击杀丐帮掌钵长老、执法长老，他最后还与师伯俞莲舟决斗，最终比武失利，手脚齐断，头骨碎裂成为废人。

细看周芷若和宋青书的关系，呈现得不太像情侣或夫妻关系，而更像母子关系。从这条线索拿起精神分析这个后设心理学的望远镜观察宋青书成年后的所作所为以及人格特质，可以推测其早年生命环境。青书心心念念的是得到周芷若的关注，他嫉妒的也是这样的关注没有给自己而是给了别人（张无忌）。关注的缺失引发了青书自体的不平衡感和退行，这一定是触发了他早年同样的创伤——缺乏母亲的关注。

《倚天屠龙记》中没有交代宋青书的母亲是谁。按照武当为殷梨亭选妻的标准推测青书之母、宋远桥之妻，那一定也是名门正派一位不凡的人物。作为峨嵋派年轻一代里最杰出的弟子、未来掌门的有力争夺者，周芷若具备与青书母亲相似的特质，所以才会被宋青书那般迷恋。宋青书年纪轻轻就拥有超越同龄人的武功智谋和处事能力，但他并不是天才，只是比一般人多些天资，但想在武林年青一代中脱颖而出，其背后付出的汗水和努力一定是相当惊人的。据此推测，也许青书很小就被从母亲身边带走习武，被迫与母亲分离（当然，也有可能是母亲早逝导致分离），刻苦练武，学习成为新一代武当掌门是其生命中唯一重要的任务。失去母亲的关注对一个孩子来说充满了失望，然后是愤怒，而这些统统被代表父性的超我压制，被强行导入现实的自我中去。所以青书对父亲，对代表父性的权威，对于武当派在无意识里是有恨意的。东方文化里解决俄狄浦斯情结中对父亲的恨，通常用"认同并继承"这种不彻底的方式去部分解决，而如果当继承不能实现时，唯有弑父（现实中或精神上）这条路可走。因此，最终宋青书选择叛出武当、投身峨嵋，从精神分析角度来看也就不奇怪了。

童年未被满足的需要，被压抑的愤怒，并不会随着时间的流逝而自然地消失，这些情绪就如一头潜伏在深渊里的怪兽。当自体稳固时，怪兽在沉睡；当外界突发的创伤事件刺激到自体不再稳定、濒临碎裂时，也就是这头怪兽苏醒之时。这时候伴随着退行，那些原始的未被满足的爱与恨从压抑的无意识中升起，强大如潮水般汹涌而出，不可遏制。如果这些爱恨无法被驯服，其结果只能如烈火焚身般导致自我毁灭。宋青书之于周芷若的爱情就是如此，因为原始，所以浓烈；因为创伤，所以窒息。也许这是一种深情，深到无意识之中，但最终必然导致"情深不寿"。

赵敏：敢爱敢做

曾经有个女子对我说："我要A，没有人可以让我要B，就算有，这样的人也还没生出来呢！"当时我脑子里瞬间浮现出一个金庸武侠人物，那就是赵敏。会有这样的联想是因为那个女子和赵敏一样，对于心里已经决定的事，都是斩钉截铁，毫不拖泥带水，无人可以撼动其决定，霸气不让须眉。

郡主名场面

赵敏微微一笑，说道："我有几句话跟张教主说，说毕便去，容日再行叨扰。"杨逍道："赵姑娘有什么话，待行礼之后再说不迟。"赵敏道："行礼之后，已经迟了。"杨逍和范遥对望一眼，知她今日是存心前来搅局，无论如何要立时阻止，免得将一场喜庆大事闹得尴尬狼狈，满堂不欢。杨逍踏上两步，说道："咱们今日宾主尽礼，赵姑娘务请自重。"他已打定了主意，赵敏若要捣乱，只有迅速出手点她穴道，制住她再说。

赵敏向范遥道："苦大师，人家要对我动手，你帮不帮我？"范遥眉头一皱，说道："郡主，世上不如意事十居八九，既已如此，也是勉强不来了。"

赵敏道："我偏要勉强。"转头向张无忌道："张无忌，你是明教教主，男子汉大丈夫，说过的话作不作数？"（《倚天屠龙记》第三十四回）

这一句"我偏要勉强"让无数金庸武侠迷悠然神往。当人生中出现阻碍和困难时，只有极少数人能够如此强硬地迎难而上，杀出一条血路，硬生生开创出一个扭转命运的机会并牢牢地把握。我个人认为这个桥段在整部《倚天屠龙记》中是赵敏最高光的时刻，让濠州婚变现场一众英豪黯然失色。这段情节让很多读者心有所感，也是因为现实生活中大多数人并没有活出赵敏式的"偏要勉强"，而是相反地活成了周芷若般的"问心有愧"。

回到濠州婚变的戏剧冲突现场，当赵敏只身赴濠州大闹张无忌与周芷若婚礼之时，相当于进入了完全敌对一方的中心地带。现场绝大多数观礼的武林嘉宾都受过被赵敏囚禁在万安寺的折辱，明教众人与朝廷更是势同水火。除了范遥与赵敏曾有过一段主仆之谊，在其他人眼中，赵敏不是仇人便是妖女，就算张无忌要保她，也陷于两难处境——两人身份从一开始就是针锋相对的：一个是元朝郡主，一个是明教教主；一个是抢占汉人江山的蒙古人，一个是反抗蒙古统治的汉人；一个是朝廷为了巩固统治而挑起江湖各派纷争的幕后指挥，一个是维护武林各派共同抗元的义军领袖。

赵敏处在如此危险重重的环境下还敢公然现身阻挠张、周二人的婚礼，按照普遍的看法，这是她非常自信的表现；从精神分析的角度看，似乎也带有一些夸大自恋的意味。

自恋的补偿结构

一眼掠过，见那少年公子头巾上两粒龙眼般大的明珠莹然生光，贪心登起，大笑道："兔儿相公，跟了老爷去罢！有的你享福的！"说着双腿一夹，催马向那少年公子冲来。

那公子本来和颜悦色，瞧着众元兵的暴行似乎也不生气，待听得这军官如此无礼，秀眉微微一蹙，说道："别留一个活口。"

这"口"字刚说出，飕的一声响，一支羽箭射出，在那军官身上洞胸而过，乃是那公子身旁一个猎户所发。此人发箭手法之快，劲力之强，几乎已是武林中的一流好手，寻常猎户岂能有此本事？

只听得飕飕飕连珠箭发，八名猎户一齐放箭，当真是百步穿杨，箭无虚发，每一箭便射死一名元兵。众元兵虽然变起仓促，大吃一惊，但个个弓马娴熟，大声呐喊，便即还箭。余下七名猎户也即上马冲去，一箭一个，一箭一个，顷刻之间，射死了三十余名元兵。其余元兵见势头不对，连声呼哨，丢下众妇女回马便走。那八名猎户胯下都是骏马，风驰电掣般追将上去，八支箭射出，便有八名元兵倒下，追出不到一里，蒙古官兵尽数就歼。

那少年公子牵过坐骑，纵马而去，更不回头再望一眼。他号令部属在瞬息间屠灭五十余名蒙古官兵，便似家常便饭一般，竟是丝毫不以为意。周颠叫道："喂，喂！慢走，我有话问你！"那公子更不理会，在八名猎户拥卫之下，远远地去了。（《倚天屠龙记》第二十三回）

赵敏在《倚天屠龙记》中第一次出场时，给人的感觉是态度冷冷的，并不好接近，身边众人环绕，更突显了她卓尔不凡的气质，言谈举止间表现出与人情感上的距离，这些都带有明显的自恋驱力投向自身的特点。当一名元军下级军官不识赵敏并对其出言侮辱时，她下令将对方全部杀掉。这指向了赵敏的自恋人格一旦受损时，所引发的暴怒便会视人命如草芥，在平淡言语和从容表情下掌控他人生死的自恋行为，也带有明显夸大性色彩。

赵敏显而易见是带有自恋型人格色彩的人。精神分析是后设心理学，按照科胡特的讲法是在成年后用望远镜的视角回溯早年的生命环境。造成自恋型人格的早年生命环境通常都有一个忽视的或者缺席的母亲，这个母亲无法给予孩子及时的同频回应，于是孩子将原本可以发展出的对客体爱的驱力回转到自身，固着在这个创伤时刻并影响其健康人格的发展。书中没有提到过赵敏的母亲，这也许象征了母亲的缺席，从她对父亲的理想化与认同上，可以窥见这样的推测是可能的。

正在此时，忽听得马蹄声响，一乘马急奔进寺，直冲到高塔之前，众武士一齐躬身行礼，叫道："小王爷！"范遥从塔上望将下来，只见此人头上束发金冠闪闪生光，胯下一匹高大白马，身穿锦袍，正是汝阳王的世子库库特穆尔、汉名王保保的便是。

王保保厉声问道："韩姬呢？父王大发雷霆，要我亲来查看。"哈总管上前禀告，便说是鹿杖客将韩姬盗了来，现被苦头陀拿住。鹤笔翁急道："小王爷，莫听他胡说八道。这头陀乃是奸细，他陷害我师哥……"王保保双眉一轩，叫道："一起下来说话！"

范遥在王府日久，知道王保保精明能干，不在乃父之下，自己的诡计瞒得过旁人，须瞒不过他，一下高塔，倘若小王爷三言两语之际便识穿破绽，下令众武士围攻，单是一个鹤笔翁便不好斗，自己脱身或不为难，塔中诸侠就救不出来了，高声说道："小王爷，我拿住了鹿杖客，他师弟恨我入骨，我只要一下来，他立刻便会杀了我。"（《倚天屠龙记》第二十七回）

自恋型人格因早年创伤造成的人格缺损，会在成长中通过三个补偿结构来平衡，其中之一便是理想化。赵敏在整部书的前半部中经常穿男子衣服出场，统领大批武林英雄为朝廷所用，这些平日里一等一的武林好手都唯赵敏马首是瞻。赵敏的所作所为已经不是传统意义上的郡主，而更像一位杀伐果断的将军、领袖。她的种种特质都是内心对父亲汝阳王认同的结果。

赵敏对父亲的过度认同是出于理想化移情的需要，而这个理想化自体客体的体验，正是为了弥补早年因母亲缺席导致的自体发展上的缺损。这个补偿结构对赵敏自体统合感、凝聚感的帮助是巨大的，但同时也存在隐患。同样理想化父亲的还有赵敏的亲哥哥王保保。王保保在书中出场不多，但他的精明强干给人留下深刻印象，甚至要强于赵敏，连张无忌也差点落在他的手里。在汝阳王的安排下，女儿赵敏负责情报工作常年混迹江湖，而长子王保保则跟在他身边，运筹帷幄，上阵杀敌。这是父亲汝阳王对孩子的一种回应，同时也是一种无须言语表达的选择结果，即王保保才是我的接班人，是我未来的延续。与同胞竞争中的失败对赵敏来说是理想化的受挫，即便如此，也总比没有理想化对象好。而赵敏的变化始于她遇见张无忌。

张无忌这才放手，说道："得罪了！"在她背上推拿数下，解开了她穴道。

赵敏喘了一口长气，骂道："贼小子，给我着好鞋袜！"张无忌拿起罗袜，一手便握住她左足，刚才一心脱困，意无别念，这时一碰到她温腻柔软的足踝，心中不禁一荡。赵敏将脚一缩，羞得满面通红，幸好黑暗中张无忌也没瞧见，她一声不响地自行穿好鞋袜，在这一霎时之间，心中起了异样的感觉，似乎只想他再来摸一摸自己的脚。却听张无忌厉声喝道："快些，快些！快放我出去。"

赵敏一言不发，伸手摸到钢壁上刻着的一个圆圈，倒转短剑剑柄，在圆圈中忽快忽慢、忽长忽短地敲击七八下，敲击之声甫停，豁喇一响，一道亮光从头顶照射下来，那翻板登时开了。这钢壁的圆圈之处有细管和外边相连，她以约定的讯号敲击，管机关的人便立即打开翻板。

张无忌没料到说开便开，竟是如此直截了当，不由得一愕，说道："咱们走罢！"赵敏低下了头，站在一边，默不作声。张无忌想起她是一个女孩儿家，自己一再折磨于她，好生过意不去，躬身一揖，说道："赵姑娘，适才在下实是迫于无奈，这里跟你谢罪了。"赵敏索性将头转了过去，向着墙壁，肩头微微耸动，似在哭泣。

她奸诈毒辣之时，张无忌跟她斗智斗力，殊无杂念，这时内愧于心，又见她背影婀娜苗条，后颈中肌肤莹白胜玉，秀发蓬松，不由得微起怜惜之意，说道："赵姑娘，我走了，张某多多得罪。"赵敏的背脊微微扭了一下，仍是不肯回过头来。（《倚天屠龙记》第二十三回）

自恋型人格的人内心是一片荒芜，这类人时常感到孤独，与人的关系有一种天生的距离感。虽然有不少英雄豪杰围绕在赵敏身边，但其内心是孤独的，其行为也给人隔膜感、疏离感。书中有个情节，当赵敏去小酒馆见张无忌时，只带了苦头陀（范遥），因为苦头陀不能说话，不会吐露一些事。她的诸多言行都象征着内心压抑了一个不能被别人知道的"秘密"，自己也不能言说的事实，即我原本是个女娇娃。因为理想化父亲，要做与父亲同样的角色，与兄长竞争，她必须藏起自己女性的身份。当赵敏在绿柳庄设计抓捕张无忌反被其制住，在被张无忌逼迫下打开陷阱，两人肌肤相触的那一刻让赵敏第一次体验到作为女孩子的感受。

理想化张教主

　　轿门掀起，轿中走出一个少年公子，一身白袍，袍上绣着个血红的火焰，轻摇折扇，正是女扮男装的赵敏。张无忌心道："原来一切都是她在捣鬼，难怪少林派一败涂地。"

　　只见她走进殿中，有十余人跟进殿来。一个身材魁梧的汉子踏上一步，躬身说道："启禀教主，这个就是武当派的张三丰老道，那个残废人想必是他的第三弟子俞岱岩。"

　　赵敏点点头，上前几步，收拢折扇，向张三丰长揖到地，说道："晚生执掌明教张无忌，今日得见武林中北斗之望，幸也何如！"

　　张无忌大怒，心中骂道："你这贼丫头冒充明教教主，那也罢了，居然还冒用我姓名，来欺骗我太师父。"

　　张三丰听到"张无忌"三字，大感奇怪："怎地魔教教主是如此年轻俊美的一个少女，名字偏又和我那无忌孩儿相同？"当下合十还礼，说道："不知教主大驾光临，未克远迎，还请恕罪！"赵敏道："好说，好说！"（《倚天屠龙记》第二十四回）

在与张无忌第一次交锋中，赵敏设下巧计也没能困住这位张教主，反被其制住，其自恋遭受了一定的挫折；同时，虽然张无忌用了点强，逼迫赵敏打开机关，但还算在一定程度上顾及了其女孩子的身份和颜面，并表达了歉意。这个事件让赵敏一方面体验到自己长久以来刻意压抑和隔离的女人身份，另一方面也体验到一个比自己更强大的客体，甚或比自己父亲更强大的客体，并且是一个拥有摧毁能力但又有节制的好客体。于是从赵敏装扮成张无忌的样子袭击少林武当就可以看到些许理想化张无忌的影子。

　　赵敏正色道："张教主，你要黑玉断续膏，我可给你。你要七虫七花膏的解药，我也可给你。只是你须得答应我做三件事。那我便心甘情愿地奉上。倘若你用强威逼，那么你杀我容易，要得解药，却是难上加难。你再对我滥施恶刑，我给你的也只是假药、毒药。"

　　张无忌大喜，正自泪眼盈盈，忍不住笑逐颜开，忙道："哪三件事？快说，快说。"

赵敏微笑道："又哭又笑，也不怕丑！我早跟你说过，我一时想不起来，什么时候想到了，随时会跟你说，只须你金口一诺，决不违约，那便成了。我不会要你去捉天上的月亮，不会叫你去做违背侠义之道的恶事，更不会叫你去死。自然也不会叫你去做猪做狗。"

张无忌寻思："只要不背侠义之道，那么不论多大的难题，我也当竭力以赴。"当下慨然道："赵姑娘，倘若你惠赐灵药，治好了我俞三伯和殷六叔，但教你有所命，张无忌决不敢辞。赴汤蹈火，唯君所使。"

赵敏伸出手掌，道："好，咱们击掌为誓。我给解药于你，治好了你三师伯和六师叔之伤，日后我求你做三件事，只须不违侠义之道，你务当竭力以赴，决不推辞。"张无忌道："谨如尊言。"和她手掌轻轻相击三下。

赵敏取下鬓边珠花，道："现下你肯要我的物事罢？"张无忌生怕她不给解药，不敢拂逆其意，将珠花接了过来。赵敏道："我可不许你再去送给那个俏丫鬟。"张无忌道："是。"

赵敏笑着退开三步，说道："解药立时送到，张教主请了！"长袖一拂，转身便去。玄冥二老牵过马来，侍候她上马先行。三乘马蹄声得得，下山去了。（《倚天屠龙记》第二十五回）

赵敏装扮成张无忌的样子，用着张无忌的名号在江湖上掀起血雨腥风，一方面有现实层面的原因，嫁祸明教，另一方面也有在心理上将张无忌理想化的因素。理想化一个人首先会无意识地去认同这个人，认同一般来说是从外向内进行的，可能先从外在开始，比如穿衣打扮成理想化对象的样子或者被理想化对象喜欢的样子，或者模仿理想化对象的行为举止、谈吐习惯等；然后再到内，思其所思，想其所想；最后有可能慢慢认同理想化对象的个性、三观等更内在的部分。而这个内化的过程类似迷恋，有时甚至带有宗教性的痴迷，目的都是与理想化对象达成心理上的合一，体验到融合感，从而增强自体的稳定性，体验到自我存在的感受。

当理想化一个人开始发生后，为了达到与理想化客体合一的最终目的，人们会无意识地采用一些手段去控制理想化客体，控制的目的是不让这个重要客体离开自己。如果理想化客体离开，无论是心理上的还是距离上的，人们都会产生受挫感，严重时会影响一个人的自体感，会在内心产生一种空虚、不稳定，甚至要碎裂的感觉。因此，赵敏设下计谋让张无忌答应了自己的三个要求，后来的故事里张无忌答应这三个要求产生的结果，其重要性不言而喻。第一个要求是借屠龙刀一观，这使得张无忌与赵敏一同去了灵蛇岛，在共同对敌的过程中增进了彼此感情；第二个要求更是让张无忌在濠州婚礼现场抛下将要与之拜堂的周芷若，却随赵敏而去；第三个要求已经是两个人双宿双飞之后的闺房之乐了。这三个要求是赵敏对张无忌的控制，也是赵敏无意识里希望通过控制的方式，让理想化客体不要离开自己。

张无忌道："我爹爹妈妈是给人逼死的。逼死我父母的，是少林派、华山派、崆峒派那些人。我后来年纪大了，事理明白得多了，却越来越是不懂：到底是谁害死了我的爹爹妈妈？不该说是空智大师、铁琴先生这些人；也不该说是我的外公、舅父；甚至于，也不该是你手下的那阿二、阿三、玄冥二老之类的人物。这中间阴错阳差，有许许多多我想不明白的道理。就算那些人真是凶手，我将他们一一杀了，又有什么用？我爹爹妈妈总是活不转来了。赵姑娘，我这几天心里只是想，倘若大家不杀人，和和气气、亲亲爱爱地都做朋友，岂不是好？我不想报仇杀人，也盼别人也不要杀人害人。"

这一番话，他在心头已想了很久，可是没对杨道说，没对张三丰说，也没对殷梨亭说，突然在这小酒家中对赵敏说了出来，这番言语一出口，自己也有些奇怪。

赵敏听他说得诚恳，想了一想，道："那是你心地仁厚，倘若是我，那可办不到。要是谁害死了我的爹爹哥哥，我不但杀他满门，连他亲戚朋友，凡是他所相识的人，我个个要杀得干干净净。"张无忌道："那我定要阻拦你。"赵敏道："为什么？你帮助我的仇人么？"张无忌道："你杀一个人，自己便多一分罪孽。给你杀了的人，死后什么都不知道了，倒也罢了，可是他的父母子女、兄弟妻子可有多伤心难受？你自己日后想起来，良心定会不安。我义父杀了不少人，我知道他嘴里虽然不说，心中却是非常懊悔。"

赵敏不语，心中默默想着他的话。

张无忌问道："你杀过人没有？"赵敏笑道："现下还没有，将来我年纪大了，要杀很多人。我的祖先是成吉思汗大帝，是拖雷、拔都、旭烈兀、忽必烈这些英雄。我只恨自己是女子，要是男人啊，嘿嘿，可真要轰轰烈烈地干一番大事业呢。"她斟一杯酒，自己喝了，说道："你还是没回答我的话。"

张无忌道："你要是杀了周姑娘，杀了我手下任何一个亲近的兄弟，我便不再当你是朋友，我永远不跟你见面，便见了面也永不说话。"赵敏笑道："那你现下当我是朋友么？"

张无忌道："假如我心中恨你，也不跟你在一块儿喝酒了。唉！我只觉得要恨一个人真难。我生平最恨的是那个混元霹雳掌成昆，可是他现下死了，我又有些可怜他，似乎倒盼望他别死似的。"

赵敏道："要是我明天死了，你心里怎样想？你心中一定说：谢天谢地，我这个刁钻凶恶的大对头死了，从此可免了我不少麻烦。"

张无忌大声道："不，不！我不盼望你死，一点也不。韦蝠王这般吓你，要在你脸上划几条刀痕，我后来想想，很是担心。"

赵敏嫣然一笑，随即脸上一红，低下头去。(《倚天屠龙记》第二十七回)

赵敏与张无忌在小酒馆互诉衷肠这段情节，可以说是两人感情达到质变的标志性事件。两人之前也许只是彼此心存好感，这个事件之后，两人产生了更深的爱情。张无忌在心理上是个比较健康的人，在这一段情节中也表现得很充分。张无忌对待赵敏很真诚，没有半句违心之言，句句是发自肺腑的心里话。与赵敏分享的内容并没有和其他人说过，包括师长张三丰、亲友殷梨亭，甚至已经和他定了亲的周芷若。这份信任让赵敏感受到自己在张无忌心中的重要性，这对于赵敏来说也是一份自恋的满足。

张无忌在表达深情的同时，也表现出一种不带敌意的坚决，直接告诉赵敏什么事可以做，什么事不能做，边界在哪里。这样的表述让赵敏感受到张无忌就像一堵墙，墙很稳定，很坚固，但墙不会压迫人，而是保护和依靠。

这个意象表现的是一种父亲的功能，父亲通常都是孩子理想化的重要客体。这再一次证明了张无忌是个好客体，是个可以被投以理想化的好客体。

选择爱的对象就是选择一个好客体去体验融合

张无忌身子虽不能动，眼中却瞧得清清楚楚，这人正是赵敏，大喜之下，紧接着便是大骇，原来她所使这一招乃是昆仑派的杀招，叫作"玉碎昆冈"，竟是和敌人同归于尽的拼命打法。张无忌虽不知此招的名称，却知她如此使剑出招，以倚天剑的锋利，流云使固当伤在她的剑下，她自己也难逃敌人毒手。

流云使眼见剑势凌厉之极，别说三使联手，即是自保也已有所不能，危急中举起圣火令用力一挡，跟着不顾死活地着地滚了开去。只听得当的一声响，圣火令已将倚天剑架开，但左颊上凉飕飕的，一时也不知自己是死是活，待得站起身来，伸手一摸，只觉着手处又湿又粘，疼痛异常，左颊上一片虬髯已被倚天剑连皮带肉地削去，若非圣火令乃是奇物，挡得了倚天剑的一击，半边脑袋已然不在了。

张无忌前来和谢逊相会，赵敏总觉金花婆婆诡秘多诈，陈友谅形迹可疑，放心不下，便悄悄地跟随前来。她知自己轻功未臻上乘，只要略一走近，立时便被发觉，是以只远远蹑着，直至张无忌出手和波斯三使相斗，她才走近。到得张无忌和三使比拼内力，她心中暗喜，心想这三个胡人武功虽怪，怎及得张无忌九阳神功内力的浑厚。突然间张无忌开口叫对手罢斗，赵敏正待叫他小心，对方的"阴风刀"已然使出，张无忌受伤倒地。她情急之下，不顾一切地冲出，抢到倚天剑后，便将在万安寺中向昆仑派学得的一记拼命招数使出来。（《倚天屠龙记》第二十九回）

赵敏在灵蛇岛为了救受伤的张无忌，使出两败俱伤的杀招，甚至不惜与对手同归于尽。从这一点来看，她对张无忌的感情浓烈程度远胜于书中其他与张无忌有情感纠葛的女子。周芷若在光明顶刺伤了张无忌为自己解围，之后又害殷离、谢逊，把张无忌骗得团团转；小昭虽然对张无忌照顾有加，但从一开始就隐瞒了自己波斯明教圣女的身份，最终飘然远走；殷离救过断腿的张无忌，但始终活在过去的回忆中无法自拔。赵敏虽然和其他女子一般欺骗过张无忌，但唯有她愿意豁出自己性命去搭救张无忌，并且不止一次。对于赵敏来说，张无忌的性命就是自己的性命，救张无忌就是救自己。此刻，赵敏已经在心理上与张无忌这个理想化客体融合了。至此，赵敏在家国与情郎的选择问题上，已经不再犹豫。

  汝阳王怒道："敏敏，你可要想明白。你跟了这反贼去，从此不能再是我女儿了。"

  赵敏柔肠百转，原也舍不得爹爹哥哥，想起平时父兄对自己的疼爱怜惜，心中有如刀割，但自己只要稍一迟疑，登时便送了张无忌性命，眼下只有先救情郎，日后再求父兄原谅，便道："爹爹，哥哥，这都是敏敏不好，你……你们饶了我罢。"

  汝阳王见女儿意不可回，深悔平日溺爱太过，放纵她行走江湖，以致做出这等事来，素知她从小任性，倘加威逼，她定然刺胸自杀，不由得长叹一声，泪水潸潸而下，呜咽道："敏敏，你多加保重。爹爹去了……你……你一切小心。"

  赵敏点了点头，不敢再向父亲多望一眼。

  ……

  赵敏叹道："那时我嫁魔随魔，只好跟着你这小魔头，自己也做个小魔婆了。"

  张无忌板起了脸，喝道："大胆妖女，跟着张无忌这淫贼造反作乱，该当何罪？"赵敏也板起了脸，正色道："罚你二人在世上做对快活夫妻，白头偕老，死后打入十八层地狱，万劫不得超生。"（《倚天屠龙记》第三十四回）

赵敏最终与张无忌这个理想化客体达到心理上的合一后，自然要与原生家庭在心理上分离，这是成长必须经历的过程。赵敏之所以在国家、家族与情郎之间毫不犹豫地选择张无忌，是因为在心理上，除张无忌之外再无他人能够让她产生这种融为一体的强烈移情体验。这个体验对她来说何其重要，是她的自体所必需的，无可替代的。

最后再简单谈谈张无忌为何会爱上赵敏。从某种角度看，赵敏是张无忌母亲殷素素的加强版。二女个性上都比较自恋，与人有疏离感，并且颇有心机。对待喜欢的人，她们会使用一些手段去控制，当然，也愿意为所爱之人全力付出。巧合的是，殷素素与赵敏在武林正派人士口中都被称为"妖女"，二人性格相似，却都是敢作敢为的奇女子。所以我们看到一些版本的《倚天屠龙记》影视剧中，殷素素与赵敏的扮演者要么相同，要么也是十分相似，这可能也是导演选角时有意无意为之。

张无忌幼时失去双亲，这个创伤性事件是造成张无忌性格成长的关键因素。那个父母双双自杀的场景对小无忌来说是永远抹不掉的记忆，有些部分甚至埋藏到无意识中，尤其是母亲殷素素死前对张无忌说的最后一句话："孩儿，你长大了之后，要提防女人骗你，越是好看的女人越会骗人……你瞧你妈……多会骗人！"面对母亲突然离自己而去带来的痛苦，孩子必然会在无意识里去补偿，去修复，去复原，企图保留母亲的一切，形象也好，最后的警告也好，要谨记母亲的忠告。这是一种象征，母亲复生的象征，自己可以搭救母亲的象征。这个无意识里的欲望无法上升到意识层面，但会影响张无忌的选择，所以我们看到书中少年张无忌第一个迷恋的女子朱九真，又漂亮又会骗人，骗得张无忌几乎落入其父朱长龄设下的圈套，差一点泄露了义父谢逊的藏身之所。其后与张无忌有情感纠缠的四位女子，赵敏、周芷若、小昭、殷离（练千蛛万毒手之前），哪个不是既美貌又欺骗过他的女子？

最终张无忌选择了赵敏，赵敏是唯一一个既欺骗过他，又多次舍生忘死救他的人。就如在冰火岛上，当张无忌还是一个蹒跚学步的孩子时，母亲殷素素故意绊他一跤，然后又把他抱在怀里百般疼爱。张无忌在赵敏身上体验到熟悉的感觉，即母亲的感觉，这种感觉是无与伦比的，带着宿命的强烈吸引力。

段誉：花非花，恋非恋

《天龙八部》是金庸武侠小说中相当重要和有深度的一部，在倪匡以及其他武侠小说评论家看来，这部作品在十五部金庸武侠小说中排名始终稳居前三名。《天龙八部》这个书名本就是佛教名词，这部小说也融入了相当多的佛教色彩，阐述了作者对于佛教中的人生八苦以及贪嗔痴慢疑等世间相的种种看法。

小说中的出场人物之多犹如八部天龙一般热闹，各有各的性格特点，亦各有各的痛苦，无论是一帮之主，或是一国之君，还是绝顶高手，抑或是不问世事的隐士，甚至修为高深的和尚，无人能幸免，无人能离苦得乐。书中三个主角，段誉、萧峰、虚竹各自有独立的故事线，又有交叉的情节线，最终慢慢揭示出三人自上一代开始的恩怨纠缠的命运，并因此造就了各不相同的人生际遇。本文主要分析段誉，如果用一个字来概括他的话，便是"痴"字。

痴的表现

段誉的痴表现在对王语嫣锲而不舍的追求上，无论是被轻视，被无视，被嘲讽，被侮辱，他始终不离王姑娘左右。段誉对王语嫣的痴迷缘于无量山中遇见无崖子为李秋水之胞妹亲手雕琢的玉像。虽只是一尊真人大小的冰冷塑像，但段誉一见便为之神魂颠倒，称之为"神仙姐姐"。后来在姑苏曼陀山庄见到酷似玉像的王语嫣时，段誉亦脱口而出唤其神仙姐姐。

这里不免让人产生疑问，段誉爱的究竟是王语嫣本人，还是作为玉像替身的王语嫣？在新修版《天龙八部》中，金庸修改了段誉和王语嫣二人大团圆的结局，增补了一个情节：当段誉带着王语嫣回大理途中，访无量山，再见神仙姐姐玉像，王语嫣有意无意地失手打碎玉像，段誉大怒，一番争吵之后，二人分道扬镳。由此可见，段誉爱神仙姐姐的玉像胜过王语嫣这个大活人，恋物甚于恋人。

何为恋物

说到恋物，不免会联想到一个专有心理学名词"恋物癖"。在不少心理疾病诊断中，恋物癖被归为性心理问题，多见于男性。在经典精神分析的视角中，恋物癖和俄狄浦斯情结相关，即男孩子无意识里恋母并害怕被父亲阉割，经典精神分析的核心也在于此。当然，段誉肯定不能被划入病理性的恋物癖范畴，但他在心理上的恋物特征还是比较明显的。

我们需要把病理性的恋物癖扩大一下范围再来分析恋物。作为经典精神分析的核心，俄狄浦斯情结-阉割焦虑有成为唯一因果论的倾向而被过度解读使用，这是一百年前一批精神分析先驱与弗洛伊德分道扬镳，以及弗洛伊德的继承者们在其理论上不断修改、扩充、重释的原因之一。弗洛伊德的伟大之处不是在于他的正确性，而是他的先驱性，开拓性，前瞻性。

回到恋物的分析上，我们不必机械地接受俄狄浦斯情结-阉割焦虑这个结论，但我们可以从弗洛伊德的经典精神分析理论中窥见他所指向的内涵，即孩子在心理上与母亲的二人关系，以及其后心理上发展为孩子与母亲、父亲的三人关系。段誉是《天龙八部》中第一个出场的主角，故事是从他逃避父亲教他练武而离家出走、闯荡江湖开始的。在金庸武侠作品中，大理段氏代代相传的六脉神剑以及一阳指可以算作超一流的武学绝技。段誉的逃跑说明其内心尚未建立对于父亲和家族传承的认同，也说明他的心理发展还未进入孩子－母亲－父亲的三人关系。

恋物的根源

心理上没有进入三人关系的孩子，必定卡在之前的二人关系或更早的共生关系（一人关系）中。共生关系是病理性的，段誉肯定不是，段誉的心理其实是卡在了二人关系中，即与母亲的关系。段誉的母亲是大理国王爷段正淳的妻子，王妃刀白凤。由于段正淳风流成性，在外不断寻花问柳，刀白凤伤心、愤怒、失望之极，出于报复，她委身于一个乞丐——后来的四大恶人之首，当时落难的原大理太子段延庆，遂生下段誉，这个秘密在其自杀临终前才告知段誉与段延庆。书中刀白凤出场时，已带发修行常驻玉虚观成为道姑，唤为玉虚散人。书中描写母子见面时，段誉对母亲表现出的亲密与依恋就像小孩子一般，这让一旁的木婉清都觉得有些惊讶。段誉对母亲的依恋程度还停留在儿童阶段，原因很可能是他在小时候缺乏母亲的陪伴。

刀白凤做出背叛段正淳的行为之后，因为愧疚加上无法彻底原谅丈夫的行为，选择离开王府独居道观，这也从侧面证实了段誉与母亲的分离过早，孩子的依恋需求没有被充分满足。或许当段誉还是一个小孩子的时候，母亲刀白凤在他心中就是一个既渴望依恋又无法时常满足他的客体，是一个充满了不确定性，非恒常，无法控制，经常性无回应的对象。这些充满失望与期望的体验交织在一起，对一个男孩子的心理发展影响极大。

因此，我们就不难理解段誉的恋物行为："物"不会如大活人般难以控制，他不必担心会时不时地与物分离，物的恒常性远远胜过人，胜过关系。段誉对无量山中玉像的迷恋，正体现了其儿童时期在母亲那里遭遇依恋的挫折与期望的再次唤起。神仙姐姐的玉像就像是一个带有儿时体验并强化的母亲替身，玉像的绝美外形就如小段誉心中的母亲形象。对于一个与母亲经常分离的孩子来说，母亲的形象会在孩子的想象中变得更加美好，甚至远远超越客观现实。玉像无法说话，无法互动，但这不重要，对于经常与母亲分离的小段誉来说，早就习惯没有回应的体验，因此段誉在无量山洞中独自对玉像倾诉也能自得其乐，一点也不感觉无聊。玉像是一个更加理想的母亲，因为"她"始终在那里，不会离开，不会突然消失，不会带来分离的痛苦。

恋物者不会因为得到替代物的满足而获得解脱，因为替代物只是原初创伤关系和愿望的投射变形，物的暂时满足一次又一次提醒创伤的存在，相当于饮鸩止渴。如果段誉去做精神分析取向心理治疗，减少恋物情结对他的影响，获得个人心理的成长，那么治疗过程最终需回到原初创伤的关系中，即从王语嫣到神仙姐姐的玉像，然后到母子关系，再从母子关系到三人关系和家族认同，这将是一段漫长的精神分析治疗过程。

恋物的救赎

段誉恋物的救赎是在一系列突发事件的推动、极具心理冲击却没有崩溃的情况下完成的。先是污泥井下段誉终获王语嫣的芳心（其实是王对表哥慕容复失望之极），于是因得到替代物的投射对象而获得满足。然后是遭王夫人与慕容复以及四大恶人联手伏击，母亲刀白凤与父亲段正淳双双身亡。段正淳自杀缘于所爱的几个女人被杀，痛不欲生，刀白凤自杀是因为所爱的段正淳离去。这对于段誉来说有两个层面的心理冲击，一个是他不得不与重要客体分离，对于关系的无常性有了更深刻的体验；另一个更深的层面是母亲追随父亲离去而留下自己，三人的真实关系打破了段誉的俄狄浦斯情结，心中男孩的无意识幻想终获释放。分离是痛苦的，与重要客体的分离就像是心理上被放逐到危险的现实世界，对于内心还是孩子的段誉来说，不得不抓住另一个可以依靠的客体，于是他选择了向家族认同，继承了大理段氏皇位。段誉心理上的这一段冲击和变化之后，替代物也就不重要了，于是才有了金庸在新修版里增补的那一段情节，玉像也碎了，王语嫣也走了。

恋物的情结，男女都有，在经典精神分析中，弗洛伊德更关注男孩的心理发展，其核心观点俄狄浦斯情结－阉割焦虑也是从男孩的无意识来分析的。对于女孩心理发展的阐述，弗洛伊德有点"敷衍"，只是简单地依照

"男孩-母亲"关系做了"女孩-父亲"关系的类比,而后来发展的现代精神分析也提出了"女孩-母亲"关系的重要性,即厄勒克特拉情结。女性恋物的根源也和母亲相关,当然,具体案例还要具体分析。

程灵素：焚心以火

金庸的武侠世界中有两位程姑娘颇让人心疼，一位是《神雕侠侣》中的程英，另一位就是这篇分析的《飞狐外传》中的程灵素。程灵素是金庸武侠世界里众多女性主角中外貌最不出众的，但其聪慧善良，执着深情，最后为救胡斐，中毒而亡。每当我再读《飞狐外传》到此处时总跳过，不忍卒读。程灵素为何对情之一字如此执着？为何无法与胡斐执手偕老？

初见

程灵素在《飞狐外传》中第一次出场，是在胡斐去洞庭湖畔药王庄找毒手药王去救中毒的苗人凤时，当时胡斐寻药王庄不得，见路边有三间茅舍，一村女在舍前花圃整理花草，便上前问路。程灵素闻声回头，留给胡斐的第一印象是一双眼睛明亮之极，精光四射。常说眼睛是心灵的窗户，能折射出人的内心。好比我们看婴儿的眼睛是如此纯净，孩子的眼睛是如此天真，随着慢慢长大，人们体验多种关系，再进入社会，眼睛里多了忧郁、愤怒、恐惧、惆怅、狡诈……程灵素明亮的眼睛中透露出其内心是保有很多天真与善良的。

同时，她又极为聪明、机智，初识胡斐，给他指了一条错路让其绕道至天黑才到目的地，躲过了白天的毒瘴；随手送了两朵花，帮助胡斐解毒；还让与胡斐同行、心有戒备不吃不喝的钟兆文莫名着了道。这些都是小手段的话，其后用连环计制服三个心狠手辣的师兄（姐），又不计前嫌，为破坏其花圃的二师兄三师姐的独生子小铁治伤解毒。程灵素心思缜密，经常看透胡斐心事，御敌手段老辣，机智如黄蓉，手段胜赵敏，但又能心怀慈悲，这一点是金庸笔下女侠中独有的。

程灵素是毒手药王无嗔和尚收的关门弟子，有意思的是，无嗔最早叫大嗔，后来叫一嗔，随后又叫微嗔，直到人生后期才叫无嗔。无嗔前三个弟子，慕容景岳、姜铁山、薛鹊，个个心狠手辣，相互残害不断（最后薛鹊私通慕容景岳，害死了姜铁山）。无嗔晚年收程灵素为徒，是怕百年之后三个徒弟更无法无天危害武林，希望她将来能够清理门户。用毒是一门隐蔽的技术，讲究不知不觉间不战而屈人之兵，制服对手。如果都是用毒高手，比拼的是谁心机更深，谁施毒的计划考虑更全面。这一点上，程灵素远超过三位师兄（姐），就连最后和师叔石万嗔的对决，虽然她代胡斐中毒而死，但临死前布了个局让石万嗔也中毒成了废人。程灵素这样的女子虽心机满腹却不让人讨厌，虽施毒但从不无故害人，更不取人性命，这一点她是内化了无嗔和尚晚年的内心慈悲。程从小就跟着无嗔学艺，无嗔是程成长过程中最重要的客体形象，同时也是理想化客体，令其敬仰的父亲形象。在书中，程灵素多次和胡斐谈起师父无嗔的事迹，崇敬之心溢于言表。

钟情

无嗔大师年轻时疾恶如仇，既有机智促狭的一面，又有心胸豁达的一面。比如为报苗人凤误会他下毒而削断他手指之仇，无嗔大师送苗人凤一只铁盒，盒子里有条毒蛇咬了苗人凤的同时又附有一瓶解药，让苗人凤解了毒，但也痛苦了几日。看到这里不觉莞尔，这不是胡斐的行事作风、脾气性格吗？胡斐亦是疾恶如仇之人，为素不相识的钟阿四一家出头，和佛山一霸凤天南怼上了；还是个少年时，在商家堡与成名的八卦掌高手王剑英过招，也是机智促狭层出不穷，关键时刻一泡尿帮助赵半山清理门户；在商家堡救众人于大火中，虽心中隐隐觉得苗人凤是杀父母的仇人，仍敬仰其风骨为其奔波寻药。无嗔的一生是从充满激情冲突的大嗔，到整合控制的一嗔，再到放下豁达的微嗔，最后归于慈悲寂静的无嗔。胡斐的性格中既有年轻激情的活力，又不失豁达慈悲的胸怀，这对程灵素来说是既熟悉又有着深刻的吸引力。

荣格的分析心理学里有个"原型"概念，原型是一种意象，是情结的一种具体的拟人化象征。女子在现实世界钟情的男子，就是阿尼姆斯（Animus）这个女性心中的男性成分的原型所投射的。阿尼姆斯这个原型是由女性一生中很多重要男性的特质构成，其中第一个且最重要的便是父亲形象（心理学上指的父亲更多指抚养关系中的父亲角色，而非生物学上的概念，当然，这二者对大多数人来说是重合的）。因此，在一位女性钟情的男子身上，能够感觉到这个女子的父亲的一些特质，有外形的，有脾气性格的。而当这位女子和父亲相处充满动力（有爱亦有恨）时，她所钟情的男子身上体现出的特质就有更多父亲的影子。程灵素对胡斐可谓一见钟情，从此目光再也无法从胡斐那里移开，追随其浪迹天涯，同生共死。追根溯源，程灵素心中阿尼姆斯的原型是很重要的推动因素。

程灵素相貌平平，十六七的年纪只有十四五的身形，抛开也许是营养不良的因素，这其实是蛮有心理意义的。二八年华正是女孩子体态性征发育明显的时期，性代表的是欲望，成熟女性的身体是男性欲望的对象。这个年纪的女孩子体形异于常态（滞后或早熟），一般来说都和性心理有关，对比书中差不多年纪的马春花，程灵素发育滞后的体形是一种将内心性的欲望防御掉的表现。那么，她为何要防御掉？

防御

书中程灵素没来由地问胡斐："（袁姑娘）比我这丑丫头好看得多，是不是？"试想同样的场景，如果是黄蓉，她会问郭靖："靖哥哥，我好看吗？"

如果是赵敏，她会问张无忌："是我好看还是周姑娘好看？"再或者任盈盈问令狐冲，则是："你的小师妹一定很好看吧？"至于小龙女嘛，她会瞧着过儿，摸着过儿的头发，一个字也不会问。

程灵素内心的自卑可见一斑，她还和胡斐说过小时候的一件事，她八岁时拿母亲的镜子玩，姐姐对她说：丑八怪再照也是丑八怪。结果第二天家里的镜子都不见了，被她扔到了井里，同时井中也照出了她并不美丽的容颜。程的行为是一种心理防御，其实，无论是低级的"分裂"（精神病），还是高级一些的"压抑"（神经症），抑或是被普世价值推崇的"升华""幽默"……所有的这些心理防御机制都是为了否认。凡是人都需要一些心理防御机制，这样才能让我们内心暂时离痛苦远一点，好受一点。

我们看到了程灵素在"毒手药王"的栽培下，业务能力突飞猛进，入门最晚，年纪最小，但是水平远远超过三位师兄（姐），功力甚至比肩师叔石万嗔，还成功栽培出了师父、师叔都没有种出的七心海棠，在术业能力上的精进和成就是为了补偿内心自卑的部分。除了"补偿"，程还采用了"压抑"的防御机制，将情爱的欲望压抑到心底深处，因此才能专心药道，有所成就。所以胡斐看到的程灵素，虽然十六七的年纪却只有十四五岁性征发育不明显的身形。

程灵素初遇胡斐便已芳心暗许，胡斐自然是英雄豪杰，自古美女爱英雄，不是美女也爱英雄。那么，胡斐初遇程灵素究竟做了什么，竟让程一往情深？先是胡斐误会程是农家贫女种花卖钱养家，因此牵着马绕着花圃走，怕践踏了程种的花草；然后他向程灵素问路，程直接让他挑粪水施肥，他也照办；随后程灵素送了胡斐两朵花，指点了一条方向相反的路，胡斐夜探铁屋无果返回程住处，亦不以江湖险恶为意，坦然饱餐了程准备的饭菜；半夜程灵素师兄之子姜小铁引狼群破坏花圃之时，胡斐出手助其驱走狼群，重创敌人；然后两人又合作制服程的三位师兄（姐），破铁屋中帮师侄小铁疗伤。程灵素长得不美，自幼被周遭之人嘲讽，从小离开家拜无嗔为师学习炼毒施毒，相信父母对她重视程度也是很有限的，她在成长过程中基本上只是和师父无嗔相依为命。她将对爱的渴望、对关系的渴望深埋起来，压抑到心底。当胡斐这样一个洒脱豪迈的少年出现时，对方不但对自己一些看似无理的要求言听计从，还尊重和帮助自己，这让程灵素幽闭的内心射进了一丝丝光明，照亮了心底的自尊，并引发出她一直压抑的情爱欲望。

最初胡斐对待程灵素更多的是对农家贫女的怜悯，帮助她做农活，群狼来袭时保护她。当程灵素展现出不凡的计谋和实力之后，胡斐对她又敬又怕，敬的是程姑娘手段高明又不伤人性命的慈悲胸怀，怕的是程姑娘的心思捉摸不透，用毒功力深厚，书中胡斐不止一次担心和害怕程灵素用毒。

伤逝

程灵素离开药王庄后一直陪伴胡斐浪迹天涯，无论是治疗苗人凤的眼疾，还是后来助力胡斐救马春花抵挡京城高手，破坏福大帅的掌门人大会，程一直是胡斐的重要助手，没有程的机智和接应，胡斐不知道要着对手多少道，死多少次。对胡斐来说，程灵素更像是一个母亲的角色，无私地给予他帮助、关照，还非常强大，但一定不会成为爱人。因为胡斐是个内心充满英雄情结的人，他的所作所为都是为了要成为一个盖世英雄。荣格曾经提出过英雄的原型和"英雄之旅"的理论，其中有"屠龙"的意象。所谓屠龙，就是要杀死内心和母亲共生的依恋欲望，这样男孩才能成长为男人，也就是拉康讲的，男孩要摆脱母亲欲望对象的身份，进入父性的规则世界才能长大。我们在现实生活中看到，太多男孩一直在满足母亲欲望下活着，做着"巨婴"。从这个角度讲，胡斐是不能爱上程灵素的，程灵素越靠近胡斐、帮助胡斐，胡斐越是无法走向他的英雄之旅。而袁紫衣是能够把他拉出母子共生关系的第三者的象征，就算没有袁紫衣，还会有张紫衣、陈紫衣出现，这是胡斐无意识中的追求。

程灵素爱上胡斐，胡斐何尝不知道，连王铁匠这样的粗人也看得明白，在铁屋故意唱给胡斐听："小妹子待情郎——恩情深，你莫负了妹子——一段情，你见了她面时——要待她好，你不见她面时——天天要十七八遍挂在心！"这个曲子不时在胡斐耳边响起，于是胡斐要和程灵素结拜兄妹。每次读到这里都要心疼程灵素好几回，程灵素何尝不明白，又哭又笑，微带狂态，撮土为香与胡斐结拜了兄妹。以程灵素内心如此通透聪明的女子，到了此时还不明白胡斐并不爱自己吗？她只是不愿意承认，不愿意相信。多少年洞庭湖畔隐居，自小受尽忽视和嘲讽，眼前的这个男子对自己是如此重视，也许这是此生能够一直陪伴自己的唯一人选和希望。自小没有得到过足够爱和关注的女孩子会被内心的自卑持续影响，成年后很容易被异性的关心打动，因异性对自己的一点点关注就感激不已。女孩很容易把那个异性当作拯救者，并且会付出自己的一切来维持这段关系。胡斐不过挑了两担粪，夸赞了程亲手做的一餐饭，作为帮手助程清理了门户，之后就是程一直在不停地付出，付出……直到最后付出了自己的生命。

程灵素之死源于胡斐同时中了没有解药可救的三大剧毒，唯有他人用嘴把毒血吸出，方有解毒的一线可能，但吸毒之人则会中毒身亡。程灵素明知后果却没有丝毫迟疑，毅然决然地为胡斐吸出毒血，交代了几件事情后，躺在胡斐怀中静静地死去。程为胡斐献出自己生命的情节是书中十分催泪的一段，我每次重读到此都选择跳过，程灵素实在太让人心疼，哪怕到了弥留之际，都没有一丝一毫地想到自己，先是布了一个死亡之局等石万嗔来上钩，然后给胡斐分析他的杀父仇人九成是石万嗔。程一直在为胡斐付出直到生命的最后，她内心的独白是：我不够好看，我只能用我的能力我的努力，不停地照顾你帮助你，为了你，我甘心付出一切，也许你会回过头来看我一眼吧，也许终有一天你会爱上我吧。

可是这样的爱太沉重，令人无法承担，胡斐自己内心也明白程付出了多少，程想要什么，但是他做不到，给不了，内疚感又会让他不自觉地想逃，想和程有一个安全的距离。程灵素临死前将袁紫衣送自己的玉凤取出，与袁紫衣送胡斐的另一半玉凤一起放入胡斐怀中，程已放下了对于爱的所有期望。

金庸的武侠世界里只程灵素一人能种出七心海棠，因为她自己便是那株七心海棠，其貌不扬，淡淡的，无色无味，制成蜡烛，为人照亮前路，同时消耗着自己的生命，不知不觉间毒质入心无药可医。七心海棠只能以烈酒浇灌才可养成，柔弱身躯下的程灵素，其内心对爱情的追求，对关系的渴望，何尝不是如烈酒，如火焰般炙热。

这世上的女子有的是情感充沛外放型，有的则是情感内敛的理智型。后者的感情开始时给人的感觉往往是节制的，压抑的，平淡的，但其实她们内心的情感如海浪般澎湃激荡，这个部分一旦被激发出来，便如着了魔般无法遏制。待一切灰飞烟灭，最终伤得最重的只是自己——唯愿她们能够遇到良人，抑或修通自己。

林朝英：爱要怎么说出口

在金庸武侠小说系列中，有几个充满个性的人物只存在于江湖传说，却始终没有出场。比如《碧血剑》中的夏雪宜，《神雕侠侣》中的独孤求败。《神雕侠侣》中还有两个这样的人物，一个是王重阳（《射雕英雄传》中也有提到），另一个就是本篇要写的林朝英。

林朝英是古墓派的开山祖师，李莫愁和小龙女的祖师婆婆，杨过的太祖师婆婆。当年她与全真派祖师王重阳比武打赌赢了之后，重阳真人让出活死人墓给林朝英居住，自己在附近盖了一座道观，便是终南山重阳宫的前身。

其人

林朝英到底是个怎样的人？先看看杨过的感受。

> 杨过跟着她走向后堂，只见堂上也是空荡荡的没什么陈设，只东西两壁都挂着一幅画。西壁画中是两个姑娘。一个二十五六岁，正在对镜梳妆，另一个是十四五岁的丫鬟，手捧面盆，在旁侍候。画中镜里映出那年长女郎容貌极美，秀眉入鬓，眼角之间却隐隐带着一层杀气。杨过望了几眼，心下不自禁地大生敬畏之念。（《神雕侠侣》第五回）

一幅画像便让当年天不怕地不怕、顶撞师父赵志敬、反出重阳宫的小杨过心生敬畏，可以想象林朝英肯定是个厉害人物。在华山论剑的排名中，王重阳位列五绝之首，力压东邪黄药师、西毒欧阳锋、南帝一灯大师、北丐洪七公，是当世武林第一高手。林朝英的武功仅次于王重阳，那也是相当了不起。

丘处机道："事隔多年，先师的故人好友、同袍旧部接连来访，劝他出墓再干一番事业。先师心灰意懒，又觉无面目以对江湖旧侣，始终不肯出墓。直到八年之后，先师一个生平劲敌在墓门外百般辱骂，连激他七日七夜，先师实在忍耐不住，出洞与之相斗。岂知那人哈哈一笑，说道：'你既出来了，就不用回去啦！'先师恍然而悟，才知敌人倒是出于好心，乃是可惜他一副大好身手埋没在坟墓之中，是以用计激他出墓。二人经此一场变故，化敌为友，携手同闯江湖。"

郭靖想到前辈的侠骨风范，不禁悠然神往，问道："那一位前辈是谁？不是东邪、西毒、南帝、北丐四大宗师之一罢？"

丘处机道："不是。论到武功，此人只有在四大宗师之上，只因她是女流，素不在外抛头露面，是以外人知道的不多，声名也是默默无闻。"郭靖道："啊，原来是女的。"丘处机叹道："这位前辈其实对先师甚有情意，欲待委身相事，与先师结为夫妇。当年二人不断地争闹相斗，也是那人故意要和先师亲近，只不过她心高气傲，始终不愿先行吐露情意。后来先师自然也明白了，但他于邦国之仇总是难以忘怀，常说：匈奴未灭，何以家为？对那位前辈的深情厚意，装痴乔呆，只作不知。那前辈只道先师瞧她不起，怨愤无已。两人本已化敌为友，后来却又因爱成仇，约好在这终南山上比武决胜。"（《神雕侠侣》第四回）

看得出林朝英对王重阳青睐有加，也颇有情义，但为何两人最终无法琴瑟和鸣？作为王重阳的弟子，丘处机的解读是林朝英心高气傲不愿意先吐露真情。这就很有意思了，为何林朝英爱一个人如此之深却不愿表达呢？

一个人的自恋

林朝英是个典型的具有自恋型人格特点的人，在男性主导的江湖中，一名女性在武艺上做到了一人之下万人之上，能力出众又美貌非凡，达到这种程度的动力因素只能是自恋。"自恋"这个词在心理学领域，尤其在精神分析取向的自体心理学框架里是非常受推崇的。健康的自恋会让一个人产生雄心和理想，正是这两样宝贵的内在原动力在促使一个人不断前进。

"次日黄昏，二人又在此处相会。那人道：'咱们比武之前，先得立下个规矩。'先师道：'又定什么规矩了？'那人道：'你若得胜，我当场自刎，以后自然不见你面。我若胜了，你要把这活死人墓让给我住，终生听我吩咐，任何事不得相违；否则的话，就须得出家，任你做和尚也好，做道士也好。不论做和尚还是道士，须在这山上建立寺观，陪我十年。'先师心中明白：'终生听你吩咐，自是要我娶你为妻。否则便须做和尚道士，那是不得另行他娶。我又怎能忍心胜你，逼你自杀？只是在山上陪你十年，却又难了。'当下好生踌躇。其实这位女流前辈才貌武功都是上上之选，她一片情深，先师也不是不动心，但不知如何，说到要结为夫妇，却总是没这个缘分。先师沉吟良久，打定了主意，知道此人说得出做得到，一输之后必定自刎，于是决意舍己从人，不论比什么都输给她便是，说道：'好，就是这样。'

……

"先师心下钦服，无话可说，当晚搬出活死人墓，让她居住，第二日出家做了道士，在那活死人墓附近，盖了一座小小道观，那就是重阳宫的前身了。"（《神雕侠侣》第四回）

丘真人在谈及林朝英时说她是王重阳的平生劲敌，杨过与小龙女谈论王、林之事时，也基本上都和彼此争斗、较量有关。对于战胜别人的需要是自恋型人格的一个特点，这一方面可以促进一个人不断向杰出的方向努力，另一方面，如果一个人过度地固着在这个需要上，也许提示了他有不健康的自恋部分，或者叫自恋型人格障碍。

自恋型人格障碍的特征之一就是夸大自我的重要性，表现为傲慢自大，喜欢通过与人争斗或贬低他人来体现自己比别人更强，以达到夸大性自恋满足。这样的人往往很难示弱，因为一旦这么做，自我否定的感受便会如潮水般地淹没自己——早期被迫害的焦虑，希望得到爱却又不可得的失望与由此带来的恐惧、悲伤统统被激发出来，混杂在一起袭上心头。要控制住这些感受，战胜这种痛苦，投射到现实中就变成了要战胜一个又一个客体对象。

自恋型人格特征的人在选择与之战斗的客体上是很有要求的，要选择比自己强的，弱的看不上，但还不能太强，太强的会让他们产生挫败感。对于林朝英来说，王重阳正是不二之选。古墓外连激重阳真人七天七夜也好，终南山比武得胜也罢，纠缠那么多年，大大满足了内心夸大自恋的部分。当然，我们并不能说林朝英有自恋型人格障碍，但显然，她的自恋是非健康的。

两个自恋者的爱情

> 只见画中道人手挺长剑，风姿飒爽，不过三十来岁年纪，肖像之旁题着"活死人"三字。画像不过寥寥几笔，但画中人英气勃勃，飘逸绝伦。杨过幼时在重阳宫中学艺，这画像看之已熟，早知是祖师爷的肖像，这时猛地想起，古墓中也有一幅王重阳的画像，虽然此是正面而墓中之画是背影，笔法却一般无异，说道："这画也是祖师婆婆的手笔。"小龙女点点头，向他甜甜一笑，低声道："咱俩在重阳祖师画像之前成亲，而这画正是祖师婆婆所绘，真是再好不过。"（《神雕侠侣》第二十八回）

林朝英在武艺上一直与王重阳较劲、竞争，其实内心对重阳真人有很多由欣赏到爱慕再到理想化的部分。自恋型人格的特质之一是具有夸大性自恋部分，同时还会有理想化的部分。当这种人格特质的人遇到足够好的客体就会始终在这两个部分之间来回摆动，即科胡特所说的两极自体。林朝英一生的对手也是一生爱慕的人，夸大性力比多和理想化力比多都投注到一个人身上，被投注的客体需要承受很大的压力，重阳真人内心一定也是爱恨交织的。

王重阳与林朝英均是武学奇才，原是一对天造地设的佳偶。二人之间，既无或男或女的第三者引起情海波澜，亦无亲友师弟间的仇怨纠葛。王重阳先前尚因专心起义抗金大事，无暇顾及儿女私情，但义师毁败、枯居古墓，林朝英前来相慰，柔情高义，感人实深，其时已无好事不谐之理，却仍是落得情天长恨，一个出家做了黄冠，一个在石墓中郁郁以终。此中原由，丘处机等弟子固然不知，甚而王林两人自己亦是难以解说，惟有归之于"无缘"二字而已。却不知无缘系"果"而非"因"，二人武功既高，自负益甚，每当情苗渐茁，谈论武学时的争竞便随伴而生，始终互不相下，两人一直至死，争竞之心始终不消。林朝英创出了克制全真武功的玉女心经，而王重阳不甘服输，又将九阴真经刻在墓中。只是他自思玉女心经为林朝英自创，自己却依傍前人的遗书，相较之下，实逊一筹，此后深自谦抑，常常告诫弟子以容让自克、虚怀养晦之道。（《神雕侠侣》第七回）

重阳真人，五绝之首，武功、智慧都是超绝之人，林朝英对他的情义，他心里怎会不知，试问天下除了林朝英，还有谁武功智谋、文采美貌能配得上他？可为何两人最后没有修成正果？原因在于王重阳其实也是偏自恋型人格的人。如果按照粗略的人格划分方式，每个人的人格都包含边缘部分和自恋部分。如果自恋部分占比多，外在便呈现自恋特质；反之，边缘部分占比多，就呈现边缘特质。在亲密关系里，两个自恋部分占比较重的情侣大概率会发展出轰轰烈烈、可歌可泣的爱情，但是很难有结果，就算结合了，如果各自的自恋部分依然在关系中呈现过多，那么最终还是会分开。

杨过虽在古墓中住了几年，但林朝英的居室平时不敢擅入，她的遗物更是从来不敢碰触，这时听小龙女如此说，笑道："对丈夫说话，也不用这般客气。"过去将床头几口箱子中最底下的一口提了来。那箱子并不甚重，也未加锁，箱外红漆描金，花纹雅致。

小龙女道："我听孙婆婆说，这箱中是祖师婆婆的嫁妆。后来她没嫁成，这些物事自然没用的了。"杨过"嗯"了一声，瞧着这口花饰艳丽的箱子，但觉喜意之中，总是带着无限凄凉。他将箱子放在寒玉床上，揭开箱盖，果见里面放着珠镶凤冠，金绣霞帔，大红缎子的衣裙，件件都是最上等的料子，虽然相隔数十年，看来仍是灿烂如新。小龙女道："你取出来，让我瞧瞧。"

　　杨过把一件件衣衫从箱中取出，衣衫之下是一只珠钿镶嵌的梳妆盒子，一只翡翠雕的首饰盒子，梳妆盒中的胭脂水粉早干了，香油还剩着半瓶。首饰盒一打开，二人眼前都是一亮，但见珠钗、玉钜、宝石耳环，灿烂华美，闪闪生光。杨、龙二人少见珠宝，也不知这些饰物到底如何贵重，但见镶嵌精雅，式样文秀，显是每一件都花过一番极大心血。（《神雕侠侣》第二十八回）

　　自恋型的人貌似很强势，很独立，与人有距离感，其实内心同样渴望被爱，被照顾。只是这个需要是无法言说的，他们柔软和脆弱的一面需要被坚硬的铠甲包裹起来，或许铠甲上还有让人不舒服的刺。林朝英永远在想象中等待那个既能够经受住被刺的痛苦，还能够勇敢穿透铠甲走进她内心的人，可惜王重阳这个客体还不够勇敢，不够稳定，不够坚持。同时，林朝英也从来没有想过自己主动拔去尖刺，卸下铠甲，因为那样对于林朝英来说太可怕、太危险，她卸下和失去的是林朝英之所以是林朝英的那个熟悉的自我——那是自恋型人格唯一可以暂时得到依靠和慰藉的东西。

岳灵珊：是缘是债是场梦

在《笑傲江湖》中，令狐冲曾与三位女子有过情感纠葛，岳灵珊便是其中一位，她也是令狐冲心头那颗意难平的朱砂痣。如果读者代入式地读这部小说，对岳灵珊会有些怨言，同情令狐冲因小师妹移情别恋而遭受的痛苦。但是如果从理性角度或从岳灵珊的角度看，她在爱情上最终选择林平之而没有选择令狐冲也是情有可原，甚至自然而然的。至于这个选择所带来的悲惨结局，岳灵珊并不具备读者的上帝视角，选择的背后是她无意识需求和欲望的推动。

小师妹的选择

林平之冷笑道："他这么好，你为什么又不跟他去？"岳灵珊道："平弟，你到此刻，还是不明白我的心。大师哥和我从小一块儿长大，在我心中，他便是我的亲哥哥一般。我对他敬重亲爱，只当他是兄长，从来没当他是情郎。自从你来到华山之后，我跟你说不出的投缘，只觉一刻不见，心中也是抛不开，放不下，我对你的心意，永永远远也不会变。"林平之道："你和你爹爹原有些不同，你……你更像你妈妈。"语气转为柔和，显然对岳灵珊的一片真情，心中也颇为感动。（《笑傲江湖》第三十五回）

网络上经常讨论岳灵珊到底爱的是令狐冲还是林平之，抑或岳灵珊爱不爱令狐冲。如果给爱下定义，从个体角度来说，爱是一种复杂的混合体验，无法用有或者没有，是非黑白的标准去判断。男性和女性对于爱的体验是有差异的。从女性角度分析，爱的体验中至少包含依恋、仰慕、钦佩、生理唤起、移情等感受。这些部分中既有意识层面的，也有无意识层面的，还有横跨意识和无意识两个层面的。从女性爱的体验视角再来分析岳灵珊爱大师兄令狐冲还是小师弟林平之，就比较清晰了。

与大师兄的依恋之爱

> 令狐冲道："前年夏天，我曾捉了几千只萤火虫儿，装在十几只纱囊之中，挂在房里，当真有趣。"仪琳心想，凭他的性子，决不会去缝制十几只纱囊，问道："你小师妹叫你捉的，是不是？"令狐冲笑道："你真聪明，猜得好准，怎么知道是小师妹叫我捉的？"仪琳微笑道："你性子这么急，又不是小孩子了，怎会这般好耐心，去捉几千只萤火虫来玩。"又问："后来怎样？"令狐冲笑道："师妹拿来挂在她帐子里，说道满床晶光闪烁，她像是睡在天上云端里，一睁眼，前后左右都是星星。"仪琳道："你小师妹真会玩，偏你这个师哥也真肯凑趣，她就是要你去捉天上的星星，只怕你也肯。"（《笑傲江湖》第七回）

> 令狐冲见她哭得更厉害了，心下大感不解，说道："好，好，是我说错了话，我跟你赔不是啦。小师妹，你别生气。"
>
> 仪琳听他言语温柔，心下稍慰，但转念又想："他说这几句话，这般的低声下气，显然是平时向他小师妹赔不是惯了的，这时候却顺口说了出来。"（《笑傲江湖》第五回）

令狐冲与仪琳的这两段对话，基本上概括了令狐冲与小师妹之间的相处模式。令狐冲对岳灵珊几乎有求必应，爱护有加。这是令狐冲爱小师妹的一种方式，这种卑微的无私付出也是读者心疼他的原因之一。这段关系实际上是一种非平等性的照顾关系。站在岳灵珊的体验角度，作为小师妹被大师兄无微不至地照顾，生出的是一种依恋之情。就如她对林平之所说，与大师兄从小一起长大，对他是敬重、亲爱的兄妹之情。岳灵珊对令狐冲的爱之体验大部分是依恋，当然还有仰慕和钦佩。

与小林子的爱之体验

令狐冲道："武功是可以练的，侠义之气却是与生俱来，人品高下，由此而分。"岳灵珊微笑道："我听爹爹和妈妈谈到小林子时，也这么说。大师哥，除了侠气，还有一样气，你和小林子也不相上下。"令狐冲道："什么还有一样气？脾气么？"岳灵珊笑道："是傲气，你两个都骄傲得紧。"（《笑傲江湖》第八回）

相较于大师兄，岳灵珊在小师弟林平之那里获得的爱之体验就丰富很多了。

"小林子？"岳灵珊笑了笑，道："啊，是林师弟，最近我一直叫他小林子。前天他来跟我说，东边山坡的松树下有草菇，陪我一起去采了半天，却只采了小半篮儿。虽然不多，滋味却好，是不是？"令狐冲道："当真鲜得紧，我险些连舌头也吞了下去。小师妹，你不再骂林师弟了吗？"

岳灵珊道："为什么不骂？他不听话便骂。只是近来他乖了些，我便少骂他几句。他练剑用功，有进步时，我也夸奖他几句：'喏，喏，小林子，这一招使得还不错，比昨天好得多了，就是还不够快，再练，再练。'嘻嘻！"

……

岳灵珊道："你别担心，我才不会乱教他呢。小林子要强好胜得很，日也练，夜也练，要跟他闲谈一会，他总是说不了三句，便问到剑法上来。旁人要练三个月的剑法，他只半个月便学会了。我拉他陪我玩儿，他总是不肯爽爽快快地陪我。"（《笑傲江湖》第八回）

在令狐冲被罚于华山思过崖面壁的一年中，岳不群刻意安排作为师姐的岳灵珊教林平之华山派的基础剑法，也是创造机会让两人有更多时间相处。

这一年的相处让两人的关系走得很近，小师弟林平之很好地替代了令狐冲的陪伴角色，他身上的傲气也让岳灵珊心生钦佩。在岳灵珊与令狐冲的关系中，她更多是被照顾者的角色，虽然会有喜悦和满足，但这种关系本质上不是平等关系，或者说是不对等关系。这样的不对等在无意识层面会阻碍被照顾者的心理发展，因为弱者才需要被照顾。不对等关系里的照顾者貌似处于低位，但也有一种隐秘的满足感，即表面上照顾对方，呵护对方，甚至委屈自己，但在心理层面有一种我比你强大，你是弱小的，所以需要我照顾的满足感。只是长期处于被照顾位置的个体在心理上会有种莫名的不适感，这种不适感交织着意识层面的喜悦和无意识层面的恨意。

在督促小师弟林平之练剑的过程中，岳灵珊没有这种不对等关系带来的无意识困扰，他们此时的关系是相对平衡的。岳灵珊在教授练剑的时候是个带领者，这满足了她内心的胜任感。对于自体，这是一种良好感受，乃至于做梦、说梦话的时候，她都在督促小师弟练剑。当岳灵珊要求小师弟陪她玩的时候，林平之也不是有求必应，他有他的坚持，但也不会太固执，他会在刻苦练剑的同时，陪伴岳灵珊采蘑菇，教她唱福建的采茶山歌。这种关系是互有付出和保有个体边界的平等关系，这个体验要比岳灵珊与令狐冲之间貌似令人感动实则不对等的关系要丰富和健康得多。

移情中的爱之体验

在爱的体验中，占据主导作用的是移情体验。岳灵珊的原生家庭中父母关系还是相当不错的，岳不群在练习辟邪剑法前和妻子宁中则也是恩爱的一对佳偶，他经常称呼妻子宁女侠，后者也相当受用。令狐冲与林平之都有侠气和傲气，这是他们相似的部分，但两人也有很多不同之处。令狐冲比较随性洒脱，这一点和岳灵珊的母亲宁中则相似。令狐冲的这位师母自始至终都信任他，林平之对岳灵珊吐露真相时，也说宁中则一直信任令狐冲，从来没有怀疑过他私藏辟邪剑谱，这也让岳灵珊因曾经对大师兄起疑而感到惭愧。宁中则那么信任令狐冲，一方面，令狐冲是她从小带大的孩子，另一方面，她是小说所有人物里最了解和理解令狐冲的人之一（另一个是任盈盈）。只有内在心理特质一致的人，才会有那么深的理解和信任，可见令狐冲的脾气秉性更接近宁中则。林平之经过灭门惨剧后，性情上变得沉稳和内敛，这一点上越来越与岳不群相似，他对于习武复仇的执着，与岳掌门几十年来把华山派从元气大伤到慢慢恢复的努力是相似的。

根据精神分析的观点，孩子对于父母的爱会在长大后通过移情投射在恋爱对象上。岳灵珊在令狐冲身上投射的是对母亲的爱，在林平之那里投射更多的是对父亲的爱。林平之对岳灵珊说过，她更像母亲宁中则，也就是说，在心理无意识层面，岳灵珊更容易将移情投射到与父亲相似的林平之那里。另外，女性的爱情（性心理发展）是受到俄狄浦斯情结影响的，女性度过俄狄浦斯情结的过程和男性不一样，相较于男性的两个阶段，女性是更加复杂的三个阶段。因此，相较于男性，女性的情感也更加细腻和丰富。简单来说，女性俄狄浦斯情结的第一阶段是对母亲的爱，第二阶段转向对父亲的爱，第三阶段是将对父亲的爱投射到另一个男子身上。岳灵珊对令狐冲的爱更多是第一阶段对母亲的爱的一种移情，而她最终将爱转移到林平之身上，也是心理上从俄狄浦斯情结的第二阶段发展到第三阶段的过程。

爱的体验是种复杂的感受

令狐冲道："我一定答允的，你要我办什么事，我一定给你办到。"岳灵珊道："大师哥，我的丈夫……平弟……他……他……瞎了眼睛……很是可怜……你知道么？"令狐冲道："是，我知道。"岳灵珊道："他在这世上，孤苦伶仃，大家都欺侮……欺侮他。大师哥……我死了之后，请你尽力照顾他，别……别让人欺侮了他……"
……

忽然之间，岳灵珊轻轻唱起歌来。令狐冲胸口如受重击，听她唱的正是福建山歌，听到她口中吐出了"姊妹，上山采茶去"的曲调，那是林平之教她的福建山歌。当日在思过崖上心痛如绞，便是为了听到她口唱这山歌。她这时又唱了起来，自是想着当日与林平之在华山两情相悦的甜蜜时光。

  她歌声越来越低，渐渐松开了抓着令狐冲的手，终于手掌一张，慢慢闭上了眼睛。歌声止歇，也停住了呼吸。（《笑傲江湖》第三十六回）

  岳灵珊对小师弟林平之除了有依恋、钦佩，以及强烈的移情，爱的体验中还有其他一些部分，其中比较明显的是愧疚感。读完《笑傲江湖》全书会发现，岳灵珊其实也是岳不群实现自己野心的一颗棋子。小说一开始，她和二师兄劳德诺被父亲派往福州城郊，以经营酒肆为名来监视福威镖局，伺机打探辟邪剑谱的消息。在酒肆中，易容后的岳灵珊被青城派余沧海之子调戏，被路过的林平之撞见。当时岳灵珊的武功比林平之高了不止一个档次，但为了掩人耳目没有示于人前，林平之替她出头，失手杀死了对方。该事件最终导致林家被灭门，福威镖局被彻底铲平，林平之人生遭遇大变，从此流落江湖，无依无靠，吃尽苦头。岳灵珊内心对此是有强烈愧疚感的，消除愧疚感最普遍的方式就是补偿与甘愿受惩罚。所以她在与林平之成婚后，尤其在丈夫练辟邪剑法后对她言语施暴，生活上对她不闻不问、漠不关心时，她依然不离不弃，心甘情愿地帮助他、成全他。哪怕最后死在林平之手里，岳灵珊不但没有恨他，还在担心他的安危，从岳灵珊及旁观者的视角来看，这应该算是所谓的真爱了吧。每个人的爱都是很难被他人完全理解的，因为爱本身就是种复杂的个人体验。正因如此，爱对每个人才如此重要。

任盈盈：爱人同志

金庸的武侠小说描写过很多对爱情男女，比较为人熟知的有郭靖黄蓉，杨过小龙女，张无忌赵敏，萧峰阿朱等。在这些爱情男女中，双方的性格差异大多比较突出，如郭靖忠厚老实，黄蓉则机智伶俐；杨过性情热烈，而小龙女冷若冰霜；张无忌对待感情优柔寡断，赵敏则坚定果敢。也许这一对对男女在性格上的互补造就了彼此的吸引。不过在《笑傲江湖》中，任盈盈与令狐冲的爱情则不太一样，他们两人的个性与追求比较接近，其爱情呈现出另一种特点。

令狐冲是天生的"隐士"，对权力没有兴趣。盈盈也是"隐士"，她对江湖豪士有生杀大权，却宁可在洛阳隐居陋巷，琴箫自娱。她生命中只重视个人的自由，个性的舒展。唯一重要的只是爱情。这个姑娘非常怕羞腼腆，但在爱情中，她是主动者。（《笑傲江湖》后记）

任盈盈是如何爱上令狐冲的，这件事蛮值得分析。令狐冲在小说中的形象应该并不帅气，肯定比TVB版《笑傲江湖》中的饰演者吕颂贤差很多。小说中没有一处描写令狐冲的相貌与英俊沾边，反而在黑木崖任我行重夺教主一战中，借东方不败之口提到了令狐冲相貌平平，他对任盈盈深爱此人感到不解。所以任盈盈肯定不是因为外貌爱上令狐冲的，而岳灵珊因此移情别恋更帅气儒雅的林平之倒是大有可能。

初遇

任盈盈初识令狐冲的过程充满了戏剧性。在洛阳陋巷中，年纪甚老的绿竹翁因为师承辈分的关系称呼盈盈为姑姑，而盈盈自始至终都在竹帘后都没有露面，因此令狐冲以为盈盈是位年纪甚大的老婆婆，便以婆婆相称。洛阳旅居期间，令狐冲每日到绿竹巷向盈盈学《笑傲江湖》的曲谱，两人终日接触交流，盈盈对令狐冲的情愫便是在此间种下。

令狐冲生性本来开朗，这番心事在胸中郁积已久，那婆婆这二十多天来又对他极好，忍不住便吐露自己苦恋岳灵珊的心情。他只说了个开头，便再难抑止，竟原原本本地将种种情由尽行说了，便将那婆婆当作自己的祖母、母亲，或是亲姊姊、妹妹一般，待得说完，这才大感惭愧，说道："婆婆，弟子的无聊心事，唠唠叨叨地说了这半天，真是……真是……"

那婆婆轻声道："'缘'之一事，不能强求。古人道得好，'各有因缘莫羡人'。令狐少君，你今日虽然失意，他日未始不能另有佳偶。"

……

那婆婆道："令狐少君，临别之际，我有一言相劝。"

令狐冲道："是，前辈教诲，令狐冲不敢或忘。"

但那婆婆始终不说话，过了良久良久，才轻声说道："江湖风波险恶，多多保重。"

令狐冲道："是。"心中一酸，躬身向绿竹翁告别。只听得左首小舍中琴声响起，奏的正是那《有所思》古曲。（《笑傲江湖》第十三回）

对令狐冲来说，随盈盈学琴的这段经历是他人生至暗时刻的一道光。他内伤严重，发作时如万蚁噬体，盈盈一曲《清心普善咒》才使他稍能缓解。其心中的痛苦更是难挨：师弟陆大有之死令他归咎于己，他更因失了华山派秘籍《紫霞神功》而内疚不已；从风清扬处学了独孤九剑却被师父岳不群怀疑偷学了《辟邪剑法》，但为了遵守承诺不能自辩清白而委屈；更令他苦闷的是青梅竹马的小师妹岳灵珊移情别恋林平之……所有的悲伤与委屈，与身体上的痛苦交织在一起，使得令狐冲迫切地需要倾诉，而被当作婆婆的任盈盈成了令狐冲此刻唯一的，也是最合适的聆听者。

从任盈盈的角度去感受学琴期间的令狐冲——他是一个对自己吐露了内心最深处情感的人，自己是唯一与他分享这份秘密的人——这本身就是一种极为亲密的人际关系体验。这个体验对盈盈来说是稀缺和珍贵的，是内心深处所渴望的。她作为日月神教的圣姑，地位仅次于教主东方不败，一言便可决定江湖豪侠的生死，但另一方面，她又是被东方不败篡位的前任教主任我行的女儿。为了避免教中尔虞我诈，新旧派系的权力斗争，任盈盈隐居洛阳陋巷，由一个沉默寡言的绿竹翁照顾日常生活。对盈盈来说，她此前所在的成长环境中，充满了权力争斗的残酷、狡诈和背叛。值得信任的人只有绿竹翁、向问天等寥寥几人，他们年纪都已不小，也有主仆身份差异，不会有贴心的交流和细腻的情感。而误打误撞闯入盈盈生命中的令狐少侠填补了这份情感需要，并且还是自然而然，真情流露，毫无心机的。这份真诚直击盈盈的内心深处，盈盈被这二十多天陪伴带来的美好体验深深打动，以至于临别之际，心中有万般不舍，沉默良久，一句嘱托道尽心中万千挂念。

相处

> 从地道中出来，竟是置身于一个极精致的小花园中，红梅绿竹，青松翠柏，布置得极具匠心，池塘中数对鸳鸯悠游其间，池旁有四只白鹤。众人万料不到会见到这等美景，无不暗暗称奇。绕过一堆假山，一个大花圃中尽是深红和粉红的玫瑰，争芳竞艳，娇丽无俦。
>
> 盈盈侧头向令狐冲瞧去，见他脸蕴笑容，甚是喜悦，低声问："你说这里好不好？"令狐冲微笑道："咱们把东方不败赶跑后，我和你在这里住上几个月，你教我弹琴，那才叫快活呢。"盈盈道："你这话可不是骗我？"
>
> 令狐冲道："就怕我学不会，婆婆可别见怪。"盈盈嗤的一声，笑了出来。（《笑傲江湖》第三十一回）

一段爱情的开始通常取决于情感层面有冲击力的感受体验，但是这种高峰体验会随着时间流逝、感受阈值提高以及边际效应递减等因素而慢慢降低。

一段爱情若能真正存续，需要持续性的、稳定的情感体验支撑。就好比中式煲汤，旺火煲开，然后文火慢煨，煨的时间越长，味道会更浓郁，回味更久。至于如何慢煨爱情之火，这更多由爱情中两人各自的心理结构与特质决定，或是互补，或是一致，大多数情况是两者兼有。

在小说中令狐冲是孤儿，被年轻的岳不群、宁中则夫妇收养，成为华山派首徒。任盈盈是日月神教教主任我行的独生女，她幼年时副教主东方不败篡位，将任我行暗中幽禁在杭州梅庄西湖底，自此盈盈也成了"孤儿"。两人的身世造就了人格层面一些相似的底色，亲情的过早丧失促使他们比较重视依恋情感体验；对于现实世界的失望促使二人在心理上转向对各自内在体验的追求，以此让内心平静下来。《笑傲江湖》是部阐述道家思想与生活态度的小说，任盈盈与令狐冲在性情上都是道家中人，他们两人在人格、心理层面上是高度相似的。

从精神分析的视角看，所有爱情本质上都是移情作用使然。在自体心理学派的理论中，移情分为镜映移情、理想化移情以及孪生移情。通常情况下，这三种移情在爱情关系中可能都会被或多或少地体验到，其中的一种移情会占据主要位置。在任盈盈与令狐冲的爱情中，应该是孪生移情占据主要位置。因此在小说中，两人可谓彼此默契，心意相通。当令狐冲被关在西湖底醒来时，第一个想到的就是盈盈，脸上不自觉地带着笑，想到盈盈知道自己遇险一定会来救自己，这是一种信任，也是一种笃定，就像了解自己一样了解另一个人。同样，任盈盈为了让令狐冲的内伤得到治愈，自愿在少林寺被关押十年换取《易筋经》。一方面这是盈盈的孪生移情投射，救令狐冲就是救自己，另一方面也是一种笃定，她知道令狐冲必不会负自己。事实证明，令狐冲得知这个消息后，便聚起江湖豪杰摇旗呐喊去少林寺救圣姑。

自然

任我行转过头来，向盈盈低声道："你到对面去。"盈盈明白父亲的意思，他是怕令狐冲顾念昔日师门之恩，这一场比试要故意相让，他叫自己到对面去，是要令狐冲见到自己之后，想到自己待他的情意，便会出力取胜。她轻轻"嗯"了一声，却不移动脚步。

过了片刻，任我行见令狐冲不住后退，更是焦急，又向盈盈道："到前面去。"盈盈仍是不动，连"嗯"的那一声也不答应。她心中在想："我待你如何，你早已知道。你如以我为重，决意救我下山，你自会取胜。你如以师父为重，我便是拉住你衣袖哀哀求告，也是无用。我何必站到你的面前来提醒你？"深觉两情相悦，贵乎自然，倘要自己有所示意之后，令狐冲再为自己打算，那可无味之极了。（《笑傲江湖》第二十七回）

在《三战》这一回中有一段任盈盈的名场面，对比《倚天屠龙记》赵敏前往濠州现身张无忌与周芷若的婚礼现场，对着观礼众人斩钉截铁地说出那句"我偏要勉强"，盈盈的爱情观中很重要的一点是"贵乎自然"。如果说盈盈为了情郎甘愿牺牲十年青春是爱情中的极致感性，那么这"贵乎自然"则代表了爱情中的理性，其中还有她人格层面的自尊，是健康自恋的特质。这对感性占主导地位的女性来说是难能可贵的。在爱情中忘我投入与理性思考是矛盾的两极，人们多数情况下会在靠近这两个极端的某个位置徘徊许久。而盈盈可以在不同的情境下自如地切换两个位置，内心的体验又如此和谐，说明她人格层面的整合度是不错的，她的人格是健康、和谐、有韧性的。虽然她幼时曾遭遇失去亲人的创伤体验，但这种负面影响应该得到了相当大程度的修复，这在她最终人格层面的呈现状态上得到了佐证。相信盈盈在幼年以及少年、青年时代得到的关爱是充足的。东方不败曾经问过盈盈，这些年自己待她如何？盈盈亲口承认他待她极好。东方不败死后，盈盈对令狐冲回忆起小时候东方叔叔经常抱她去山上采果子，也是充满唏嘘。她对东方不败没有什么恨意，只是再见之时对他神鬼莫测的武功以及大变的性情有一些惊诧和害怕而已。盈盈对东方不败的态度，更多是在真实体验与理性分辨基础上的健康心理呈现，而没有因为任我行的原因而投射上过多仇恨。这也是盈盈对待她与令狐冲爱情的态度。

共情

　　过了好一会,盈盈道:"你在挂念小师妹?"令狐冲道:"是。许多情由,令人好生难以明白。"盈盈道:"你担心她受丈夫欺侮?"令狐冲叹了口气,道:"他夫妻俩的事,旁人又怎管得了?"盈盈道:"你怕青城弟子赶去向他们生事?"令狐冲道:"青城弟子痛于师仇,又见到他夫妻已然受伤,赶去意图加害,那也是情理之常。"盈盈道:"你怎地不设法前去相救?"令狐冲又叹了口气,道:"听林师弟的语气,对我颇有疑忌之心。我虽好意援手,只怕更伤了他夫妻间的和气。"

　　盈盈道:"这是其一。你心中另有顾虑,生怕令我不快,是不是?"令狐冲点了点头,伸出手去握住她左手,只觉她手掌甚凉,柔声道:"盈盈,在这世上,我只有你一人,倘若你我之间也生了什么嫌隙,那做人还有什么意味?"

　　盈盈缓缓将头倚了过去,靠在他肩头上,说道:"你心中既这样想,你我之间,又怎会生什么嫌隙?事不宜迟,咱们就追赶前去,别要为了避什么嫌疑,致贻终生之恨。"(《笑傲江湖》第三十五回)

这一段盈盈与令狐冲的对答,让专业临床心理咨询师都心生赞叹。赞叹的是盈盈对令狐冲的共情过程,绝对属于心理咨询师入门培训中示范级的水准。盈盈能够体会到令狐冲内心不同层次的情感,并耐心地引导他徐徐表达。令狐冲表达的过程,也是让这些情感能够进入意识层面进行理解和消化的过程,这让令狐冲获得了被关注、被理解、温暖和安全的感受。这种级别的共情能力,一部分基于任盈盈对令狐冲心理上的高度理解,另一部分则来自她成熟健康的人格结构。这使她能够消化掉因令狐冲对岳灵珊留存的感情而带来的不适,并能够通过理性方式帮助他处理困扰。在共情的这一刻,任盈盈就是令狐冲的自体客体,两个人产生了心心相印的美妙感觉。这个感觉也让盈盈打消了心中因令狐冲对小师妹还有余情的不快。

　　两人并肩坐在车中,望着湖水。令狐冲伸过右手,按在盈盈左手的手背上。盈盈的手微微一颤,却不缩回。令狐冲心想:"若得永远如此,不再见到武林中的腥风血雨，便是叫我做神仙，也没这般快活。"

盈盈道："你在想什么？"令狐冲将适才心中所想说了出来。盈盈反转左手，握住了他右手，说道："冲哥，我真是快活。"令狐冲道："我也是一样。"盈盈道："你率领群豪攻打少林寺，我虽然感激，可也没此刻欢喜。"（《笑傲江湖》第三十五回）

任盈盈与令狐冲的爱情中虽然发生了很多轰轰烈烈的事件，但在内心的体验上是平静与和谐的，就如小说中令狐冲不止一次地在任盈盈弹奏《清心普善咒》时平静安稳地入睡。相较于杨过与小龙女、张无忌与赵敏，任盈盈与令狐冲的爱情是和谐之爱，自然之爱，融合了感性与理性的成熟之爱。最终，小说在他们琴箫合奏的《笑傲江湖》中结束，象征着他们获得了幸福美满的生活。

心理上的成长最需要足够的镜映，镜映是一种关系的存在，人是无法脱离关系独活的，最起码也需要想象中的关系。高质量的、多样的关系对于一个人心理的成长起到关键性作用。

成长篇

JIN YONG meets FREUD

当金庸遇见弗洛伊德

  从心理学角度看，杨过的童年期是没有"父亲"的，也没有父亲功能的人长期出现在幼年杨过的生命中，这一点对孩子一生的人格形成，影响巨大。理想化父亲的缺失反而会加强杨过对这个客体的渴望，但是这个形象是空白的，是无人提及的，是不存在的，怎么办？只能创造！如何创造？就是通过创造自己来创造理想化父亲的形象。杨过一生好强，不过是要一遍又一遍地向心中的父亲证明自己是优秀的，是出色的；如果自己是好的，那父亲也一定是好的，就算父亲不够好，那自己的出色表现也能够弥补父亲的缺点。

胡斐：你走你的路

  胡斐是金庸武侠里唯一一位在两本书中都作为主角出现的人物，《雪山飞狐》在前，《飞狐外传》在后。《雪山飞狐》前半部写的是胡一刀的故事，也就是胡斐的父亲，后半部写胡斐。最后写到胡斐与苗人凤比武关键之处，胡斐的那一刀砍还是不砍，是胡斐的纠结也是金庸的纠结，于是故事就此打住，留下一个开放性的结局。也许金庸写得意犹未尽吧，又写了一本《飞狐外传》专门刻画胡斐这个人物的成长过程，在后记中也提到想通过这本书谈谈什么是中国文化里的"侠"。

  中国文化里的"侠"来自墨家思想："兼爱非攻"，即"大不攻小也，强不侮弱也，众不贼寡也，诈不欺愚也，贵不傲贱也，富不骄贫也，壮不夺老也。是以天下之庶国，莫以水火、毒药、兵刃以相害也"。这是早期的侠义精神，以《史记·游侠列传》为代表，历代英雄人物的传记里都能读到这些品质，乃至现代吴宇森、杜琪峰等导演的香港电影里也能品味出其中一二。而具有侠义精神的侠客具体表现就是孟子所说的"富贵不能淫，贫贱不能移，威武不能屈"。孟子一身侠气，那句"虽千万人吾往矣"是何等豪气干云！

胡斐的侠气

《飞狐外传》中胡斐在商家堡第一次出场时，还是个十来岁的黄毛小子，身材瘦弱，武功也平平，但却拥有一颗超乎常人的侠义之心。商家堡风雨夜，苗人凤怀抱着年幼的女儿千里寻妻，眼见妻子南兰决心抛下女儿随田归农私奔后怅然而去。见此情景的小胡斐冲出人群指责南兰负心，差一点被田归农所杀；再后来胡斐敢作敢当，承认自己在人形木牌上写上仇家姓名，被商老太捉住，挨了几百鞭子仍不屈服；长大后的胡斐路见不平，为素不相识的钟阿四一家出头，怒怼佛山一霸五虎门的掌门凤天南，凤天南使出浑身解数，调动各种人脉资源，或威胁，或讨好，或通过双方的朋友讲和，送钱送豪宅，胡斐依然不为所动，就算得知了心中所爱袁紫衣是凤天南的私生女，依然决心为钟阿四一家复仇。胡斐一身侠肝义胆，用行动淋漓尽致地诠释了墨子和孟子所宣扬的侠义精神。

胡斐的侠气从何而来？

胡斐身世可怜，出生只有几日，父亲胡一刀便中毒身亡，母亲殉情随丈夫而去。烧火小工平阿四感念胡一刀夫妇生前的搭救之恩，冒死将襁褓中的胡斐救出，被赶来追杀的田归农砍断了一条臂膀。平阿四虽然只是一名卑微小工，却颇具侠义精神，舍生忘死搭救小胡斐并将其养大。平阿四为何这么做？起初他被人欺负，家中父亲重病无钱医治，是胡一刀出面摆平，除了给银子帮忙，还和平阿四平辈论交，将他当作弟弟一般关心爱护。平阿四之于胡斐是报恩，报胡一刀的搭救之恩，知遇之恩。在平阿四的心中，胡一刀是英雄，是一位真正的大侠。

平阿四对于胡一刀夫妇的理想化是影响胡斐成长的重要因素。平阿四与胡斐之间除了养育者和被养育者的关系，还存在着主仆关系，这满足了小胡斐夸大性自体的部分，同时，在平阿四心里和言语中理想化的胡斐父母形象，又满足了小胡斐理想化自体的部分。

在自体心理学中，夸大性自体和理想化自体是个人成长渐渐发展出自我理想化的基础。因此，我们在胡斐身上看到"侠"这个自我理想化形象，并看到胡斐的所作所为都在实践这个形象。

大侠父亲与豪杰母亲

在《雪山飞狐》中，跌打医生阎基与平阿四描绘出一个丰满的胡一刀形象。

胡一刀外形粗豪，内心却细腻，最打动人心的一幕是，当胡一刀得知苗人凤前来找他比武复仇时，往日天不怕地不怕的汉子怀抱刚出生儿子的手不觉一抖——铁汉亦有柔情。在迎战苗人凤之前，胡夫人亲自做了一桌酒菜陪丈夫饮酒等待敌手到来。席间胡一刀用筷子蘸着酒水喂初生的胡斐一口，自己则满饮一碗，纵使金面佛大队人马到来，依然弄儿为乐不为所动，何等英雄气概！

胡夫人亦是女中豪杰，丈夫与苗人凤连日比武，晚上田归农使人打扰胡一刀休息，胡夫人一出手便料理了敌人，然后继续给小胡斐喂奶。虽然胡斐不过是个襁褓中的婴儿，但父母人格中的特质会通过内摄机制进入孩子的内心成为自体客体的一部分，并慢慢内化成孩子逐渐发展的自体的一部分。同样，父母对孩子的期望也会通过语言、行为，被无意识内摄到孩子的自体中去，从而影响到孩子的一生。

> 夫人道："我瞧着孩子，就如瞧着你一般。等他长大了，我叫他学你的样，什么贪官污吏、土豪恶霸，见了就是一刀。"胡一刀道："我生平的所作所为，你觉得都没有错？要孩子全学我的样？"夫人道："都没有错！要孩子全学你的样！"胡一刀道："好，不论我是死是活，这一生过得无愧天地。"（《雪山飞狐》第四回）

胡斐自幼失去双亲，但通过平阿四、商老太、阎基、苗人凤、田归农等众人之口，他在心中描绘出一个大侠父亲的形象。失去父母的孩子会在感情上更加热切地希望在无意识里和父母融合，最好的方式就是成为和父母一样的人，行一样的事，这是深入自体的最深切融合，即我活出了父母的样子，他们便再也不会离开我，因为他们已经成为我自体的一部分——以此来缅怀父母，安抚自己从小失去父母的创伤体验。

胡斐也不断地将父母的形象投射到他人身上，比如苗人凤。苗人凤和胡一刀虽然开始时是仇人比武，但后来慢慢发展成知己，推心置腹，抵足而眠。苗和胡其实是一类人，内心一样的细腻悲悯，胡斐对苗人凤是崇敬的，一如对父亲的感觉。他为救治苗人凤被毒瞎的眼睛，历经波折去药王庄求药，那是胡斐无意识里希望回到过去，以解救中毒父亲的一种象征性投射。

失败的爱情

在《飞狐外传》中，胡斐遇到了两个女子，袁紫衣和程灵素，并分别发展出一段感情经历。和袁紫衣的相逢是从被捉弄开始的。胡斐在追杀凤天南千钧一发之际被袁姑娘阻止，但同时又被她豪爽的性格、爱捉弄人的个性和美丽的容颜所吸引。最后天下掌门人大会时，袁紫衣风格突变，以尼姑形象示人，决绝地拒绝了胡斐的爱意。而二妹程灵素虽然年纪尚小，但心机手段高明，常于危难之际帮助胡斐，又不计回报，但毒手药王弟子的身份让胡斐对二妹始终心存忌惮。

两个不同的女子带给胡斐的体验是一样的，矛盾的感受，即客体关系中讲的孩子对好妈妈和坏妈妈的交替感受，这个部分胡斐是没有整合的。所以，从这个角度分析，胡斐与程、袁二人的感情注定是要失败的。

胡斐负了二妹程灵素自是被一众"金迷"恨得牙痒痒，对袁紫衣也一样，书中最后，袁紫衣悠悠地告诉胡斐，如果风雪古庙那一晚两人比武时，胡斐抱住自己而没有放手，也许自己就抛下出家的誓言随他而去了……胡斐只是呆在当场，若是换作《鹿鼎记》中的韦小宝，肯定不由分说觍着脸就抱上去了。

胡斐在亲密关系的心理状态上，还停留在俄狄浦斯期之前，从精神分析的角度来说，孩子只有进入俄狄浦斯三元关系并且修通之后，才有能力谈场真实的爱情，没修通之前统统都是对母亲/父亲依恋共生的愿望变形后投射到某个女子/男子身上而已。袁紫衣也好，程灵素也罢，都是胡斐将内心对母亲渴望的感情投射在外的客体而已。母亲离开了自己，她们也会这样的，这是胡斐无意识里的独白。所有被动失去母亲的孩子要修通和母亲情感的这个部分，首先要表达恨意，被抛弃的恨意。

突然间一个黄瘦男孩从人丛中钻了出来，指着苗夫人叫道："你女儿要你抱，干吗你不睬她？你做妈妈的，怎么一点良心也没有？"

这几句话人人心中都想到了，可是却由一个乞儿模样的黄瘦小儿说出口来，众人心中都是一怔。只听轰轰隆隆雷声过去，那男孩大声道："你良心不好，雷公劈死你！"戟指怒斥，一个衣衫褴褛的孩童，霎时间竟是大有威势。（《飞狐外传》第三回）

这是胡斐内心无意识的表达，胡斐唯一一次表达对母亲的恨意是通过对南兰的投射完成的。有意思的是，书中最后胡斐遭遇田归农及一众高手围攻险些丧命时，救他的还是这个被投射成坏妈妈的南兰。

此后，胡斐远遁雪山，而雪山正是母亲出生、成长、遇见父亲胡一刀并相爱结成夫妇的地方，这是一种哀悼，这一哀悼就是十年。十年之后胡斐再次遇到苗人凤（父亲形象的投射），那场刀剑决斗才真正标志着胡斐进入了俄狄浦斯期。而胡斐也爱上了另一位美丽的女子苗若兰，虽然她身上还保留着一些母亲的影子。

胡斐是金庸早期笔下刻画的人物，虽然两本书都和他有关，人物的个性也鲜明，但是总感觉比起中后期无论杨过、令狐冲，抑或萧峰、张无忌，人物形象略显单薄了一些。原因是胡斐成长中缺失了某些部分，虽然这些部分也通过哀悼的方式修通了，但缺乏具体的情节描写，终归有些缥缈。就如"大侠"二字一般，更多来自"希望被看见"的想象。

杨过：浪子心声

杨过这个人物是金庸武侠里的一个异类，个性上更像古龙笔下的游侠。金庸笔下的大侠们，大多具备的鲜明特点是浓浓的家国情怀。无论是早期的陈家洛、袁承志、胡斐，还是后来的郭靖、张无忌、萧峰，都或多或少地参与到大时代的洪流中去实现自我价值，去诠释"侠之大者，为国为民"。杨过则是少有的一个更多为自己之事而活的人。

《神雕侠侣》写的是杨过前半生，洋洋洒洒一百多万字只围绕两件事：一是弄清楚父亲杨康到底怎么死的；二是不顾一切地要和小龙女在一起。其他的民间疾苦、朝代更迭之事他都并未放在心上。在小说的尾声，杨过在铁枪庙里找到了父亲之死的答案，在绝情谷底寻到了小龙女之后，襄阳城外飞石取蒙古大汗性命不过是恰逢其会。旁人击节赞叹之时，他拉着姑姑飘然而去，后半生隐居活死人墓。

没有父亲的孩子

杨过是杨康之子，遗腹子。他还没出生时，其父杨康就因在铁枪庙暗算黄蓉，沾上她软猬甲上欧阳锋所炼蛇毒，中毒而亡。母亲穆念慈一个人含辛茹苦把杨过养到十岁也积劳成疾病死。从心理学角度看，杨过的童年期没有父亲或父亲功能的人参与，这一点对孩子的人格形成影响巨大。

同样是遗腹子，郭靖在婴儿期同样没有父亲，但从郭靖的幼儿期开始，身边出现了很多高质量的"父亲"，从神箭手哲别开始，然后是江南七怪、全真七子之一马钰、北丐洪七公和成吉思汗。所以，我们可以在郭靖身上看到哲别的忠诚，江南七怪的坚持，马钰的稳重，洪七公的大义，成吉思汗的气度。虽然郭靖人不聪明，学什么都慢人一拍，但最后能成为一代大侠，这缘于他从幼儿期开始便将诸多优秀的父亲品质内摄于人格中并不断整合，这是促使他不断前进的内在动力。

而杨过的境遇就大不如郭靖了，他十二岁前的生活是没有父亲参与的，其后阴差阳错认了只见过短短两面、已然疯癫的欧阳锋为父，此后郭靖这个"父亲"的形象才进入杨过的生活。笔者对《射雕英雄传》中木讷的青年郭靖没有太多好感，而是更欣赏古灵精怪的黄蓉。但是故事发展到《神雕侠侣》，中年的郭靖反而让笔者肃然起敬，由衷赞叹。

> 他独立山崖，望着茫茫大海，孤寂之心更甚，忽听海上一声长啸隐隐传来，叫着："过儿，过儿。"他不由自主地奔下峰去，叫道，"我在这儿，我在这儿。"他奔上沙滩，郭靖远远望见，大喜之下，急忙划艇近岸，跃上滩来。星光下两人互相奔近。郭靖一把将杨过搂在怀里，只道："快回去吃饭。"他心情激动，语音竟有些哽咽。（《神雕侠侣》第三回）

在对待少年杨过的态度上，郭靖真算得上表现不错的"父亲"。小杨过中李莫愁冰魄银针的毒，一对手掌又黑又肿，郭靖焦急担心的神情以及关心的态度打动了杨过；当小杨过在桃花岛上闯祸，打晕小武之后一个人躲起来，郭靖找到他后并没有责罚，郭靖稳定的人格和坚定的态度就像一堵墙一样守护着边界，也让杨过反思自己行为的失当；其后去重阳宫拜师的路上，小杨过见证了郭靖对于善恶的明辨和对家国的情怀。虽然杨过和郭靖相处的时间不长，但在杨过成年后可以明显地看到郭靖对他的影响，青年期的杨过性格偏激，甚至有些邪（很对黄药师的脾气，二人结为忘年交），但是绝对不恶，对关键事件的把握依然秉承着大义和善良的原则。比如他在绝情谷救裘千尺，襄阳大战中以大义为重拼死救出当时自以为的杀父仇人郭靖。可以想象如果杨过能够一直待在郭靖身边长大，或许他在性格上能更多地内摄郭靖的品质而弥补很多不足，人生的轨迹也会有翻天覆地的变化，也许会娶了郭芙，成为新任丐帮帮主，最后成为另一个版本的郭靖。当然，这样的杨过也会少了几分灵动的神采吧。

困扰杨过一生的自卑

杨过从小只知道父亲死了，葬于嘉兴铁枪庙，至于父亲是如何死的，父亲是怎样的一个人，母亲到死也没有吐露半个字。

穆念慈这么做，一方面是不想回忆当年和杨康在一起的种种，另一方面则是不想告诉儿子，他真实的父亲是一个背叛国家、背叛师门、背叛兄弟情义、自私卑鄙的人，也许穆念慈希望把坏父亲对孩子的影响降到最低，可是这么做也并不算好。

母亲在世时对父亲的种种避而不谈，其实在心理层面已经无意识地传达了这样的信息："你的父亲生前不是一个光辉的形象，所以羞于告诉你，怕你因为有这样的父亲而自卑。"而这个信息，杨过其实早就在无意识中接收到了。可是，每一个孩子在人格的发展中必须有一个理想化的客体去认同，才能发展出健康的自恋，而最早的这个理想化客体一般都是由父母来担任的。这个部分的缺失导致杨过性格里的自卑伴随他一生挥之不去，成为难以克服的魔障，他在关键时刻的选择和由此发展出的遭遇，都与他的自卑关系密切。因为自恋的缺陷，杨过的内心极为敏感和脆弱，别人一个眼神，一句无心之话就会让他产生不舒服的感受，为了抵挡或者消除这种不好的感受，他通常选择逃避或离去。

杨过与郭芙多年不见，偶尔想到她时，总记得她是个骄纵蛮横的女孩，哪知此时已长成一个颜若春花的美貌少女。她一阵急驰之后，额头微微见汗，双颊被红衣一映，更增娇艳。她向双雕看了片刻，又向耶律齐等人瞥了一眼,眼光扫到杨过脸上时,见他身穿蒙古装束,戴了面具后又是容貌怪异,不由得双蛾微蹙,神色间颇有鄙夷之意。

杨过自幼与她不睦,此番重逢,见她仍是憎恶自己,自卑自伤之心更加强了,心道:"你瞧我不起,难道我就非要你瞧得起不可?……"他站在一旁暗暗伤心,但觉天地之间无人看重自己,活在世上了无意味。只有师父小龙女对自己一片真心,可是此时又不知去了何方?(《神雕侠侣》第十回)

书中不止一次描写杨过见到神采飞扬的郭芙时自惭形秽,不告而别;当询问黄药师他父亲之死的疑点时看到程、陆二人眼中的闪躲后,留书出走;十六年后再回襄阳,非要做三件惊天动地让人赞叹的大事才现身,几句话后又飘然远去。杨过曾经在少年时有机会通过和郭靖的长期相处来部分修复自恋创伤,无奈黄蓉从中作梗,这也是笔者不喜《神雕侠侣》里中年黄蓉的原因——可以理解黄蓉这样做的苦衷,但对于杨过就非常遗憾了。

理想化父亲的缺失另一方面的影响就是反而会加强杨过对这个客体的渴望,但是这个形象是空白的,是无人提及的,是不存在的,怎么办?只能创造!如何创造?就是通过创造自己来创造理想化父亲的形象。杨过一生好强,不过是要一遍又一遍地向心中的父亲证明自己是优秀的,是出色的;如果自己是好的,那父亲也一定是好的,就算父亲不够好,那自己的出色表现也能够弥补父亲的缺点。

活死人墓中的小龙女是杨过的解药

杨过的自恋缺陷唯有一个地方可以安放,就是活死人墓;唯有一个人可以无条件地接纳,就是活死人墓里长大的小龙女。小龙女是金庸笔下仅有的三个学会"左右互搏"的人之一,第一个是老顽童周伯通,第二个是郭靖。要想学会"左右互搏",越聪明,心思越多越学不会,黄蓉学不会,杨过也一定学不会,只有心无杂念的人才能学会。就如郭靖之于黄蓉,小龙女就是杨过的一个好容器,始终淡淡的,稳定的,就像母亲的子宫一样,呵护包容着杨过的所有情感波澜。父亲杨康死了，人死了魂魄"游荡"于坟墓中，黑暗幽深的活死人墓反而能够让杨过在心理上联结到父亲，这是一种亲切的感受，希望与失去的父亲再次融合的渴望。

金庸小说评论家陈墨先生曾经在一次香港书展当面向金庸表达过，他觉得杨过爱的其实是郭芙不是小龙女，据说当时金庸是持肯定答复的。笔者认为杨过对小龙女的爱恋是一种象征，有母亲的象征，也有父亲的影子。杨过一生中面对过很多女性，大多对他表达了爱慕之心，陆无双、程英、公孙绿萼，以及后来的郭襄。杨过对她们或开玩笑，或轻松自然，唯有遇到郭芙，要么羞愧避见，要么针锋相对，从精神动力学角度来说，杨过对郭芙的情感是充满动力的，行为模式是反向形成的。

> 杨过转过头来，只见一个少女穿着淡绿衫子，从庙里快步而出，但见她双眉弯弯，小小的鼻子微微上翘，脸如白玉，颜若朝华，正是郭芙。她服饰打扮也不如何华贵，只项颈中挂了一串明珠，发出淡淡光晕，映得她更是粉装玉琢一般。杨过只向她瞧了一眼，不由得自惭形秽，便转过了头不看。（《神雕侠侣》第十一回）

想看而不敢看，想接近而故意逃避，皆源自其内心的自卑。哪怕杨过已到中年，襄阳城外大战，郭芙恳求他救自己的丈夫耶律齐，杨过却不自觉地露出轻佻的一面，无意识的言行其实更能反映内心真实的情感与动机。

> 杨过叫道："郭大姑娘，你向我磕三个响头，我便去救你丈夫出来。"依着郭芙平素骄纵的性儿，别说磕头，宁可死了，也不肯在嘴上向杨过服输，但这时见丈夫命在须臾，更不迟疑，纵马上了小丘，翻身下马，双膝跪倒，便磕下头去。
>
> 杨过吃了一惊，急忙扶起，深悔自己出言轻薄。（《神雕侠侣》第三十九回）

这种反向的行为常在青春期情窦初开的男孩子身上看到。当他们爱慕一个女生的时候，通常会用恶作剧捉弄对方，或者如仇人一般恶语相向，以此来掩盖无意识里真实的欲望，而深层的原因多是自体不够完善引发的不自信。

杨过对小龙女的爱恋除了受内在的无意识驱动，还有一些青春期男孩的叛逆心态：你们大人越是反对的东西，我越要得到，以此证明我已经不是孩子了。杨过真的懂小龙女吗？还是与小龙女在一起能够满足自己无意识里最重要的需求与欲望？

> 小龙女淡淡一笑，道："大师说得很是。"眼望身周大雪，淡淡地道："这些雪花落下来，多么白，多么好看。过几天太阳出来，每一片雪花都变得无影无踪。到得明年冬天，又有许许多多雪花，只不过已不是今年这些雪花罢了。"
>
> 一灯点了点头，转头望着慈恩，道："你懂么？"慈恩点了点头，心想日出雪消，冬天下雪，这些粗浅的道理有什么不懂？
>
> 杨过和小龙女本来心心相印，对方即是最隐晦的心意相互也均洞悉，但此刻她和一灯对答，自己却是隔了一层。似乎她和一灯相互知心，自己反而成为外人，这情境自与小龙女相爱以来从所未有，不由得大感迷惘。
>
> （《神雕侠侣》第三十回）

杨过年轻时心心念念要离开古墓去往外面光明的世界，那是一种无意识对死本能的抵抗，同时在活死人墓可以于无意识中建立起一种与父亲的联结，这是一种深刻的联结，一种纯粹的向往认同。从这个角度看《神雕侠侣》小说中贯穿全篇杨过做的两件事，无论是寻找父亲的死因，还是之后寻找小龙女，其实在无意识里是一件事，都是寻找心中那个理想化客体。

杨过最后在铁枪庙从柯镇恶与四位恶人的对话中得知了父亲身亡的真相，了解到父亲究竟是什么人之后，杨过内心对父亲偏执的想象终于落地。这个时候杨过也已年近不惑，最终他选择与小龙女再回到活死人墓隐居，在幽暗的古墓里，缺乏生机的环境下，一种接近死亡的感受，是他内心对父亲杨康的哀悼与纪念。

杨过天资聪慧，悟性极高，但在"世俗的成功"上并没有多大作为。他也志不在此，因为他的无意识是被父亲杨康占据的。不但和郭靖比起来，其"大侠"称号成色不足，哪怕和犹豫不决的张无忌，或是一心想退隐江湖的令狐冲相比，杨过主动去完成和经历的事件格局都不大，始终在满足自己的愿望和爱欲上兜兜转转，缺少家国天下的情怀和建功立业的抱负。

  郭靖见那孩儿面目英俊，想起与杨康结义之情，深为叹息。穆念慈垂泪道："郭大哥，请你给这孩儿取个名字。"郭靖想了一会，道："我与他父亲义结金兰，只可惜没好下场，我未尽朋友之义，实为生平恨事。但盼这孩子长大后有过必改，力行仁义。我给他取个名字叫作杨过，字改之，你说好不好？"穆念慈谢道："但愿如郭大哥所说。"（《射雕英雄传》第四十回）

从拉康精神分析的观点看，孩子出生被命名的那一刻，他已经出现在象征界并被固定了。杨过，姓杨名过，字改之。取名的是郭靖，要改过的是杨康，这已决定了杨过一生的命运。

小龙女：别问我是谁

小龙女是金庸武侠所有女主角中最没有可比性的一位，其身世、遭遇、个性都非常独特，就如不存在于世间的天仙般人物。她一贯难以接近，偶尔又露出孩童般的天真烂漫；久居活死人墓不近世俗人情，又与老顽童惺惺相惜，与一灯坐而论道；对杨过痴心一片生死难离，又在绝情谷底独守十六年。《神雕侠侣》这部小说最重要的主线即小龙女与杨过二十多年的爱情故事，及其成长的心路历程。

女孩位置的小龙女

忽听帷幕外一个娇柔的声音说道："孙婆婆，这孩子哭个不停，干什么啊？"杨过抬起头来，只见一只白玉般的纤手掀开帷幕，走进一个少女来。那少女披着一袭轻纱般的白衣，犹似身在烟中雾里，看来约莫十六七岁年纪，除了一头黑发之外，全身雪白，面容秀美绝俗，只是肌肤间少了一层血色，显得苍白异常。杨过脸上一红，立时收声止哭，低垂了头甚感羞愧，但随即用眼角偷看那少女，见她也正望着自己，忙又低下头来。

……

杨过抬起头来，与她目光相对，只觉这少女清丽秀雅，莫可逼视，神色间却是冰冷淡漠，当真是洁若冰雪，也是冷若冰雪，实不知她是喜是怒，是愁是乐，竟不自禁地感到恐怖："这姑娘是水晶做的，还是个雪人儿？到底是人是鬼，还是神道仙女？"虽听她语音娇柔婉转，但语气之中似乎也没丝毫暖意，一时呆住了竟不敢回答。
　　……
　　这个秀美的白衣少女便是活死人墓的主人小龙女。其时她已过十八岁生辰，只是长居墓中，不见日光，所修习内功又是克制心意的一路，是以比之寻常同年少女似是小了几岁。（《神雕侠侣》第五回）

小龙女初登场时已是十八岁，初为成人的年纪，但无论外表、气质俨然还是一副少女的模样。每个人生理上会随着年纪的增长慢慢发生变化，但心理是否能顺利成长，就很难说了，这需要一些条件和机遇。

心理上的成长最需要足够的镜映，镜映是一种关系的存在，人是无法脱离关系独活的，最起码也需要想象中的关系。高质量的、多样的关系对于一个人心理的成长起到关键性作用。小龙女在遇到杨过之前的十八年生命中，只有寥寥几段简单的人际关系，与师父的关系，与照料自己的孙婆婆的关系，在这样的关系里，小龙女都是处于女儿的位置，一个孩子的身份。

　　她最后两句话声音严峻，杨过不敢再问，于是合上双眼想睡，但身下一阵阵寒气透了上来，想着孙婆婆又心中难过，哪能睡着？过了良久，轻声叫道："姑姑，我抵不住啦。"但听小龙女呼吸徐缓，已然睡着。他又轻轻叫了两声，仍然不闻应声，心想："我下床来睡，她不会知道的。"当下悄悄溜下床来，站在当地，大气也不敢喘一口。
　　哪知刚站定脚步，瑟的一声轻响，小龙女已从绳上跃了过来，抓住他左手扭在他背后，将他按在地下。杨过惊叫一声。小龙女拿起扫帚，在他屁股上用力击了下去。杨过知道求饶也是枉然，于是咬紧牙关强忍。起初五下甚是疼痛，但到第六下时小龙女落手已轻了些，到最后两下时只怕他挨受不起，打得更轻。十下打过，提起他往床上一掷，喝道："你再下来，我还要再打。"（《神雕侠侣》第五回）

孙婆婆意外去世后，活死人墓中只有小龙女与杨过两人彼此为伴，二人的关系既是师徒，又近似母子，此外还是同伴关系。

前两种关系是小龙女从师父和孙婆婆那里习得的，所以驾轻就熟，运用得很自然。而杨过的出现，两个相近年龄的少年一起生活，小龙女通过杨过的同伴镜映，得到很多之前关系里没有的体验，一个不同性别的镜映让她看到自己是有女性特质的女孩。

> 李莫愁左手斜出，将杨过腰中长剑抢在手里，指住他的咽喉，厉声道："我只要杀一个人。你再说一遍，你死还是她死？"杨过不答，只是朝着小龙女一笑。此时二人早已把生死置之度外，不论李莫愁施何杀手，也都不放在心上。
>
> 李莫愁长叹一声，说道："师妹，你的誓言破了，你可下山去啦。"
>
> 古墓派祖师林朝英当年苦恋王重阳，终于好事难谐。她伤心之余，立下门规，凡是得她衣钵真传之人，必须发誓一世居于古墓，终身不下终南山，但若有一个男子心甘情愿地为她而死，这誓言就算破了。不过此事决不能事先让那男子得知。只因林朝英认定天下男子无不寡恩薄情，王重阳英雄侠义，尚自如此，何况旁人？决无一个能心甘情愿为心爱的女子而死，若是真有此人，那么她后代弟子跟他下山也自不枉了。李莫愁比小龙女早入师门，原该承受衣钵，但她不肯立那终身不下山之誓，是以后来反由小龙女得了真传。（《神雕侠侣》第七回）

一个女孩心理上要想长大，除了需要体验与父母的关系，还需要更多其他的关系。这些关系存在于原生家庭之外，对于一个女孩来说，心理上与原生家庭的分离是其成长的第一步。其中，摆脱母亲/母性的控制是最难的。难就难在离开"母亲"后，需要开始独自面对许多未知的危险，独自踏上自我成长的心理旅程，其中的恐惧、担忧，甚至内疚等难受的情绪体验会迎面袭来，让人难以承受。

对于小龙女来说，活死人墓就是一个充满安全和依恋的母体，同时古墓派的禁忌又是母亲控制的象征，古墓派修炼的武功是克制欲望的，古墓中不允许男女之情的存在，这是古墓派师祖林朝英定下的禁忌。禁止欲望的古墓就像是伊甸园一样，很安全，是孩子的乐园，所以就算在李莫愁的无意帮助下，小龙女打破了古墓派的禁忌，并且可以自由地离开活死人墓，但她依旧不假思索地甘愿留在如母亲子宫般的古墓中，这里虽然限制了心灵的成长，但是足够安全。所以小龙女在发展还是停滞的抉择上，做出了无意识的习惯性选择。

如果小龙女和杨过就这样继续生活在古墓中，也许就会像两个孩子过家家一样相伴走完一生。可是，一个关键性的转折事件打破了这种状态。

女孩到女人的心理过程

不料小龙女穴道被点之时，固然全身软瘫，但杨过替她通解了，她仍是软绵绵地倚在杨过身上，似乎周身骨骼尽皆熔化了一般。杨过伸臂扶住她肩膀，柔声道："姑姑，我义父做事颠三倒四，你莫跟他一般见识。"小龙女脸藏在他的怀里，含含糊糊地道："你自己才颠三倒四呢，不怕丑，还说人家！"杨过见她举止与平昔大异，心中稍觉慌乱，道："姑姑，我……我……"小龙女抬起头来，嗔道："你还叫我姑姑？"杨过更加慌了，顺口道："我不叫你姑姑叫什么？要我叫师父么？"小龙女浅浅一笑，道："你这般对我，我还能做你师父么？"杨过奇道："我……我怎么啦？"

小龙女卷起衣袖，露出一条雪藕也似的臂膀，但见洁白似玉，竟无半分瑕疵，本来一点殷红的守宫砂已不知去向，羞道："你瞧。"杨过摸不着头脑，搔搔耳朵，道："姑姑，我不懂啊。"小龙女嗔道："我跟你说过，不许再叫我姑姑。"她见杨过满脸惶恐，心中顿生说不尽的柔情，低声道："咱们古墓派的门人，世世代代都是处女传处女。我师父给我点了这点守宫砂，昨晚……昨晚你这么对我，我手臂上怎么还有守宫砂呢？"杨过道："我昨晚怎么对你啊？"小龙女脸一红，道："别说啦。"隔了一会，轻轻地道："以前，我怕下山去，现下可不同啦，不论你到哪里，我总是心甘情愿地跟着你。"

杨过大喜，叫道："姑姑，那好极了。"小龙女正色道："你怎么仍是叫我姑姑？难道你没真心待我么？"她见杨过不答，心中焦急起来，颤声道："你到底当我是什么人？"杨过诚诚恳恳地道："你是我师父，你怜我教我,我发过誓,要一生一世敬你重你,听你的话。"小龙女大声道:"难道你不当我是你妻子?"

杨过从未想到过这件事,突然被她问到,不由得张皇失措,不知如何回答才好,喃喃地道:"不,不!你不能是我妻子,我怎么配?你是我师父,是我姑姑。"小龙女气得全身发抖,突然"哇"的一声,喷出一口鲜血。

杨过慌了手脚,只是叫道:"姑姑,姑姑!"小龙女听他仍是这么叫,狠狠凝视着他,举起左掌,便要向他天灵盖拍落,但这一掌始终落不下去,她目光渐渐地自恼恨转为怨责,又自怨责转为怜惜,叹了一口长气,轻轻地道:"既是这样,以后你别再见我。"长袖一拂,转身疾奔下山。

(《神雕侠侣》第七回)

小龙女失贞与杨过断臂是很多读者对两人遭遇深感遗憾的地方,但这两件事对人物心理发展和故事推动来说,是极为重要的神来之笔。

尤其是小龙女被甄志丙玷污这件事,打破了小龙女之前终老古墓的选择。这个创伤性事件的发生导致她离开古墓,她被迫与"母亲"分离,进入外面的世界,开始面对一些其他的人,处理一些不曾遇到的问题,再也不能做无忧无虑的孩子了。

促使这个转变的是"性"。性的行为,在女性心理上是成为被欲望对象的仪式化行为。女孩要成为女人,需要先进入成人世界,无论是自愿的还是非自愿的。

成人的世界是象征界(拉康精神分析观点),是以各种欲望表征符号(比如金钱)组成的世界。女孩成为女人第一步就是要成为被欲望的对象,在异性欲望的目光中开始有了一个女人的身份位置(镜映),并由此进入象征界。当然,这是从父系社会的视角分析的,在如今多元化发展的社会,还有另一种途径,即女孩子自己认同父性并成为"男性"——在过去,这是比较难的。

因此甄志丙这个人物至关重要,他让小龙女成了被欲望的对象,性行为的发生使小龙女不得不从女孩的位置进入女人的身份位置。就如小龙女对着懵懂的杨过举起手臂展示消失的守宫砂,她要宣示自己新的身份,希望获得确认。这个心理上的确认必须是能够带领女孩进入象征界、心理足够成熟的男人才能给予的。但杨过显然不是，他这时候还是个孩子，所以杨过与小龙女的第一次分离是注定的。

孩子进入成人世界的心理纠结

  黄蓉道："好，你既要我直言，我也不跟你绕弯儿。龙姑娘既是你师父，那便是你尊长，便不能有男女私情。"
  这个规矩，杨过并不像小龙女那般一无所知，但他就是不服气，为什么只因为姑姑教过他武功，便不能做他妻子？为什么他与姑姑绝无苟且，却连郭伯伯也不肯信？想到此处，胸头怒气涌将上来。他本是个天不怕地不怕、偏激刚烈之人，此时受了冤枉，更是甩出来什么也不理会了，大声说道："我做了什么事碍着你们了？我又害了谁啦？姑姑教过我武功，可是我偏要她做我妻子。你们斩我一千刀、一万刀，我还是要她做妻子。"
  这番话当真是语惊四座，骇人听闻。当时宋人拘泥礼法，哪里听见过这般肆无忌惮的叛逆之论？郭靖一生最是敬重师父，只听得气向上冲，抢上一步，伸手便往他胸口抓去。（《神雕侠侣》第十四回）

  小龙女因为意外事件不得不进入成人象征界，而象征界是一个规则世界，一个需要话语权的世界，掌握话语权的是"父性"，是在象征界有位置的成人。
  要成为成人，需要服从象征界的规则即"被阉割"，从而进入象征界，继而在规则之下成为有话语权、有位置的人。彼时的杨过在象征界还没有位置，虽然在武林大会上露了一手，但在众人的眼中，他只是个不知道哪里来的奇怪少年，就如光明顶上力战六大门派的张无忌一般，直到被明教教众拥立为教主时，他才在象征界有了位置，真正地进入了成人世界。
  正因如此，郭靖才迫不及待地希望把女儿郭芙嫁给杨过，一方面是为了修复郭、杨两家世代的关系，另一方面也是想通过这样的方式让杨过快速拥有一个身份，即大侠郭靖与丐帮帮主黄蓉的女婿。当然，代价就是要遵守象征界的规则，即小说中的世俗礼教。这是阉割也好，献祭也罢，是进入成人世界必须付出的代价。

杨过毫不犹豫地拒绝了郭靖的提亲，这是一种孩子般夸大自恋的表现，也是一种赤子般炙热的情感，这样纯粹的感情只存在于类似初恋般的感受中，彼时的少男少女正在象征界的入口徘徊，犹豫着是否要向前一步。

这一番话杨过与小龙女隔窗都听得明白。杨过自幼与武氏兄弟不和，当下一笑而已，并不在意。小龙女心中却在细细琢磨："干么过儿和我好，他就成了畜生、狗男女？"思来想去难以明白，半夜里叫醒杨过，问道："过儿，有一件事你须得真心答我。你和我住在古墓之中，多过得几年，可会想到外边的花花世界？"杨过一怔，半晌不答。小龙女又问："你若是不能出来，可会烦恼？你虽爱我之心始终不变，在古墓中时日久了，可会气闷？"

这几句话杨过均觉好生难答，此刻想来，得与小龙女终身厮守，当真是快活胜过神仙，但在冷冰冰、黑沉沉的古墓之中，纵然住了十年、二十年仍不厌倦，住到三十年呢？四十年呢？顺口说一句"决不气闷"，原自容易，但他对小龙女一片至诚，从来没半点虚假，沉吟片刻，道："姑姑，要是咱们气闷了、厌烦了，那便一同出来便是。"

小龙女哼了一声，不再言语，心想："郭夫人的话倒非骗我。将来他终究会气闷，要出墓来，那时人人都瞧他不起，他做人有何乐趣？我和他好，不知何以旁人要轻贱于他？想来我是个不祥之人了。我喜欢他、疼爱他，要了我的性命也行。可是这般反而害得他不快活，那他还是不娶我的好。那日晚上在终南山巅，他不肯答应要我做妻子，自必为此了。"反复思量良久，只听得杨过鼻息调匀，沉睡正酣，于是轻轻下地，走到炕边，凝视着他俊美的脸庞，中心栗六，柔肠百转，不禁掉下泪来。（《神雕侠侣》第十四回）

杨、龙二人第二次分离的原因，表面上是小龙女心心念念要回到古墓，回到伊甸园一般的世界，回到过去孩子一般美好的时光，而杨过则向往外面的世界。这其实是一个象征，两个人在是否成长，是否要进入象征界发生了矛盾，在这一点上，杨过是主动的，小龙女则是被动的。所以我们看到杨过一直有欲望的部分，男孩要成长为男人是需要欲望驱使的，无论是对性的欲望，复仇的欲望，还是成功的欲望，都是成长的动力。

　　小龙女回到古墓，回到代表压抑欲望的地方，修炼压制情欲的武功，那是一种防御自己成为被欲望对象的方式。这一方面是小龙女的心性使然，另一方面，当时与小龙女有情感关系的三个人，都不是那个可以带其进入象征界的成熟男人。当时年轻的杨过自不必说；甄志丙也不是，他只是一个类似"储君"的角色，在处理问题的手段上甚至不如赵志敬，在被小龙女追踪的一路上慌张失措，患得患失，最终扛不住内心罪恶感的袭扰，心甘情愿死在小龙女剑下。而差点与小龙女成婚的绝情谷主公孙止也是个卑鄙、可怜又可恨的角色，其家族自唐末为避战乱躲进山谷，虽有家传武艺，但高深的功夫都来自妻子裘千尺的真传，常年被其打骂欺压，不敢正面反抗，只能用手段谋害妻子，最终与之同归于尽。

永恒少女的选择

　　　　但见室右有榻，是他幼时练功的寒玉床；室中凌空拉着一条长绳，是他练轻功时睡卧所用；窗前小小一几，是他读书写字之处。室左立着一个粗糙木橱，拉开橱门，只见橱中放着几件树皮结成的儿童衣衫，正是从前在古墓时小龙女为自己所缝制的模样。他自进室中，抚摸床几，早已泪珠盈眶，这时再也忍耐不住，眼泪扑簌簌地滚下衣衫。

　　　　忽觉得一只柔软的手轻轻抚着他的头发，柔声问道："过儿，什么事不痛快了？"这声调语气，抚他头发的模样，便和从前小龙女安慰他一般。杨过霍地回过身来，只见身前盈盈站着一个白衫女子，雪肤依然，花貌如昨，正是十六年来他日思夜想、魂牵梦萦的小龙女。

　　　　两人呆立半晌，"啊"的一声轻呼，搂抱在一起。燕燕轻盈，莺莺娇软，是耶非耶？是真是幻？

　　　　过了良久，杨过才道："龙儿，你容貌一点也没变，我却老了。"小龙女端目凝视，说道："不是老了，是我的过儿长大了。"（《神雕侠侣》第三十九回）

　　江湖漂泊十六年后，杨过已年届三十有六，他再次站在小龙女面前的时候，已经是名满江湖的神雕大侠，那条断掉的右臂是其修通自恋的开始，十六年的自我放逐是其修通自恋的过程。

杨过襄阳一战立下不世奇功，第二次华山论剑被誉为"西狂"，携小龙女双宿双飞，归隐江湖，众人只有祝福与喝彩，再无十六年前一片上纲上线的反对之声。因为此时的杨过已经在象征界占据一个重要的成人位置。

小龙女给读者的感觉是很缥缈的，就如《倚天屠龙记》开篇引用长春真人丘处机为纪念小龙女所作的《无俗念》词中写的：

> 浑似姑射真人，天姿灵秀，意气殊高洁。万蕊参差谁信道，不与群芳同列。浩气清英，仙才卓荦，下土难分别。瑶台归去，洞天方看清绝。

小龙女给人的感觉是有距离的，是比较疏离和遥远的，那是因为她并不在用欲望构成象征符号的成人世界里，她清丽绝俗，心无杂念。

小龙女从一开始就不愿进入成人世界，就如她从来就没有具体的姓名，只有一个"小龙女"的绰号。

她始终游离在象征界边缘，只有活死人墓中和绝情谷底才是她自得其乐的世外桃源。

程英：碧海情天

《神雕侠侣》是部写情的书，有父子之情，师徒之情，更多的是男女之情。可谓写尽因情因爱产生的各种苦，爱别离，求不得，怨憎会。书中以杨过与小龙女的爱情为主线，也穿插了杨过与其他女子的情感纠缠。在这些女子中，陆无双刁钻活泼，郭芙骄傲任性，完颜萍楚楚可怜，公孙绿萼自怜自伤，郭襄独立执着，小龙女初时冷若冰霜，遗世独立，到后来却爱得坚定不移，生死相许，乃是趋于极端的性子。而程英与她们都不同，她温文尔雅，宁静平和，如空谷幽兰。

程英的个性

一个人的性格特点决定了他大致的人生走向。小龙女两极化的性格驱动着她先走出古墓，后又三次抛下杨过，最后跳下绝情谷殉情，让杨过半生都在寻找她的路上痛苦着。公孙绿萼为杨过舍身而亡，幻想以此来争取到杨过内心一个属于自己的位置，这样的做法虽感人至深，背后的驱动却是可怜可悲的自我定位。郭襄自十六岁那年对杨过一见钟情，她的执着独立驱使着她漂泊江湖寻觅杨过的下落，直到四十岁出家，青灯相伴，开创峨嵋一派。

弗洛伊德曾表达过这样的思想："人其实是无法决定自己的（无明状态下）。"从性格形成的角度分析，确实是这样的，在人格塑造的早年生活中，人常常身不由己。当意识到问题的时候，人格已经基本形成，只能通过往后余生历经磨难，在人格结构核心的外层做些调整。

程英也深爱着杨过，初次相遇便觉察出杨过心中已有谁也无法替代的小龙女。但她既没有像公孙绿萼一般用极端的方式去求爱，也没有如郭襄一般执着地去追寻。她用她的方式去爱，每次杨过有难，她必出手相救，哪怕过了十六年后，她依然是第一个下到绝情谷底去救援杨过的人。她爱得节制，一遍遍地写下"既见君子，云胡不喜"；吹奏《淇奥》，含蓄地表达爱意，始终守礼不越雷池。她亦长情，与表妹陆无双、师姐傻姑隐居太湖之畔，却挂念着绝情谷十六年之约时杨过的安危。程英尊重自己的爱，也尊重杨过的爱，更尊重爱情本身。程英如此的爱是她的个性使然，并决定了她最终与公孙绿萼、郭襄不同的人生历程。

黄蓉曾评价程英小师妹的性格是"外和内刚"。分析一个人个性（人格）的形成，就不得不回溯其早年的成长经历，以及其原生家庭。程英与陆无双是表姐妹，在《神雕侠侣》中最早出场，当时都是九岁。程英身世悲惨，自小父母双亡，被寄养在陆无双家。这是她受到的第一个重大心理创伤，与父母的生死离别对一个孩子来说几乎是致命性的打击。之后赤练仙子李莫愁寻仇陆展元，灭门陆家。小程英差点死于李莫愁之手，被路过的黄药师救下带走，在看着表妹陆无双被李莫愁掳走的同时，目睹姨父姨母双双惨死，可谓第二次重大心理创伤。从心理学的视角看，这两次重大心理创伤对于一个孩子成长的影响，是极具破坏性的，并且极大可能会在其成年后造成性格上的缺陷。

长大之后的程英身上有一些离群索居的特质，但是这并不影响她在社会功能、自我功能以及人际关系上良好的发挥，这也说明她的自体凝聚感与平衡感维持得相当健康。是什么因素让程英将重大创伤对其人格的负面影响降到了最低，并且逐步建构出"外和内刚"的人格特质？这是一个值得思考的问题。

程英的两种心理能力

在《神雕侠侣》第一回中，小程英与陆无双在荷塘玩耍时，遇见前来嘉兴寻找养女、已有些癫狂的武三通。当二人双双被露出凶狠之色的武三通抓住带走时，陆无双咬了对方一口表示抗争，而程英则是默不作声并且在心里安慰自己不要怕，不要哭。对于自小经历过生死离别的小程英来说，她已然明白悲伤害怕以及无谓的抗争没有用，唯有冷静下来静观其变。她甚至学会了用精神调和能力去协调各种痛苦的感受。这一点，很多运用压抑、解离、分裂等防御机制的人也可以做到，甚至可以达到"无感"的程度。但接下来，当武三通开始把程英错认成他的养女何沅君表达思念之情时，程英也跟着武三通悲从中来，泪流不止。这背后固然有程英被投射性认同的因素，也有自己无法实现的对父母之爱的渴求原因，但更重要的是，这个年纪的程英已经有了体验与共鸣别人内心情感的能力，我们称其为"共情"能力。

程英成年后，她具备的这两种能力在书中经常有所体现。她能共情到别人内心的感受并安慰对方。当小龙女于绝情谷不告而别时，眼看杨过处在狂怒爆发的边缘，一众人都不敢上前劝阻，连一向足智多谋的黄蓉也无计可施，只有程英一人能够上前安抚杨过的情绪并给出中肯的建议。这样的场景在书中出现了多次，连杨过自己也说，除了相依为命的小龙女，程英是他最信任的人。程英调和情绪的能力在书中也是首屈一指，面对郭芙的刁蛮任性以及言语相激，程英不卑不亢，分寸拿捏有度，连黄蓉也感受到了她内在的力量，呵斥任性的女儿，以免得罪程英。绝情谷程英初见小龙女，与杨过结拜兄妹，以及杨过不告而别，从这些情节中，读者能够感受到程英内心爱而不得的痛苦，但她的表现是克制的，没有像陆无双那般恸哭，而是先默默流泪处理自己的哀伤，然后再安慰表妹。这是她出色的精神调和能力的表现。

精神调和能力首先表现在忍受心理痛苦方面。心理学界有种说法，理想情况下，适合接受精神分析/动力取向心理治疗与咨询的来访者最好能够具备三个条件，其中之一就是具备忍受心理痛苦的能力。这种能力对于心理的治疗和人格层面的修复至关重要。因为当主体具备忍受痛苦情绪的能力时，就可以冷静下来而非立刻采取行动去抵抗、消解、置换内心的不舒服。于是主体就有了时间去涵容内心的不适感。在涵容的过程中，主体内心的空间就有机会纳入感受之外的"意"的部分，进而摆脱感受的控制，生发出"识""见""知"等理性洞察。于是空间和时间都打开了，心理的这个容器就有机会得到修复，而这个修复过程的重要因素就是使用精神调和能力，这个能力是可以通过心理治疗或咨询获得的。

共情能力也是人成长过程中非常重要的能力，它代表了一种人生的扩展性，它有"受"的属性，也暗含"知"的属性。共情能力与精神调和能力是密不可分，互相协调的。程英的这两种能力较为突出，这也许是她在遭受重大创伤后，人格方面依然能保持一定完整性的重要原因。至于程英是如何具备这两种能力的，也许缘于她早年和父母的良好关系，和收养她的姨父姨母的良好关系，以及与陆无双的孪生镜映关系，与黄药师的师徒关系……程英在这些好的关系中不断完成投射与内化，或许还有其他我们也不知道的因素，让她最终长成如空谷幽兰般的存在。

周芷若：不需要爱情

　　周芷若是《倚天屠龙记》的女主角之一（另一位是赵敏），唯一和男主角张无忌有一纸婚约并被天下群雄认可的教主夫人（张无忌和赵敏是私奔）。对于周芷若这个人，有读者爱，有读者恨，有读者怜，有读者叹，之所以有争议，是因其人其事有很多值得分析探讨之处。

早年生活对周芷若性格的影响

　　周芷若第一次出场是在张三丰带求医无果的张无忌回武当过汉水时，恰巧救下被元军追杀的明教教徒常遇春，常遇春的船夫——周芷若的父亲被元军射死，周芷若成了孤儿。当时她十岁，虽是船家贫女但容貌秀丽，楚楚可怜，是个美人胚子，先天的硬件不错。张无忌深受寒毒所扰寝食难安，周芷若主动照顾喂饭，又剔鱼刺又用菜汁拌饭，还善于劝说，小无忌一口一口吃得香甜，张三丰看着也欢喜。周芷若小小年纪就有些心机，颇懂得照顾人，对于刚失去母亲的张无忌而言，这次温柔的邂逅一直珍藏在他心中，就如周芷若塞在他衣襟里的那块手帕始终带在身上，那年张无忌十二岁。

　　随后，常遇春为报张三丰救命之恩，带张无忌去蝴蝶谷找明教神医胡青牛治病，周芷若便随张三丰上了武当。她毕竟是个女孩子，留在山上多有不便，于是张三丰写了封信，把周芷若推荐给灭绝师太做了峨嵋弟子。周芷若原本就是个聪慧的孩子，在峨嵋的学习生活应该是很努力的，进步也快。因此，她作为一个入门很晚的年轻小师妹，在光明顶一役中的表现，无论是武艺还是才智都远超同门，深得灭绝师太的喜爱。

书中有个情节：周芷若奉命不得已与殷离交手受了一掌，表情痛苦，张无忌担心之情溢于言表。后来殷离告诉张无忌，是周芷若故意露了个破绽，并且用内功弹开了自己的手掌，自己的手掌都震得生疼。这里写出了周芷若的心思缜密，行事谨慎，不随便得罪没有必要得罪的人。并且把自己的真实实力藏得很深，表现得柔柔弱弱，在大师姐丁敏君的面前故意表现自己武功低微，让善妒的大师姐放下戒心。由此可以想见，周芷若在峨嵋的生活是压抑的，不快乐的，师姐妹之间充满隔阂和不信任，小心谨慎是存活之道。如此谨慎是为了在团体中生存下去，光明顶上周芷若刺张无忌的那一剑也是为此。

> 周芷若望向师父，只见她神色漠然，既非许可，亦非不准，一刹那间心中转过了无数念头："今日局面已然尴尬无比，张公子如此待我，师父必当我和他私有情弊，从此我便成了峨嵋派的弃徒，成为武林中所不齿的叛逆。大地茫茫，教我到何处去觅归宿之地？……"忽听得灭绝师太厉声喝道："芷若，一剑将他杀了！"
> ……
> 迷迷糊糊之中手腕微侧，长剑略偏，嗤的一声轻响，倚天剑已从张无忌右胸透入。（《倚天屠龙记》第二十二回）

对周芷若来说，峨嵋派弟子是个不能抛弃的身份，因为除此之外她一无所有。当然，也是这一剑奠定了周芷若在灭绝师太心中的分量，至此，峨嵋派掌门继承人的位子基本上确定了。周芷若是船家女儿，自小都生活在船上，她的生活环境从精神分析的角度来看，是很有象征意义的。相对于陆地，船充满漂泊感、不确定感、不安全感，缺少一种坚实感。父亲死后，周芷若辗转武当，直到入了峨嵋才稳定下来，所以后来我们看到，周芷若一直在追寻可以让自己有确定感、安全感的东西，比如依靠、身份、名分。

周芷若对张无忌的爱带着更多现实性

再看周芷若和张无忌的感情，她之所以会爱上张无忌，一方面是无忌处处维护她，让她感受到被关心、被挂念、被照顾，这是自父亲死后很多年都未曾体验过的。灭绝师太是个严苛的人，不假辞色；同门师姐妹亦没有互相关怀，只有互相争斗。另一方面，周芷若在张无忌最高光的时刻再次与他相遇，张无忌力敌六大门派，挽狂澜于既倒，一举成为明教教主。与之相爱，进而嫁给他成为教主夫人，甚至可能拥有更高的身份，这个身份的光环是个巨大诱惑。

> 韩林儿拍手道："那时候啊，教主做了皇帝，周姑娘做了皇后娘娘，杨左使和彭大师便是左右丞相，那才教好呢！"周芷若双颊晕红，含羞低头，但眉梢眼角间显得不胜欢喜。
> 张无忌连连摇手，道："韩兄弟，这话不可再说。本教只图拯救天下百姓于水火之中，功成身退，不贪富贵，那才是光明磊落的大丈夫。"彭莹玉道："教主胸襟固非常人所及，只不过到了那时候，黄袍加身，你想推也推不掉。当年陈桥兵变之时，赵匡胤何尝想做皇帝呢？"张无忌只道："不可，不可！我若有非分之想，教我天诛地灭，不得好死。"
> 周芷若听他说得决绝，脸色微变，眼望窗外，不再言语了。（《倚天屠龙记》第三十四回）

可以看出，周芷若对张无忌的这段感情中，包含很多理性、权衡的部分，两人的亲密举动也很克制，甚至有种了无生趣之感。再看张无忌和赵敏的相遇，几乎每一次都充满荷尔蒙的味道。在绿柳庄的机关密室中，赵敏的双脚被张无忌"摸"了一遍又一遍；密探万安寺时，张无忌还未看到郡主的脸，只见到锦缎矮几上穿着绣鞋的一双脚，便心中一动，忍不住面红耳赤，心跳加剧；丐帮大会与赵敏藏在鼓中，看到她柔情的眼神，不禁胸口一热，抱着她的双臂紧了一紧，便想往她樱唇上吻去；夜宿山洞，鼻中闻到她身上阵阵幽香，只见她双颊晕红，便想凑过嘴去一吻。身体不会欺骗人，张无忌到底喜欢周芷若还是赵敏更多些，自然不用多说了。所以当赵敏出现在濠州城婚礼现场时，张无忌最终还是跟着她跑了，与其说是因为张无忌答应赵敏的三个许诺，抑或为了救出义父金毛狮王谢逊，不如说张无忌无意识里一直在等一个逃婚的机会。

在和情敌争夺张无忌的过程中，周芷若败给赵敏一点也不冤，赵敏对张无忌一见倾心之后，便不顾一切为他付出。给张无忌送黑玉断续膏，医好他师伯俞岱岩与师叔殷梨亭的重伤；张无忌在灵蛇岛上遇险，赵敏使出同归于尽的三招，拼命护住情郎；当二人在山洞中发现莫声谷的尸体，赵敏拼命抵挡武当三侠，哪怕被误会成凶手也要争取时间帮无忌摆脱嫌疑；在张无忌力敌十二番僧又中了玄冥二老两掌，性命危在旦夕之时，赵敏扑倒在张无忌身上，以性命相求父亲放他一马；最后赵敏义无反顾地放弃了郡主的身份，抛弃了荣华富贵，离开了手下群雄，一无所有地跟随张无忌。这正如王菲在《我愿意》中所唱的："愿意为你，我愿意为你，我愿意为你放弃我姓名（身份）。"

但是这些都是周芷若无法放弃的。赵敏能放弃一切是因为她从出生起就拥有这些，从小到大什么都不缺，只缺一个情郎而已。而对于自小成为孤儿，寄人篱下，靠自己的聪慧、勤奋、忍辱负重，一步步走到峨嵋派掌门位置，眼看就要成为教主夫人的周芷若来说，辛苦得到的一切是万万放不下的。她不像郡主那般有雄厚的背景可以依靠，她的内心就如汉水上的那叶扁舟般摇曳不定。而性格优柔寡断，又与多位女子有感情纠缠的张无忌，无法给予本就处处小心谨慎的周芷若足够的安全感。因此，周芷若又怎敢将自己的全部托付给他？

不需要爱情的周芷若

濠州婚变是周芷若人生的一个转折点，按照网络语言的说法，之后，周芷若就彻底"黑化"了。在周芷若与张无忌拜堂的当口，赵敏一袭青衣独自前来夺爱。当和赵敏有交情的光明右使范遥劝道："郡主，世上不如意事十居八九，既已如此，也是勉强不来了。"赵敏霸气地回应了那句："我偏要勉强。"不知道有多少人因为这一句成了赵敏的粉丝——极富自信和确定感，充满力量的表达！张无忌不曾如此豪气，周芷若更难望其项背。赵敏的这份自信勾起了周芷若内心深处的自卑，周芷若一生都在通过自身不懈的努力来抵抗这种自卑感，虽然用九阴白骨爪重创了情敌，但最后张无忌还是抛下她跟郡主"私奔"了。婚变的打击是巨大的，彻底断了周芷若内心希望找个让自己安心依恋之人的想法。

既然找不到可以依恋的人，那就让自己变得更强大，我自己依靠自己，让别人来依恋我，这样就不会害怕再被抛弃了。于是，周芷若与一直迷恋她的宋青书结成挂名夫妻，感情的主导权便牢牢掌控在自己手中。她之后变得行事狠毒，处处制敌于死路，暗算赵敏，杀杜百当、易三娘，屠狮大会重伤张无忌，加害谢逊……种种做法不免让人联想到灭绝师太。早年灭绝师太暗恋的师兄孤鸿子被明教光明左使杨逍气死，象征爱的客体消失，只剩下了恨——对明教的恨（残杀明教教徒），对爱情的恨（亲手杀了爱上杨逍的弟子纪晓芙，逼周芷若发誓不得爱上张无忌）。灭绝师太为了复兴峨嵋派，不惜逼周芷若发毒誓，甚至用自杀的方式让周芷若内心产生愧疚感。芷若从小拜灭绝师太为师，一步步受到师父的器重，一定也慢慢认同了灭绝师太的部分性格并内化到自体中。周芷若本身就是个有心计的人，再加上遭遇情感背叛，自然更是向师父认同，所以婚变之后周芷若的表现与灭绝师太如出一辙。

但周芷若毕竟还不是灭绝师太，当杨过的后人黄衫女子出现并轻松击败她的九阴白骨爪后，她颓然丧气；当殷离再出现时，她又惊又惧，俨然退行到一个孩子的状态。周芷若从小就是一个可怜的孩子。可怜的孩子长大后需要更多的安全感和抱持涵容的态度，在亲密关系中，如果运气好遇到对的人，创伤也许会被慢慢修复，但是大多数情况下，其无意识中的创伤会驱使他们选择让自己再次受伤的人，此为无明。心理咨询可以帮助个体减少无明的束缚，看待问题更通透一些，生活也就会更自由一些。

虚竹：天才白痴梦

虚竹是《天龙八部》中三位男主角之一，继段誉、萧峰之后最后一个出场。对于虚竹这个人物的印象，不少读者可能会联想到网络爽文"开挂"男主，从书中虚竹的经历来看，其运气之好的确异乎寻常。但如果仅从这个角度看待虚竹，未免流于表面，容易忽略金庸先生塑造这个人物的目的，以及虚竹内心的冲突与挣扎。

《天龙八部》这部小说，如其名，其故事背后所要表达的思想是关于佛教、佛学的。佛教认为，世间一切皆如梦幻泡影，人生本苦，唯有自度。书中出现的人物之多令人眼花缭乱，但无论是主要人物还是次要人物，无一不是内心充满苦痛，无一人活得自在，离幸福生活更是相去甚远。哪怕是虚竹继承的逍遥派，从无崖子到天山童姥、李秋水、丁春秋等一众人，虽然其武学已达一流宗师境界，但活得既不逍遥，也不洒脱，终日生活在担惊受怕、嫉妒愤恨中。

佛教对于人世间的悲苦给出的药方是断"贪、嗔、痴"三毒。《天龙八部》这部小说也是围绕此主旨展开的故事。小说众多人物个性也对应了"贪、嗔、痴"。比如萧峰父子的"嗔恨"之心，鸠摩智、慕容父子"贪恋"武学或权力，以及段誉和虚竹身上明显的"痴"。下面笔者仅从心理学和精神分析的视角来谈谈虚竹的内在心理世界，试图去理解他的痴愚。

虚竹"痴"的体现

在小说中，虚竹的痴愚在他第一次出场时就表现得淋漓尽致。

> 这僧人二十五六岁年纪，浓眉大眼，一个大大的鼻子扁平下塌，容貌颇为丑陋，僧袍上打了许多补钉，却甚是干净。
>
> 他等那三人喝罢，这才走近清水缸，用瓦碗舀了一碗水，双手捧住，双目低垂，恭恭敬敬地说偈道："佛观一钵水，八万四千虫，若不持此咒，如食众生肉。"念咒道："唵缚悉波罗摩尼莎诃。"念罢，端起碗来，就口喝水。
>
> 那黑衣人看得奇怪，问道："小师父，你叽里咕噜念什么咒？"那僧人道："小僧念的是饮水咒。佛说每一碗水中，有八万四千条小虫，出家人戒杀，因此要念了饮水咒，这才喝得。"黑衣人哈哈大笑，说道："这水干净得很，一条虫子也没有，小师父真会说笑。"那僧人道："施主有所不知。我辈凡夫看来，水中自然无虫，但我佛以天眼看水，却看到水中小虫成千上万。"黑衣人笑问："你念了饮水咒之后，将八万四千条小虫喝入肚中，那些小虫便不死了？"那僧人踌躇道："这……这个……师父倒没教过。多半小虫便不死了。"
>
> 那黄衣人插口道："非也，非也！小虫还是要死的，只不过小师父念咒之后，八万四千条小虫通统往生西天极乐世界，小师父喝一碗水，超度了八万四千名众生。功德无量，功德无量！"
>
> 那僧人不知他所说是真是假，双手捧着那碗水呆呆出神，喃喃地道："一举超度八万四千条性命？小僧万万没这么大的法力。"（《天龙八部》第二十九回）

虚竹在小说中的第一次出场，也是他第一次出少林寺，是因寺中人手不够，才派他行走江湖去分发英雄大会的帖子。虚竹一开始留给读者的印象一是丑，二是呆傻，如果不是继续读下去，很难猜到这个人物会是书中的三大主角之一。虚竹的痴愚几乎贯穿了整部小说，先是被阿紫骗，吃荤腥破了戒；后又被天山童姥骗，破了色戒；甚至其一身上乘的内功与武学都是被强行施加于身或被瞒骗设计而练成的。虚竹的一生更多是被命运和造化带着走，被身边的人催促着、半推半就地向前进，虽也曾挣扎抗拒过，但最终还是妥协了。

当一个人在现实中总是不能按照自己的意愿或者欲望行事，那么我们可以认为，他在心理层面上的自我功能是不足的。在弗洛伊德看来，"自我"是心理结构中为解决冲突与矛盾的现实部分。而在拉康的精神分析理论中，自我被进一步指出是一种功能，是在现实世界（象征界）的规则体系中使主体存在的能力。

> 虚竹踌躇道："少林派是我出身之地，萧峰是我义兄，一者于我有恩，一者于我有义。我……我……我只好两不相助。只不过……只不过……师叔祖，我劝你放我萧大哥去罢，我劝他不来攻打大宋便是。"
>
> 玄寂心道："你枉自武功高强，又为一派之主，说出话来却似三岁小儿一般。"说道："'师叔祖'三字，虚竹先生此后再也休提。"虚竹道："是，是，这我可忘了。"（《天龙八部》第四十三回）

一个人的痴愚，最主要的表现是其言谈举止与现实世界格格不入，且不自知。竹子是中空的，"虚竹"这个名字也暗示了他内在自体的虚弱以及自我功能的不足，对现实世界的规则懵懂无知，因此他在小说中不仅闹出了不少笑话，还被骗来骗去。

"无我"的位置

虚竹命运的转折始于他解开无崖子摆下的珍珑棋局。

> 虚竹慈悲之心大动，心知要解段延庆的魔障，须从棋局入手，只是棋艺低浅，要说解开这局复杂无比的棋中难题，当真是想也不敢想，眼见段延庆双目呆呆地凝视棋局，危机生于顷刻，突然间灵机一动："我

解不开棋局，但搅乱一番，却是容易，只须他心神一分，便有救了。既无棋局，何来胜败？"便道："我来解这棋局。"快步走上前去，从棋盒中取过一枚白子，闭了眼睛，随手放在棋局之上。

他双眼还没睁开，只听得苏星河怒声斥道："胡闹，胡闹，你自填一气，自己杀死一块白棋，哪有这等下棋的法子？"虚竹睁眼一看，不禁满脸通红。

原来自己闭着眼睛瞎放一子，竟放在一块已被黑棋围得密不通风的白棋之中。这大块白棋本来尚有一气，虽然黑棋随时可将之吃净，但只要对方一时无暇去吃，总还有一线生机，苦苦挣扎，全凭于此。现下他自己将自己的白棋吃了，棋道之中，从无这等自杀的行径。这白棋一死，白方眼看是全军覆没了。（《天龙八部》第三十一回）

虚竹的一念慈悲促使他出手救了段延庆一命，而正是这巧合的"神之一手"竟意外地破了珍珑棋局，虚竹最终成了逍遥派传人，得了无崖子近百年的功力。当然可以从善恶有报的角度去看待虚竹的行为，但也不影响从心理角度来分析一下。

苏星河为了替师父无崖子寻传人清理叛徒丁春秋而摆下珍珑棋局。该棋局的巧妙之处在于会引发入局之人内心深处的欲望和恐惧，并且会放大这些情绪甚至使入局之人产生幻觉，由此引发更为剧烈的情感波动并影响其精神结构。继段誉、慕容复在珍珑棋局中败下阵后，段延庆也陷入棋局引发的有关早年丧失经历带来的痛苦情绪中，并在一旁丁春秋催眠助攻下决意自戕。周围一众人，除了虚竹无一愿出言或出手相助。究其原因，有人畏惧丁春秋的手段；也有人希望世间少一位与自己匹敌的高手；还有人幸灾乐祸；更有不少名门正派认为四大恶人之首的段延庆死不足惜。除了虚竹，其他人的决定都出于自身考虑，出于关系考虑，出于现实考虑。只有虚竹的决定和这些都没有关系，他与段延庆在此之前没有任何交集，甚至没听过段延庆的名字。这一刻，虚竹不是处于"我"的位置去行动，而是在"无我"的位置救下这个与己无关的人。

虚竹"无我"的位置，来自儿时镜像阶段的自我认同。

虚竹大吃一惊，他双股之上确是各有九点香疤。他自幼便是如此，从来不知来历，也羞于向同侪启齿，有时沐浴之际见到，还道自己与佛门有缘，天然生就，因而更坚了向慕佛法之心。（《天龙八部》第四十二回）

当虚竹还是婴儿之时，他就被心怀复仇之心的萧远山从其母亲叶二娘怀中夺走，扔在少林寺门口，被寺中僧人收养长大。因此，虚竹的幼儿阶段是在寺庙里度过的，周围的客体（包括想象的）基本全部是信奉佛法的僧人或与之相关的事物。

镜像阶段是幼儿成长过程中非常重要的一个阶段，镜像是一个比喻，幼儿通过客体的反馈来认知自己、体验自己，这种反馈包括客体的语言、表情、态度、行为等，这个长久反复的认知和体验过程就像在镜子中看到自己。在镜像阶段，幼儿慢慢建立了对自己的认知和体验，完成了最早期也是最根深蒂固的自我认知，即哲学上说的"我是谁"，并由此产生了理想自我，这个过程被称为主体的第一次异化。虚竹在"无我"位置上解救段延庆的"神之一手"，就是镜像阶段产生的理想自我的行为。这个理想自我在后来也同样促使虚竹不顾一切地救了天山童姥这个在无数人心中既可怕又可恨的魔头。

"有我"带来的痛苦

不少读者非常羡慕虚竹的奇遇，其人生如被幸运女神眷顾一般。从一个武功低微、长相丑陋的少林寺小和尚，机缘巧合之下破解了珍珑棋局成为逍遥派掌门传人。他被无崖子强行灌注了百年功力，又被天山童姥威逼练逍遥派武功，历经各种奇遇之后，最终集天山六阳掌、天山折梅手、生死符、无相神功等于一身，成为逍遥派掌门，缥缈峰灵鹫宫主人，统领三十六洞和七十二岛；还得了萧峰临终传的降龙十八掌和打狗棒法，作为丐帮两大神功的传人，是复兴丐帮的恩人，武学上亦可称书中第一。不仅如此，虚竹还娶了西夏公主，可谓爱情事业双丰收。

人生如此，可谓羡煞旁人。可是在小说中，虚竹并不快乐，更与所谓的幸福相去甚远。白白得了无崖子毕生功力成为逍遥派掌门并不快乐；成为武林中谁也不能忽视的宗师级高手也不快乐；成为缥缈峰灵鹫宫的主人统领群雄依旧不快乐。

虚竹的不快乐，源于上述这些与其理想自我的冲突。虽然理想自我在人的一生中会不断修正，但最早期建立的部分是很难被修改或替换的。所以我们会在小说中看到，哪怕虚竹得了举世无双的内功，成了一派掌门，依旧心心念念要回少林寺，依旧自称"小僧"改不了口。当上了灵鹫宫主人后，整日被梅兰竹菊四姝精心服侍，还是穿上已经破了的僧袍下山跑回少林寺，并甘愿领罚，在菜园中抬粪种菜，被恶僧责打也甘之如饴。

海德格尔提出，每个人都是未经协商而被抛入这个世界的。这是人不得不面对的悲剧，一个人心理的成长就是在不断地触及和适应这个被抛入的世界。人的心理发展在经过镜像阶段的想象界之后需要继续发展，进入充满符号规则的象征界，象征界即通常说的现实世界。寺庙并不是真正的象征界，因为它有封闭的环境和想象的特质。但它也不是一个纯粹的想象界，它也有戒律，也有规则。所以寺庙更像是一个想象界与象征界交汇的地方。

正因为寺庙的这种特质，不少人会在受挫后选择遁入空门，这是一种主体在象征界不适应后的撤退行为。当然也会看到一些高僧在寺中修行多年之后，进入红尘云游四方进行弘法的事业，这是勇敢地从想象界投入到象征界，以此来完善内心。

虚竹在小说中第一次出场，也是第一次出寺踏入象征界，这对他是一种挑战，他的痴愚表现说明他的心理发展程度更多还在想象界。他与这个现实世界格格不入，也就无法自如地在现实世界生活，更谈不上享受快乐，他的快乐需要在想象界才能获得。这也是为什么他最终与西夏公主李清露结为夫妇，李清露的出身与成长环境决定了她与虚竹在心理层面上相似，同样更多处于想象界（比虚竹更靠近象征界一点，因此后来她在与虚竹的关系中更占主导性）。她的名字清露和虚竹之名也很般配，他们两个在黑暗的冰窖中相遇与结合，互相称呼彼此梦郎、梦姑，最后在现实中也是凭借这个如梦似幻的暗号才得以相认。这故事本身也有想象界的味道。

镜像阶段是人一生心理发展过程中非常重要的一个阶段，它促成一个人理想自我的建立，但也让人被想象（或幻想）羁绊。如果人的心理不能继续大部分进入现实世界（象征阶段）去发展，而是固着在想象界的镜像阶段，就会对现实规则无知，无法在象征界即现实世界中自如生活，表现得便如虚竹一般痴愚、不快乐。

萧峰：不必在乎我是谁

如果要论金庸武侠世界中谁是第一英雄，可能各有看法，但要论最具悲剧色彩的英雄，那一定首推《天龙八部》中的萧峰。萧峰是真正的理想英雄，千军万马中取上将首级如探囊取物；作为丐帮帮主，将天下第一大帮治理得井井有条；杏子林事变中，有勇有谋，临危不乱，凭一己之力连敲带打，平定叛乱，赏罚分明又宽宏大量。可以说三十五岁前的萧峰是个万人敬仰的大英雄，具备仁义礼智信的完美品格，是几乎没有缺点的武林领袖。

丧失身份的悲剧

萧峰的悲剧始于杏子林事件，全冠清、马夫人等人密谋诬陷作乱。虽然很快被平息，但这个事件牵出一个惊天秘密，一个关于萧峰身世的秘密，即乔帮主姓萧不姓乔，不是汉人的大英雄，而是契丹后裔——当时的时代背景下，双方是势不两立的。

乔峰自幼父母对他慈爱抚育，及后得少林僧玄苦大师授艺，再拜丐帮汪帮主为师，行走江湖，虽然多历艰险，但师父朋友，无不对他赤心相待。这两天中,却是天地间斗起风波,一向威名赫赫、至诚仁义的帮主,竟给人认作是卖国害民、无耻无信的小人。他任由坐骑信步而行,心中混乱已极。(《天龙八部》第十八回)

萧峰首先面对的痛苦是自己乃契丹人这个真相。这个真相之所以难以面对,是因为它激发了萧峰内心的羞耻感。羞耻感是隐藏在很多情绪之下更深的感受,因为它会强烈影响自体的稳定性,破坏自体的凝聚性,造成自体的震荡,因此它会隐藏在很多情绪之下,让人免于触及以防陷入自体崩解的巨大痛苦中。面对羞耻感带来的巨大的情绪破坏力,自体为了维持正常运转,一定会启动防御模式来保护自己,最常见的方法是否认和逃避。因此,杏子林事件最后萧峰面对丐帮帮众,面对天下群雄,面对兄弟好友,当众宣布自己不再担任丐帮帮主,交出打狗棒,孤身而去。

丧失身份之后的心理防御

杏子林事件的后果就是萧峰失去了一系列身份——丐帮帮主的身份,汉人的身份,大英雄的身份等等,以及与这些身份相关联的各种关系。丧失常常会引发一系列躁狂性的修补行为,会让人持续停留在偏执-分裂位态。这也导致了萧峰之后做出的一系列行为——想方设法地追查带头大哥身份,试图找出这个想象中加害自己的客体以证清白,幻想着恢复自己失去的身份。

乔峰自知重伤之余,再也无法杀出重围,当即端立不动。一霎时间,心中转过了无数念头:"我到底是契丹还是汉人?害死我父母和师父的那人是谁?我一生多行仁义,今天却如何无缘无故地伤害这许多英侠?我一意孤行地要救阿朱,却枉自送了性命,岂非愚不可及,为天下英雄所笑?"(《天龙八部》第十九回)

萧峰为救阿朱前往聚贤庄求神医薛慕华为其疗伤,是将躁狂性修补行为推向了高潮。萧峰是因为爱阿朱而只身犯险吗?当然不是。阿朱易容假扮萧峰闯少林,盗《易筋经》被识破,并陷萧峰于弑师的嫌疑中。萧峰误伤阿朱而为之负责，没有在江湖追杀下弃她而去，一方面是出于怜悯之心，另一方面和他自己希望抓住机会进行修补行为以重获身份的无意识有关。他不顾个人安危搭救他人的做法，在汉人文化中是仁德、侠义的行为，在汉族价值观里是被推崇和歌颂的。萧峰的无意识希望这些被看到，被认可，最终重获群体接纳。然而在聚贤庄，昔日的兄弟、好友，乃至不相识不相干的人都视他为禽兽，都要置他于死地。他体验到的不是被理解、被同情，而是被排斥、被羞辱，在一个残忍无情、毫无共鸣的环境下，引发的必然是自恋性暴怒，于是萧峰违背了之前发过的"此生不杀汉人"誓言，血洗聚贤庄就不足为奇了。

再获新身份

阿朱道："乔大爷，你好！"她向乔峰凝视片刻，突然之间，纵身扑入他的怀中，哭道："乔大爷，我……我在这里已等了你五日五夜，我只怕你不能来。你……你果然来了，谢谢老天爷保佑，你终于安好无恙。"

她这几句话说得断断续续，但话中充满了喜悦安慰之情，乔峰一听便知她对自己不胜关怀，心中一动，问道："你怎在这里等了我五日五夜？你……你怎知我会到这里来？"

阿朱慢慢抬起头来，忽然想到自己是伏在一个男子的怀中，脸上一红，退开两步，再想起适才自己的情不自禁，更是满脸飞红，突然间反身疾奔，转到了树后。

……

阿朱和所有汉人一般，本来也是痛恨契丹人入骨，但乔峰在她心中，乃是天神一般的人物，别说他只是契丹人，便是魔鬼猛兽，她也不愿离之而去，心想："他这时心中难受，须得对他好好劝解宽慰。"柔声道："汉人中有好人坏人，契丹人中，自然也有好人坏人。乔大爷，你别把这种事放在心上。阿朱的性命是你救的，你是汉人也好，是契丹人也好，对我全无分别。"（《天龙八部》第二十回）

雁门关外，乱石滩上，萧远山跳崖处，萧峰再遇阿朱。对萧峰来说，当他被全世界抛弃，累累如丧家之犬时，还有一个人发自真心地惦记着他，关心着他，这种体验是极为震撼的，是极大的自恋满足。即：当我一无所有，一无是处之时，有一个人还爱着我，把我当作人来看待，这个时刻自体被深刻地共情、镜映，这是极大的心理满足。与其说萧峰深爱着阿朱，不如说从此刻起，阿朱之于萧峰便是生命中最重要的客体，无法被替代的客体。因为阿朱这个客体的存在，萧峰才能够在创伤之后重新体验到自己是个人，是值得被爱的，是真实存在的。所以，当阿朱死在萧峰怀中时，可以想象，这个如此重要客体的丧失，对萧峰来说是如何地痛彻心扉。阿朱是一道光，在这黑暗的世界里唯一能够共情萧峰、让其体验为人的光。阿朱的离去让萧峰重归于黑暗世界，再一次体验被全世界抛弃的痛苦感受。

> 一霎时之间，乔峰终于千真万确地知道，自己确是契丹人。这胸口的狼头定是他们部族的记号，想是从小便人人刺上。他自来痛心疾首地憎恨契丹人，知道他们暴虐卑鄙，不守信义，知道他们惯杀汉人，无恶不作，这时候却要他不得不自认是禽兽一般的契丹人，心中实是苦恼之极。
> （《天龙八部》第二十回）

除了羞耻感，萧峰更深的痛苦是"存在"的痛苦。存在，这个哲学范畴的问题，是最深刻的内心恐惧的来源。因此，这个问题在几千年的哲学发展中不断被讨论，被解释，以找寻解决途径。关于存在，人是无法绝对地存在的，只能相对地存在，即必须在关系中（哪怕是想象的关系中）存在，绝对地存在即不存在。相对地存在基于与他者的不同，由此产生的各种情绪、认知才让人感觉到自己存在。这里就产生了一个矛盾，一个人在群体中才能体验到自我的存在，过于融入群体虽然会让人感受到安全与接纳，但也会因为丧失大量存在的体验而产生非存在的焦虑；而不融入群体虽然会体验到强烈的存在感，但又加大了被抛弃的焦虑和痛苦。

人就是在这样一个充满矛盾的处境中存在，这个矛盾的处境会让人产生焦虑，焦虑是伴随存在感最佳的注脚。只是这种焦虑必须在可控的、不至于压垮心理的范畴内。于是，拥有一个群体中的身份，便成为在人类社会中解决生存焦虑的一个妥协却有效的方式，身份的确定较好地解决了与彼不同以及与彼相似的存在矛盾。

萧峰的痛苦在于他失去了身份，失去了关系，存在体验的失衡以及由此失去的生存意义。他必须加入一个新群体，并在这个新群体中获得一个新身份，构造一段新关系才能活下去——不是生物学意义上的存活，而是社会学意义上的存在，作为人的存在。于是萧峰认同了自己契丹人的身份，一路向北，去重新寻找存在的意义。

再次丧失身份

> 萧峰热泪盈眶，走到树旁，伸手摩挲树干，见那树比之当日与阿朱相会时已高了不少。一时间伤心欲绝，浑忘了身外之事。
> ……
> 耶律洪基回过头来，只见萧峰仍是一动不动地站在当地。耶律洪基冷笑一声，朗声道："萧大王，你为大宋立下如此大功，高官厚禄，指日可待。"
> 萧峰大声道："陛下，萧峰是契丹人，今日威迫陛下，成为契丹的大罪人，此后有何面目立于天地之间？"拾起地下的两截断箭，内功运处，双臂一回，傻的一声，插入了自己的心口。
> 耶律洪基"啊"的一声惊呼，纵马上前几步，但随即又勒马停步。
> 段誉和虚竹只吓得魂飞魄散，双双抢近，齐叫："大哥，大哥！"却见两截断箭插正了心脏，萧峰双目紧闭，已然气绝。（《天龙八部》第五十回）

雁门关是宋军防守北方契丹的重要关隘，雁门关以南是大宋，以北是大辽。萧峰在这里全家被袭，成为孤儿；在这里爱上阿朱，与她憧憬新生活；也最终在此自戕而亡，结束了半生荣耀半生痛苦。表面上看，萧峰的自戕是他作为契丹南院大王，对于胁迫辽帝耶律洪基打消伐宋行为感到愧疚，但背后有更多深层次的心理原因。萧峰的行为站在了契丹的对立面，就如他自己所说，这使他成为契丹的罪人。这预示了他将重复杏子林发生的一幕，失去身份并被一个群体抛弃。杏子林中他被揭发为契丹人，无论过去如何有功，终被群体无情抛弃，被追杀，被非人对待。幸好还有阿朱的陪伴、共情与理解，让他还能体验到一丝温暖。而此刻他的所作所为将不容于契丹，他将再一次体验被群体抛弃带来的痛苦体验，而这一次已经没有了阿朱，萧峰如何能够承受。

萧峰一行人被一路追杀行至雁门关，关隘守军以萧峰是辽国南院大王身份为由不准众人入关，而站在契丹的角度，萧峰叛国潜逃，早已不是南院大王，而是个罪人。又一次身份的丧失，天大地大，竟无安身之处！此时对萧峰来说，要么选择精神的死亡，保全肉身；要么选择肉身的死亡，让精神永存。萧峰这样的英雄必选后者，历史上无数豪杰最终都做了同样的选择。

"我是谁"的痛苦

萧峰后半生的痛苦矛盾始终在于，不知自己应该如何存在。他是契丹孤儿，后被汉人养大，做了汉人的大英雄。又因为契丹人的身份曝光，一夜之间从万众敬仰到万人唾弃。当他以为可以放弃过去汉人的身份，认同自己契丹人身份，并因为救下辽国皇帝耶律洪基，辅佐其平定叛乱而受重用，成为一人之下万人之上的南院大王时，眼见契丹人对汉人的侵略欺压，又引发了他内心作为汉人身份的痛苦。萧峰的矛盾是他无法确定自己该如何存在，换句话说，他无法确定自己到底是谁。"我是谁"，是基于自体客体的体验，这些体验决定了如何存在，而存在的体验又抽象和概念化了"我是谁"。

萧峰的存在体验是极为矛盾和混乱的。原以为自己是乔氏夫妇所生，后来才知道自己是被收养的。萧峰对阿朱讲述过往儿时生活，才发觉养父母对自己并不像对亲生孩子那样管教，虽然很慈爱，但其中更多有敬畏的成分；少林玄苦大师在山里救了迷路的自己并启蒙武学，原以为只是巧合，却不想玄苦只是受人之托；十六岁投入丐帮门下，完成了十件不可能完成的任务才当上帮主，本以为是师父汪剑通有意多锻炼自己，却还是因为自己契丹人的身份；前半生崇敬的师长，原来是屠杀自己家人，让自己成为孤儿的凶手和仇人；苦苦追查的杀人灭口、嫁祸于自己的大恶人竟是自己的生父萧远山……

这些矛盾、混乱的体验导致的是自体的分裂感和痛苦，萧峰身边没有人能够共情这份痛苦。当萧峰追问父亲萧远山为何要杀那么多与他有关又无辜的人时，萧远山也只是淡淡说道，他们从我身边抢走了你，杀了活该。不但父亲不能共情、理解萧峰，那些丐帮故人、旧日好友，甚至结拜兄弟段誉、虚竹，包括深爱自己的阿紫都无法共情萧峰的痛苦，唯一能够共情理解自己的阿朱却早已不在人世。

科胡特认为，共情对于一个人来说如氧气般重要。这是一个极好的比喻，对于人来说，没有氧气的世界是无法存活的。共情代表着有一个客体在场，自己被深深地看见，在被看见的眼光中又反射出自己，这意味着存在。

所以，最终杀死萧峰的是没有共情的世界、分裂的自体客体体验，以及对于非存在的恐惧。萧峰的痛苦触及了"我是谁"这个人类最核心的哲学追问，关于如何解决这个痛苦，东西方的文化给出了不同的视角与解决框架。西方文化的解决方式是构建身份，彰显自我，是极致的个人主义道路。东方文化又是如何解决这个问题的呢？《天龙八部》里扫地僧用神功将慕容博与萧远山打入假死状态并指点、感化两人，萧远山在生死之间似存在又非存在的那一刻体验，最终让其大彻大悟，消除了嗔恨之心带来的痛苦。是的，东方文化给出的是一条相反的道路，除了之前所说的融入集体，另一个更具思辨性质的解决方案便是佛家的"无我"和"明心见性"。

岳不群：男人四十

《笑傲江湖》描写过众多非常出彩的人物，其中不少角色后来被符号化、象征化，岳不群就是这样一位典型人物。金庸在小说后记中也提到，20 世纪 60 年代《明报》连载《笑傲江湖》时，越南西贡的二十几家报社也同时连载，影响甚广，乃至当时越南国会辩论时，议员经常指责对方是"岳不群"云云。

何为"君子"何为"小人"

岳不群在小说中的外号叫"君子剑"，但书中不少反对、反感他的人都称其为"伪君子"。"伪君子"就成了他鲜明的个人标签，他和小说中另一位"真小人"左冷禅遥相呼应，是小说中反派群体的重要代表人物。金庸在描写岳不群时也是朝"伪君子"这个角度塑造的。"不群"之名出自《论语》："君子矜而不争，群而不党。"这句话后来逐渐扩展引申为"君子群而不党，小人党而不群"。因此，"岳不群"这个名字暗指了他并非真君子，而是伪君子。

墙角后一人纵声大笑，一个青衫书生踱了出来，轻袍缓带，右手摇着折扇，神情甚是潇洒，笑道："木兄，多年不见，丰采如昔，可喜可贺。"

木高峰眼见此人果然便是华山派掌门"君子剑"岳不群，心中向来对他颇为忌惮，此刻自己正在出手欺压一个武功平平的小辈，恰好给他撞见，而且出手相救，不由得有些尴尬……

林平之当木高峰的手一松，便已跳开几步，眼见这书生颔下五柳长须，面如冠玉，一脸正气，心中景仰之情，油然而生，知道适才是他出手相救，听得木高峰叫他为"华山派的岳兄"，心念一动："这位神仙般的人物，莫非便是华山派掌门岳先生？只是他瞧上去不过四十来岁，年纪不像。那劳德诺是他弟子，可比他老得多了。"待听木高峰赞他驻颜有术，登时想起：曾听母亲说过，武林中高手内功练到深处，不但能长寿不老，简直真能返老还童，这位岳先生多半有此功夫，不禁更是钦佩。（《笑傲江湖》第五回）

小说中岳不群的出场是以林平之的视角描述的，不仅是林平之，相信读者对岳不群的第一感觉也是位正派人物。他不但一副谦谦君子的相貌打扮，还不惧两大觊觎辟邪剑法的恶人余沧海与木高峰，路见不平，出手救人。面对木高峰出言讥讽也是不卑不亢，一副大家风范，言谈举止更加深了林平之对岳不群的好感和信任。

在小说开头，岳不群的确是"矜"且"不党"的君子模样。"矜"指君子庄重、骄傲的气质，这一点上岳不群拿捏得很到位，从外形打扮到言谈举止都是名士派头，没有半分江湖人的粗鄙。至于"不党"，面对嵩山派的步步紧逼和威胁，他既没有妥协投降，也没有找外援结党对抗，全凭一己之力与之周旋。小说继续往下发展，岳掌门"伪君子"的面貌才慢慢被揭开，原来他也是垂涎辟邪剑法的众多武林人士之一，只是不似余沧海那样明抢，而是暗夺。最明显的证据就是，他明明身处陕西华山，却偏偏安排弟子中的内奸劳德诺和女儿岳灵珊易容，远赴万里之外的福州城外隐藏身份开店。安排劳德诺是想借他之口让嵩山派左冷禅得知自己有夺剑谱的企图，逼其先出手，于是便有了与左冷禅关系不错的青城派掌门余沧海出川。其间又恰好引发了林平之英雄救美，为搭救易容的岳灵珊，林平之失手杀了余沧海之子，导致了之后林家的灭门惨案，最后岳不群顺理成章地出面救下身处绝境的林平之，并收其为弟子。待林平之入了华山派，岳掌门安排他与女儿岳灵珊朝夕相对，两人暗生情愫，终于招为良婿，林家的辟邪剑谱自然迟早会被岳不群拿到手，最后也如其所愿。

对岳不群君子之名的存疑，其实在小说一开始的刘正风被灭门事件中已有暗示。在岳不群与刘正风的对话中，表面上岳不群很仗义，很为刘正风着想，愿意出手为刘正风去杀了曲洋。实际上，这并非君子之义，乃小人之义。欲杀一无罪之人，是为不仁；面对强权逼迫不能坚持正义，是为不义。君子可为正义之精神与理念而牺牲肉体成全灵魂；小人为形势所迫而妥协甚至同谋获利。岳不群的"矜"且"不党"不过是表面示人的君子之皮，内在则是得利而苟且的小人之实。"苟且"好听一点的说法是明哲保身，难听一点就是精致的利己主义者，岳不群就是这样的一位伪君子。

岳不群的创伤性经历

岳不群在石上坐下，缓缓地道："二十五年之前，本门功夫本来分为正邪两途。"

……

岳不群道："我在少年之时，本门气剑两宗之争胜败未决。"

……

岳不群叹了口气，缓缓地道："三十多年前，咱们气宗是少数，剑宗中的师伯、师叔占了大多数。再者，剑宗功夫易于速成，见效极快。大家都练十年，定是剑宗占上风；各练二十年，那是各擅胜场，难分上下；要到二十年之后，练气宗功夫的才渐渐地越来越强；到得三十年时，练剑宗功夫的便再也不能望气宗之项背了。然而要到二十余年之后，才真正分出高下，这二十余年中双方争斗之烈，可想而知。"

……

岳不群道："武学要旨的根本，那也不是师兄弟比剑的小事。当年五岳剑派争夺盟主之位，说到人才之盛，武功之高，原以本派居首，只以本派内争激烈，玉女峰上大比剑，死了二十几位前辈高手，剑宗固然大败，气宗的高手却也损折不少，这才将盟主之席给嵩山派夺了去。推寻祸首，实是由于气剑之争而起。"令狐冲等都连连点头。

岳不群道："本派不当五岳剑派的盟主，那也罢了；华山派威名受损，那也罢了；最关重大的，是派中师兄弟内哄，自相残杀。同门师兄弟本来亲如骨肉，结果你杀我，我杀你，惨酷不堪。今日回思当年华山上人人自危的情景，兀自心有余悸。"说着眼光转向岳夫人。

岳夫人脸上肌肉微微一动，想是回忆起本派高手相互屠戮的往事，不自禁地害怕。

岳不群缓缓解开衣衫，袒裸胸膛。岳灵珊惊呼一声："啊哟，爹爹，你……你……"只见他胸口横过一条两尺来长的伤疤。自左肩斜伸右胸，伤疤虽然愈合已久，仍作淡红之色，想见当年受伤极重，只怕差一点便送了性命。令狐冲和岳灵珊都是自幼伴着岳不群长大，但直到今日，才知他身上有这样一条伤疤。岳不群掩上衣襟，扣上钮扣，说道："当日玉女峰大比剑，我给本门师叔斩上了一剑，昏晕在地。他只道我已经死了，没再加理会。倘若他随手补上一剑，嘿嘿！"（《笑傲江湖》第九回）

《笑傲江湖》的故事是围绕五岳剑派并派一事展开的。五派中实力最强的是嵩山派，掌门左冷禅武功居首，比肩日月神教教主任我行，手下的十三太保基本上也具备掌门级别的一线实力。恒山派有"三定"；衡山派有莫大、刘正风双璧；泰山派除了掌门天门道长，还有玉玑子、玉磬子、玉音子三位师叔。实力最不济的就是华山派，武功最高的岳不群在未得辟邪剑法之前，实力和嵩山派十三太保旗鼓相当，其师妹也是妻子的宁中则比之更差一截，二代弟子中除了首徒令狐冲，其他弟子资质、武功都十分平庸，而令狐冲在未得独孤九剑之前，武功比二流好手田伯光还差一大截。

岳不群在思过崖上见令狐冲内功大退，痴迷招式后，自述往事，结合后来在恒山上武当派的冲虚与令狐冲谈起华山二宗相争之事，揭开了华山派是五岳剑派中最弱一派的缘由。二十五年前华山派内部分裂，两派决斗导致派中高手死伤殆尽。为数不多幸存的顶级高手，如风清扬，因被气宗设计陷害错过比武而大为内疚，从此隐居。失败一方的少数剑宗幸存者则被驱逐出华山，暗中投靠了嵩山派。两派在玉女峰比剑时，岳不群只是一位资质普通，并未得到重视的华山派青年弟子，重伤后侥幸得活。如果不是因为那场比武太过惨烈，门派中几代高手接连殒命，大概率也轮不到他成为华山派掌门。

从另一方面看，岳不群虽然资质并非顶尖，但他在前半生中已经做出超越他能力的最好成绩了。在武功方面，缺少门派高手的指导，自学一本二流武学《紫霞神功》（当任盈盈听到令狐冲说起丢失这本华山派重要秘籍时，不自觉地流露出不以为意的态度），最后能练到掌门级别的武功水准，岳不群应是勤勉有加，实属不易。在门派建设方面，两宗火并之后，他没有让门派倒掉，也没有被其他门派消灭吞并，实力上也能勉强在五岳剑派中占有一席之地，岳掌门从接手一个烂摊子到渐有起色，可谓厥功至伟。在个人形象的打造方面，岳不群虽然武功不是五岳剑派里最顶尖的，门派实力也不算多强，却能博得江湖上"君子剑"的美名，想必他早年闯荡江湖时也做了一些扶危济困、匡扶正义的事，才博得这个清誉。

从小说的结局向前推断，岳不群虽然并非正人君子，但相对于左冷禅、余沧海之流，他的品行并没有那么低劣，也爱惜那么多年亲手编织的羽毛，不会搞出灭门那样赤裸裸的残忍事件，如果不是左冷禅咄咄逼人的并派威胁，也许岳不群还不会"黑化"得那么快。在小说前半段中，岳不群还是努力地在同辈、妻子、女儿、弟子面前维持君子形象，但是小说的后半段，他加速了堕落的进程。岳不群利用林平之得到辟邪剑法之后，在少林寺众人面前比剑时故意输给徒弟令狐冲，让左冷禅轻视自己，又让内奸劳德诺盗取假剑谱给对方；嵩山并派大会上，他猝然发难，重创左冷禅夺得盟主之位；在华山思过崖密洞中，利用各派失传的武学招式诱骗五岳剑派好手自相残杀，最后将他们一举歼灭。岳不群"黑化"后为了满足自己不断膨胀的权力欲望可以牺牲一切，包括自己的徒弟、女儿、妻子，甚至愿意付出自宫的代价，最后妻子宁中则也在失望之中含恨自尽。

岳不群"黑化"背后的两个心理因素

　　岳不群所谓的"黑化",有其内在心理部分的基础,他本身是一个自私的人,君子之名不过是挂在外面的一层装饰。如果从精神分析角度来看,岳不群一定属于自恋型人格,他后期把身边所有人作为工具利用而毫无愧意,就是自恋型人格障碍的鲜明特点,树立君子形象只是他维持自恋感的方式。自恋型人格在人群中占比是非常高的,它其实属于正常人格,并不是病态的,而如果演变成自恋型人格障碍,甚至自恋型行为障碍就是病态的了。岳不群的"黑化"就是病态部分迅速演化的过程。

　　那么又是什么原因激发了岳不群内在人格的病态部分,并迅速发展而最终导致了他的毁灭？从心理咨询与治疗的视角分析,突然的转变一定至少有一个背景性情境和一个诱发事件。在小说中,这个诱发事件是岳不群带领华山派众人前往福州避祸途中夜宿药王庙,被左冷禅派来的嵩山派高手与黑道人物以及华山派被逐气宗弟子围攻。这一战相当惨烈,华山派差点全军覆没。岳不群眼见众多弟子当场被杀、被俘,妻子宁中则差点受辱,而自己被缴械受困却无能为力,最后依靠身受内伤、丧失内力的令狐冲出手,使出独孤九剑重创对手才得以活命。这个接近死亡的事件带来的内心冲击,不亚于二十五年前,还是青年的岳不群被同门师叔砍了一剑差点殒命的那段恐怖经历。此次事件重新唤起了他早年的创伤性经历。当岳不群诉说这件往事时,妻子宁中则脸上肌肉不自禁的抽动,暗示了这个创伤不仅仅是岳不群的个人创伤,还是整个华山派不能言说的集体创伤。岳不群早年那么勤奋与努力,并因此登上华山掌门之位,也许在无意识中就是为了对抗或者治愈这个内心创伤。左冷禅发动的五岳并派计划引发的血腥危机,突然揭开了这个曾经的创伤,让它赤裸裸地重新呈现在岳不群面前,使他无处可躲。

　　按照精神分析学家埃里克森提出的人生八大阶段划分,第二次创伤事件发生时,岳不群处在"繁殖或停滞"的人生冲突期。此时的岳不群已是人过中年,身体、精力处于顶峰之后的逐渐衰退之时。虽然木高峰和林平之都觉得岳不群驻颜有术，保养得当，但无论内功多么精湛，身体的衰老只能延缓而不可逆转。药王庙惨败除了让岳不群体验到离死亡又一次那么近，他肯定还体验到了逐渐衰老与实力不济的痛苦。而徒弟令狐冲的神奇剑法更是撼动了岳不群几十年来的武学信念，即他在思过崖上对门人所说的"气宗虽然一开始比不过剑宗，但二十年后可胜"的断语。

这次新的创伤性事件与人到中年的停滞与衰退的大背景相结合产生的心理问题，就是心理咨询中常说的中年危机。这也是绝大多数人都会在人生中遇到的困境，越是早年努力进取并取得一定成就的人，在这个时期越是难以承受这巨大的精神痛苦。这样的人要平稳度过中年危机是很难的，他们通常会采用"否认"的防御机制，无意识中不惜一切地继续推动自己，希望能够扭转"颓势"，再攀高峰。岳不群就是采用这种模式，为练辟邪剑法不惜自残身体，抛妻弃女，就是：为了重获掌控感、能力感，对抗停滞感和对死亡的恐惧，这代价可谓巨大，用精神分析的语言讲就是：为了获取假阳具而献祭了阴茎。岳不群最终变得不男不女，行为乖张，声名扫地，为整个江湖所不齿。这一切的发生与发展皆是受他内在无意识的欲望与恐惧驱使，然而善恶终有报，他的下场也是罪有应得。

黄药师：真我的风采

金庸创作《碧血剑》时，因首次尝试塑造了夏雪宜这个不同于之前非黑即白的人物而获得无数好评，于是接下来着重笔墨刻画了一个比较丰满的、亦正亦邪的人物——黄药师，也令读者印象深刻。

黄药师在"射雕三部曲"前两部（《射雕英雄传》和《神雕侠侣》）中作为顶尖高手出场，名列五绝之一。在《射雕英雄传》中，黄药师被称为"东邪"，与西毒欧阳锋、南帝段智兴、北丐洪七公、中神通王重阳齐名。在《神雕侠侣》中，他又与西狂杨过、北侠郭靖、南僧一灯、中顽童周伯通并驾齐驱。

眼高于顶

陆氏父子及江南六怪都极惊异："此人单凭手指之力，怎么能把石子弹得如此劲急？就是铁胎弹弓，也不能弹出这般大声。谁要是中了一弹，岂不是脑破胸穿？"

……

那青衣怪客左手搂住了黄蓉，右手慢慢从脸上揭下一层皮来，原来他脸上戴着一张人皮面具，是以看上去诡异古怪之极。这本来面目一露，但见他形相清癯，丰姿隽爽，萧疏轩举，湛然若神。黄蓉眼泪未干，高声欢呼，抢过了面具罩在自己脸上，纵体入怀，抱住他的脖子，又笑又跳。

这青衣怪客，正是桃花岛岛主黄药师。（《射雕英雄传》第十四回）

黄药师的出场，金庸用了"形相清癯，丰姿隽爽，萧疏轩举，湛然若神"这十六个字的极高评价，黄药师给旁人的印象就是一位世外高人。他在陆家庄的第一次出场，举手投足间也尽显潇洒，弹指神通一出手就震慑住在场的众位高手。黄药师在武艺上是一代宗师，此外还精通琴棋书画、医卜星相、农田水利、经济兵法，尤擅五行术数，奇门遁甲，文才武功纵观全书无人能出其右。

> 郭啸天道："这道君皇帝既然画得一笔好画，写得一手好字，定是聪明得很的，只可惜他不专心做皇帝。我小时候听爹爹说，一个人不论学文学武，只能专心做一件事，倘若东也要抓，西也要摸，到头来定然一事无成。"
>
> 曲三道："资质寻常之人，当然是这样，可是天下尽有聪明绝顶之人，文才武学，书画琴棋，算数韬略，以至医卜星相，奇门五行，无一不会，无一不精！只不过你们见不着罢了。"说着抬起头来，望着天边一轮残月，长叹一声。
>
> 月光映照下，郭杨二人见他眼角边忽然渗出了几点泪水。（《射雕英雄传》第一回）

在徒弟曲灵风心中，师父黄药师绝对是一个不世出的天才，神仙一般的存在。曲灵风此时已经因为师兄陈玄风与师姐梅超风盗取《九阴真经》被师父迁怒打断双腿逐出桃花岛，依然对师父如此崇拜，心中没有丝毫怨恨，包括同样遭遇的陆乘风和冯默风亦是如此，可见黄药师的才情多么令人折服。

> 黄药师这一掌劲道不小，陆冠英肩头被击后站立不住，退后七八步，再是仰天一跤跌倒，但没受丝毫损伤，怔怔地站起身来。黄药师对陆乘风道："你很好，没把功夫传他。这孩子是仙霞派门下的吗？"

陆乘风才知师父这一提一推，是试他儿子的武功家数，忙道："弟子不敢违了师门规矩，不得恩师允准，决不敢将恩师的功夫传授旁人。这孩子正是拜在仙霞派枯木大师的门下。"黄药师冷笑一声，道："枯木这点微末功夫，也称什么大师？你所学胜他百倍，打从明天起，你自己传儿子功夫罢。仙霞派的武功，跟咱们提鞋子也不配。"陆乘风大喜，忙对儿子道："快，快谢过祖师爷的恩典。"陆冠英又向黄药师磕了四个头。黄药师昂起了头，不加理睬。（《射雕英雄传》第十四回）

恃才傲物、目中无人是黄药师在《射雕英雄传》中比较突出的性格特征。纵览全书，没有几个人能够入其法眼，除了勉强认可西毒欧阳锋，他对其他与之齐名的高手，如洪七公、周伯通亦看不上，更别说武艺不如他的一众人。

自恋特质

"原来黄夫人为了帮着丈夫，记下了经文。黄药师以那真经只有下卷，习之有害，要设法得到上卷后才自行修习，哪知却被陈玄风与梅超风偷了去。黄夫人为了安慰丈夫，再想把经文默写出来。她对经文的含义本来毫不明白，当日一时硬记，默了下来，到那时却已事隔数年，怎么还记得起？那时她怀孕已有八月，苦苦思索了几天几晚，写下了七八千字，却都是前后不能连贯，心智耗竭，忽尔流产，生下了一个女婴，她自己可也到了油尽灯枯之境。任凭黄药师智计绝世，终于也救不了爱妻的性命。"（《射雕英雄传》第十七回）

《九阴真经》的归属是《射雕英雄传》的一条贯穿始终的线索，很多故事都是围绕它发生的。这本武功秘籍在第一次华山论剑比武时，作为获胜者的战利品被武功第一的王重阳获得。这部秘籍除了记载有称霸天下的武学，还是一种象征，象征着武功天下第一的地位。对黄药师来说，这本书有巨大的吸引力，因为他是明显的自恋型人格。严重的自恋型人格的人不但自视甚高，还容易陷入与人竞争的模式中，不甘居于人下，当有人在某一方面超过他时，他一定想方设法战胜对方，无论付出多大的代价也在所不惜。

综上，我们就能理解黄药师为何联合妻子冯蘅设计诓骗周伯通，取得《九阴真经》下半部。而当徒弟陈玄风、梅超风盗走秘籍之后，妻子耗尽心智再次将此书默写出来，最终油尽灯枯产下黄蓉后便撒手人寰，这个代价不可谓不大。但作为黄药师的妻子，冯蘅如此聪慧，一定明白这本秘籍对于丈夫的象征意义。胜过他人，让自己卓越，这是自恋型人格的人在意识层面的毕生追求。

  黄药师听来，却似更敲实了一层，刹那间万念俱灰。他性子本爱迁怒旁人，否则当年黑风双煞偷他经书，何以陆乘风等人毫无过失，却都被打断双腿、逐出师门？

  这时候他胸中一阵冰凉，一阵沸热，就如当日爱妻逝世时一般。但见他双手发抖，脸上忽而雪白，忽而绯红。人人默不作声地望着他，心中都是充满畏惧之意，即令是欧阳锋，也感到惴惴不安，气凝丹田，全神戒备，甲板上一时寂静异常。突然听他哈哈长笑，声若龙吟，悠然不绝。……

  黄药师满腔悲愤，指天骂地，咒鬼斥神，痛责命数对他不公，命舟子将船驶往大陆，上岸后怒火愈炽，仰天大叫："谁害死了我的蓉儿？谁害死了我的蓉儿？"忽想："是姓郭的那小子，不错，正是这小子，若不是他，蓉儿怎会到那船上？只是这小子已陪着蓉儿死了，我这口恶气却出在谁的身上？"

  心念一动，立时想到了郭靖的师父江南六怪，叫道："这六怪正是害我蓉儿的罪魁祸首！他们若不教那姓郭的小子武艺，他又怎能识得蓉儿？不把六怪一一地斩手断足，难消我心头之恨。"

  恼怒之心激增，悲痛之情稍减，他到了市镇，用过饭食，思索如何找寻江南六怪："六怪武艺不高，名头却倒不小，想来也必有什么过人之处，多半是诡计多端。我若登门造访，必定见他们不着，须得黑夜之中，闯上门去，将他们六家满门老幼良贱，杀个一干二净。"当下迈开大步，向北往嘉兴而去。（《射雕英雄传》第二十二回）

  黄药师除了恃才傲物的性格，"迁怒于人"是他另一个显著的行为特征。那么此"怒"从何处迁来？妻子冯蘅为了他的好胜心，默写《九阴真经》耗尽心力而亡，黄药师是否心存内疚？女儿黄蓉不愿意听从他的安排执意要与郭靖在一起，于是下落不明，是否也会激起黄药师内疚的体验？徒弟梅超风在他怀中死去时，他曾有一丝怀疑，自己当年是否对陈玄风与梅超风的感情太过严厉，导致二人盗书离岛，这份怀疑背后是否也有一丝一毫的内疚？很遗憾，这种内疚的情绪体验在黄药师那里是没有的，或者说即使有也是一闪而过的，随即化为愤怒，化为对命运不公的咒骂，对他人的怨恨。

缺乏内疚感是自恋性人格障碍的一个特征，内疚是指向自身的，会让患有人格障碍的人原本脆弱的自体更加容易崩溃，因此防御模式会自动屏蔽内疚的情感体验，而将自己不能涵容的愤怒情绪通过投射的防御机制，投向外界，投向其他人身上，这样自己就会感到安全，甚至有力量。因此，黄药师很少自我反思，从心理层面上不能有片刻反思自己产生内疚、愧疚的机会，那样会让自体处在危险的状态下，所以他将更多精力放在与人竞争，战胜对方，让自己在各方面更出色来满足自恋，维持自体的平衡感。

> 黄药师接在手中，触手似觉包中是个人头，打将开来，赫然是个新割下的首级，头戴方巾，颔下有须，面目却不相识。欧阳锋笑道："兄弟今晨西来，在一所书院歇足，听得这腐儒在对学生讲书，说什么要做忠臣孝子，兄弟听得厌烦，将这腐儒杀了。你我东邪西毒，可说是臭味相投了。"说罢纵声长笑。
>
> 黄药师脸上色变，说道："我平生最敬的是忠臣孝子。"俯身抓土成坑，将那人头埋下，恭恭敬敬地作了三个揖。欧阳锋讨了个没趣，哈哈笑道："黄老邪徒有虚名，原来也是个为礼法所拘之人。"黄药师凛然道："忠孝乃大节所在，并非礼法！"（《射雕英雄传》第三十四回）

黄药师被世人称为"东邪"，原因是其行事作风不合世俗礼教，有种不走寻常路的现代前卫个性风。黄药师口中反对的"礼法"是封建社会一直以来秉持的礼仪和规则的总称。它是一种规则，一种结构，一个系统，每个人都遵守这一套规范并以此为基础来互动。那么黄药师为何要反对礼法？

黄蓉深悉父亲性子，知他素来厌憎世俗之见，常道："礼法岂为吾辈而设？"平素思慕晋人的率性放诞，行事但求心之所适，常人以为是的，他或以为非，常人以为非的，他却又以为是，因此上得了个"东邪"的诨号。这时她想："这欧阳克所作所为十分讨厌，但爹爹或许反说他风流潇洒。"（《射雕英雄传》第十八回）

一句"礼法岂为吾辈而设"道出了缘由，这是多么夸大的自恋表现！一种追求"跳出三界外，不在五行中"的架势。黄药师认为自己的位置在芸芸众生之上，既然超越了大众，必然不能被大众遵守的规则所束缚，这种体验最能满足自恋型人格障碍者。从女儿黄蓉的观察可见，黄药师对礼法的反对泛化成了对更多普世认知的反对，这通常发生在青春期的孩子身上。青春期的孩子做出这样的行为，是要向大人们表明自己是可以说"不"的大人了，所作所为都是为了"被看见"。

倪匡曾经用两个字评价黄药师：做作。这个评价虽然犀利，不过的确可以从黄药师的很多言行中，看到他的矫揉造作以及希望"被看见"的欲望。有代表性的事件，比如妻子死后，他自编自导了一个复杂的殉情剧本。

原来黄药师对妻子情深意重，兼之爱妻为他而死，当时一意便要以死相殉。他自知武功深湛，上吊服毒，一时都不得便死，死了之后，尸身又不免受岛上哑仆糟蹋，于是去大陆捕拿造船巧匠，打造了这艘花船。这船的龙骨和寻常船只无异，但船底木材却并非用铁钉钉结，而是以生胶绳索胶缠在一起，泊在港中之时固是一艘极为华丽的花船，但如驶入大海，给浪涛一打，必致沉没。他本拟将妻子遗体放入船中，驾船出海，当波涌舟碎之际，按玉箫吹起《碧海潮生曲》，与妻子一齐葬身万丈洪涛之中，如此潇洒倜傥以终此一生，方不辱没了当世武学大宗匠的身份。但每次临到出海，总是既不忍携女同行，又不忍将她抛下不顾，终于造了墓室，先将妻子的棺木厝下。这艘船却是每年油漆，历时常新。要待女儿长大，有了妥善归宿，再行此事。（《射雕英雄传》第十九回）

黄药师内心无意识里希望被谁看见？那便是定下礼法、规矩的父性权威！

他的言谈举止中清晰地表明了他对父性权威的不认同，甚至蔑视。对比书中其他高手，北丐洪七公的武艺传自丐帮；南帝和西毒的绝学则是家族传承；中神通和老顽童的武学也是玄门正宗传授。唯有黄药师的武艺，无论是传给女儿的落英神剑掌也好，授予徒弟陆乘风的旋风扫叶腿也罢，包括弹指神通、《碧海潮生曲》都是他自己所创。这一方面展现了黄药师是个武学天才，另一方面也看得出他反权威，反父性规则。世间情感皆是一体两面，有多么痛恨，背后就有多么希望被爱，被关注。也许因为得不到，也许因为被否定，也许因为被忽视，才由爱生恨，才自欺欺人，以为自己不需要，并反向形成，拒绝认同，反对父性代表的一切世俗规则。

所以在《射雕英雄传》这部小说中黄药师潇洒出场后，随着故事的深入，人物性格逐渐丰满，我们能够感受到他的所作所为中有很多矛盾之处：比如虽然蔑视礼法，但又在黄蓉与欧阳克的订婚上讲礼法；亡妻死后清心寡欲，不近女色，又创作出《碧海潮生曲》这样充满欲望的曲谱。这说明了黄药师内心亦是充满了矛盾的。这些矛盾冲突导致他离群索居，隔离会引发情感体验的人际关系，当无法控制情绪时又用迁怒的方式去应对。黄药师之所以与西毒欧阳锋有来往，因为对方是个比较纯粹的人，纯粹到所作的恶行也好，升起的恶念也罢，都坦然接受不被困扰，这是黄药师不具备又希望拥有的特质。

修通自恋

对比《射雕英雄传》，黄药师在《神雕侠侣》中骄傲的脾气收敛了很多，性格平和了不少，与周围人相处也容易了一些。这也许与中年以后黄药师将桃花岛让给郭靖、黄蓉夫妇居住，他独自漂泊，隐于江湖几十年有关——这是一种自我放逐的行为。

在《神雕侠侣》中，杨过在小龙女跳下绝情谷后，也同样戴上了黄药师后来传给程英的人皮面具，隐去自己的姓名身份，自我放逐十六年。黄药师和杨过虽然年龄相差巨大，但一见如故，彼此投缘，一度甚至要结为异姓兄弟，只因他们是一类人，都是自恋型人格比较严重的那类人。

杨过同样在十六年的自我放逐中慢慢沉淀下来，性情更沉稳、包容，改了很多年轻时争强斗勇、轻佻浮夸的作风。对于自恋型人格严重的人来说，他们内心最深处其实是空乏的状态，这会产生巨大的动力，驱使着他们与人比较，与人竞争，以获取关注，获取赞美，获取一个理想化的形象来填补这个原始的空洞。

而类似黄药师、杨过这种自我放逐的行为，可以让人去体验失去假性自体带来的空的感受，当自恋者能够忍受这一切带来的不好感觉并逐渐扛住，慢慢地，治愈就开始发挥作用了，最终在"空与有"慢慢整合的过程中，人格的缺损也就慢慢修复了。

当然，文学艺术作品毕竟有很多夸大和理想成分，从心理治疗角度看，整合的过程还是充满崎岖和坎坷的，有专业人士陪伴指导会稍微容易些。精神分析就像"剥洋葱"的过程，这是对精神分析师和来访者工作的一种象征性表达。

从精神分析角度来看，在两性关系中，男性与女性的关系实际上是在重复演绎他幼年时作为小男孩与母亲的关系。所有儿时与母亲关系中体验到的满足、缺失、渴望、失望、依恋、疏离、矛盾、混乱等感受，都会再次在成人关系，尤其是亲密关系中被无意识地呈现出来。

养育篇

JIN YONG meets FREUD

当金庸遇见弗洛伊德

对于一个孩子来说，除了物质的满足，更重要的是带有情感的回应，包括养育者对孩子积极的关注，倾听和理解孩子的语言和非语言表达，接纳孩子的情绪并及时给予反馈。养育者通过这样的方式，让自己好的品质内化成孩子健康自体的一部分。这个部分是孩子心理健康的基石，是他成年后遇到创伤事件时，能够抵御创伤影响，慢慢恢复正常状态的内在能力。

杨康：爱我别走

杨康的出身与另一位金庸武侠人物萧峰有点类似，他们都是自小失去父亲后被异族人抚养长大，直到成年后才知道自己的身世。而当身世被揭开后，二人都面临一个选择，即身份认同的重新选择。这个选择是令人痛苦的，杨康与萧峰的区别在于，前者的选择看起来是主动的，至少在意识层面如此，而后者的选择是被动的，也更痛苦。杨康虽然是汉人，但他一直以金人自居，享受身边的人称自己为小王爷。当亲生父母用鲜血和生命告诉他是汉人的真相后，杨康在继续做金人还是重新做汉人的选择之间有过摇摆，但最终还是认同自己为金人完颜康。

母亲的情绪对杨康的影响

杨康在出生前，父亲杨铁心与母亲包惜弱就因为完颜洪烈夜袭牛家村而被迫分离，各自生死不知。包惜弱听信了完颜洪烈的谎言，以为丈夫在乱军中被杀身亡，心灰意冷之际跟随其北上，委身嫁于完颜洪烈成为金国王妃。包惜弱性格柔弱，内在的自体也比较脆弱，在遭到巨大创伤性事件打击后，很容易长期陷在抑郁情绪中。

丘处机道:"说来也真凑巧。自从贫道和各位订了约会之后,到处探访郭杨两家的消息,数年之中,音讯全无,但总不死心,这年又到临安府牛家村去查访,恰好见到有几名公差到杨大哥的旧居来搬东西。贫道跟在他们背后,偷听他们说话,这几个人来头不小,竟是大金国赵王府的亲兵,奉命专程来取杨家旧居中一切家私物品,说是破凳烂椅,铁枪犁头,一件不许缺少。贫道起了疑心,知道其中大有文章,便一路跟着他们来到了中都。"

郭靖在赵王府中见过包惜弱的居所,听到这里,心下已是恍然。

丘处机接着道:"贫道晚上夜探王府,要瞧瞧赵王万里迢迢地搬运这些破烂物事,到底是何用意。一探之后,不禁又是气愤,又是难受,原来杨兄弟的妻子包氏已贵为王妃。贫道大怒之下,本待将她一剑杀却,却见她居于砖房小屋之中,抚摸杨兄弟铁枪,终夜哀哭;心想她倒也不忘故夫,并非全无情义,这才饶了她性命。后来查知那小王子原来是杨兄弟的骨血,隔了数年,待他年纪稍长,贫道就起始传他武艺。"(《射雕英雄传》第十一回)

包惜弱是一个长期处在创伤后抑郁状态的母亲,而这种状态的母亲是很难照料好自己孩子的。对于一个孩子来说,除了物质的满足,更重要的是带有情感的回应,包括养育者对孩子积极的关注,倾听和理解孩子的语言和非语言表达,接纳孩子的情绪并及时给予反馈。养育者通过这样的方式来满足孩子的生理和心理需求,消除其恐惧与焦虑,并且把养育者好的品质让孩子内摄到自体客体体验中,内化成孩子健康自体的一部分。这个部分是孩子心理健康的基石,是他成年后遇到创伤事件时,能够抵御创伤影响,慢慢恢复正常状态的内在能力。

这个能力是由孩子的养育者提供的,养育者的品质很大程度上决定了孩子的心理能力和质量。而在孩子早期,最重要的养育者是母亲,或者替代母亲功能的养育者。杨康生在金国王府中,在早期的养育中,物质条件一定是极为丰富,生活上应该也会得到很好的照料。但杨康大概率不会在母亲包惜弱这边得到积极的关注和同频的回应。因为当时的包惜弱是没有能力做到这些的，她一直活在丧夫的痛苦中，力比多驱力都投注在自身，与内心爱恨一体的客体作战，努力平衡超我和本我的冲突，维持自体不分崩离析。这个无法成为"母亲"的母亲，其心理状态一定深刻影响了杨康的心理发展。

只听完颜康问一个仆人道："拿来了吗？"那仆人道："是。"举起手来，手里提着一只兔子。完颜康接过，喀喀两声，把兔子的两条后腿折断了，放在怀中，快步而去。
……
绕过一道竹篱，眼前出现三间乌瓦白墙的小屋。这是寻常乡下百姓的居屋，不意在这豪奢宫丽的王府之中见到，两人都是大为诧异。只见完颜康推开小屋板门，走了进去。
……
完颜康走进内室，黄蓉与郭靖跟着转到另外一扇窗子外窥视，只见一个中年女子坐在桌边，一手支颐，呆呆出神。这女子四十岁不到，姿容秀美，不施脂粉，身上穿的也是粗衣布衫。黄蓉心道："这位王妃果然比那个穆姑娘又美了几分，可是她怎么扮作个乡下女子，又住在这般破破烂烂的屋子里？……"

完颜康走到她身旁，拉住她手道："妈，你又不舒服了吗？"那女子叹了口气道："还不是为你担心？"完颜康靠在她身边，笑道："儿子不是好好的在这里吗？又没少了半个脚指头。"说话神情，全是在撒娇。那女子道："眼也肿了，鼻子也破了，还说好好的？你这样胡闹，你爹知道了倒也没什么，要是给你师父听到风声，可不得了。"
……
只见完颜康在胸前按了两下，衣内那只兔子吱吱地叫了两声。那女子问道："什么呀？"完颜康道："啊，险些儿忘了。刚才见到一只兔子受了伤，捡了回来，妈，你给它治治。"说着从怀里掏出那只小白兔来，放在桌上。那兔儿后腿跛了，行走不得。那女子道："好孩子！"忙拿出刀圭伤药，给兔子治伤。（《射雕英雄传》第九回）

杨康去看望母亲，一方面是在安慰母亲的情绪，另一方面是在给母亲"提供需求"（治疗受伤的兔子）。从成年杨康与母亲的互动交流中可以明显感觉到，母亲与孩子的关系是颠倒的，杨康似乎更像一位照料者、成年人，而母亲包惜弱则像个需要被照顾的孩子。每个孩子对待父母都带着无条件的爱，当孩子感受到母亲的需要时，他一定会迎合这个需要，做母亲期望他做的事。这个投射与投射性认同的本身也能引发孩子夸大性自恋带来的满足感。

杨康对完颜洪烈的认同

完颜康道："妈你不懂的，这种江湖上的人才不稀罕银子呢。要是放了出去，他们在外宣扬，怎不传进师父的耳里？"那女子急道："难道你要关他们一世？"完颜康笑道："我说些好话，把他们骗回家乡，叫他们死心塌地地等我一辈子。"说着哈哈大笑。

……

他母亲道："我见那个姑娘品貌很好，我倒很喜欢。我跟你爹说说，不如就娶了她，可不是什么事都没了。"完颜康笑道："妈你又来啦，咱们这般的家世，怎么能娶这种江湖上低三下四的女子？爹常说要给我择一门显贵的亲事。就只可惜我们是宗室，也姓完颜。"那女子道："为什么？"完颜康道："否则的话，我准能娶公主，做驸马爷。"那女子叹了口气，低声道："你瞧不起贫贱人家的女儿……你自己难道当真……"
（《射雕英雄传》第九回）

杨康对待杨铁心、穆念慈父女的态度和手段，像极了养父完颜洪烈的行事风格。杨康对养父的认同是根深蒂固的，因为他已经内化了其身上的特质。这不足为奇，当孩子在双亲中的一方（通常是母亲）那里得不到足够的爱与关注时，就会转向另一方（通常是父亲）寻求满足。如果父亲能够满足孩子的心理需要，那么孩子便会理想化并认同父亲，然后将父亲的品质摄入自身并内化为自己的品质，而且会与父亲非常亲密，并在无意识层面渴望与之融合。对于男孩来说，这就是反向俄狄浦斯情结的表现。

完颜康奔向母亲，道："妈，这可找到你啦！"包惜弱凛然道："要我再回王府，万万不能！"完颜洪烈与完颜康同时惊问："什么？"包惜弱指着杨铁心道："我丈夫并没有死，天涯海角我也随了他去。"
……

丘处机向完颜康喝道："无知小儿，你认贼作父，糊涂了一十八年。今日亲父到了，还不认么？"

完颜康听了母亲之言，本来已有八成相信，这时听师父一喝，又多信了一成，不由得向杨铁心看去，只见他衣衫破旧，满脸风尘，再回头看父亲时，却是锦衣玉饰，风度俊雅，两人直有天渊之别。完颜康心想："难道我要舍却荣华富贵，跟这穷汉子浪迹江湖，不，万万不能！"他主意已定，高声叫道："师父，莫听这人鬼话，请你快将我妈救过来！"丘处机怒道："你仍是执迷不悟，真是畜生也不如。"（《射雕英雄传》第十一回）

杨康就算知道了自己的身世，也不可能向亲生父亲杨铁心认同。一方面，由于亲生父亲在杨康生命中最重要的儿童期的缺失，其理想化自体的构建早已通过完颜洪烈得以完成。就如杨康回头分别审视江湖落魄的亲生父亲和风度翩翩的养父，他在后者身上看到了理想中自己未来的样子，养父是他认同的重要客体。而认同亲生父亲意味着要消灭已经内化的大部分自体客体，这会导致自体结构的不稳定。另一方面，母亲包惜弱一直被抑郁情绪困扰，导致杨康从小被忽视，这会让小杨康内心产生一种感受，即我不是母亲最爱的那个人。通常情况下，孩子会认为母亲最爱的那个人是父亲或者同胞兄弟姐妹。但对杨康来说，母亲最爱的那个人是个谜。因为杨康没有同胞兄弟姐妹，父亲完颜洪烈很明显也不是母亲最爱的人，因为父母早已分居。对这个谜一样的人，杨康在无意识中一定是既困惑又愤怒的。因为这个人的存在，他无法成为母亲的最爱，也无法让他的家庭保持一种父母相爱的正常模式。而当这个人的身份终于揭晓后，杨康一时无法消化。这个人竟然是自己的亲生父亲，一个与自己流着相同的血液，却又从来没有养育过自己的人。因为这个人的存在，自己从小得不到母亲的积极关注。现在这个人又要带走母亲，而母亲也心甘情愿地抛下自己。杨康本想通过自己的努力，竭尽所能地照顾和迎合母亲，希望有一天能获得母亲完全的关注。而这个无意识的幻想终究被生父打破了。

　　杨铁心寻思："事已如此，终究是难脱毒手。可别让我夫妇累了丘道长的性命。"拉了包惜弱的手，忽地蹿出，大声叫道："各位住手，我夫妻毕命于此便了。"回过枪头，便往心窝里刺去，噗的一声，鲜血四溅，往后便倒。包惜弱也不伤心，惨然一笑，双手拔出枪来，将枪柄拄在地上，对完颜康道："孩儿，你还不肯相信他是你亲生的爹爹么？"涌身往枪尖撞去。完颜康大惊失色，大叫一声："妈！"飞步来救。

　　……

　　完颜康抢到母亲跟前，见她身子软垂，枪尖早已刺入胸膛，当下放声大哭。丘处机上来检视二人伤势，见枪伤要害，俱已无法挽救。完颜康抱住了母亲，穆念慈抱住了杨铁心，一齐伤心恸哭。

　　……

　　完颜康跪在地下，向母亲的尸身磕了四个头，转身向丘处机拜了几拜，一言不发，昂首走开。丘处机厉声喝道："康儿，你这是什么意思？"完颜康不答，也不与彭连虎等同走，自个儿转过了街角。（《射雕英雄传》第十一回）

　　杨康在父母双双自杀的当晚，一个人离开，既没有跟随丘处机、郭靖等人，也没有回到金国王府，这代表的是重大创伤事件发生后，他短时间内无从选择，需要去冷静思考。当然，不久后杨康做出的选择一点也不令人意外，他选择继续做金人，继续做小王爷，继续做完颜洪烈的儿子。

　　完颜洪烈听了他的语气，料他必是已知自己身世，可是这次又是他出手相救，不知他有何打算。两人十八年来父慈子孝，亲爱无比，这时同处斗室之中，忽然想到相互间却有深恨血仇。杨康更是心中交战，思量："这时只需反手几拳，立时就报了我父母之仇，但怎么下得了手？那杨铁心虽是我的生父，但他给我过什么好处？妈妈平时待父王也很不错，我若此时杀他，妈妈在九泉之下，也不会喜欢。再说，难道我真的就此不做王子,和郭靖一般地流落草莽么?"正自思潮起伏,只听得完颜洪烈道:"康儿,你我父子一场,不管如何,你永远是我的爱儿。大金国不出十年,必可灭了南朝。那时我大权在手,富贵不可限量,这锦绣江山,花花世界,日后终究尽都是你的了。"

杨康听他言下之意,竟是有篡位之意,想到"富贵不可限量"这六个字,心中怦怦乱跳,暗想:"以大金国兵威,灭宋非难。蒙古只一时之患,这些只会骑马射箭的蛮子终究成不了气候。父王精明强干,当今金主哪能及他?大事若成,我岂不成了天下的共主?"想到此处,不禁热血沸腾,伸手握住了完颜洪烈的手,说道:"爹,孩儿必当辅你以成大业。"完颜洪烈觉得他手掌发热,心中大喜,道:"我做李渊,你做李世民罢。"(《射雕英雄传》第十六回)

完颜洪烈是杨康的养父、金国的王爷,对于感情,带有明显的物欲化色彩,其对待包惜弱的感情便是如此。他深爱着包惜弱,但是包惜弱为了平衡内心的冲突,一直处在独居的境况中。完颜洪烈为了保持与包惜弱的情感联结,照顾杨康就是最好的选择。想必完颜洪烈对杨康从小一定疼爱有加,而完颜洪烈将情感物欲化的模式一定也深深地影响了杨康。物质的诱惑最终打动了杨康,杨康终于彻底向养父认同。

认同之后,杨康帮助金国盗取《武穆遗书》,暗算郭靖,挑起丐帮内讧,助欧阳锋杀死江南五怪并嫁祸黄药师。这些事被武林正道唾弃,就连深爱杨康的穆念慈也不能接受,毅然决然地离开他独自抚养杨过。

也许在世人看来,杨康曾经有机会重新选择做回汉人。但是其实一切都是其无意识做的选择,当一个人无法真正理解自己的无意识时,所有的选择都是不自由的,哪怕他以为自己是自由的,那自由也不过是个幻象。

郭芙：如果你知我苦衷

如果要评选《神雕侠侣》中最令人反感的女性人物，郭芙一定名列三甲，极有可能轻松夺冠。郭芙似乎有一种特别的能力，就是让身边不少人感觉很难受。她态度傲慢，缺乏共情能力，常恶语伤人，还行为鲁莽。她先断了杨过右臂，后使小龙女中毒，导致两人尝尽十六年分离之苦，即便如此，郭芙却从来毫无觉察，死不认错。直到人过中年，襄阳城外大战之时与杨过再次相遇，她反思到自己过往的言行，才若有所悟，只是半生已过，一切皆追悔莫及。

"熊孩子"郭芙的家庭教育

我们先来看看郭大小姐在《神雕侠侣》中第一次出场的情景。

忽听得背后两声低啸，声音娇柔清脆，似出于女孩子之口。两只大鹰又盘旋了几个圈子，缓缓下降。武修文回过头来，只见树后走出一个女孩，向天空招手，两只大鹰敛翅飞落，站在她的身畔。那女孩向武修文望了一眼，抚摸两只大鹰之背，说道："好雕儿，乖雕儿。"武修文心想："原来这两只大鹰是雕儿。"但见双雕昂首顾盼，神骏非常，站在地下比那女孩还高。

武修文走近说道："这两只雕儿是你家养的么？"那女孩小嘴微噘，做了个轻蔑神色，道："我不认得你，不跟你玩。"武修文也不以为忤，伸手去摸雕背。那女孩一声轻哨，那雕儿左翅突然扫出，劲力竟是极大，武修文没提防，登时摔了个筋斗。

武修文打了个滚站起，望着双雕，心下好生羡慕，说道："这对雕儿真好，肯听你话。我回头要爹爹也去捉一对来养了玩。"那女孩道："哼，你爹爹捉得着么？"武修文连讨三个没趣，讪讪地很是不好意思，定睛瞧时，只见她身穿淡绿罗衣，颈中挂着一串明珠，脸色白嫩无比，犹如奶油一般，似乎要滴出水来，双目流动，秀眉纤长。武修文虽是小童，也觉她秀丽之极，不由自主地心生亲近之意，但见她神色凛然，却又不禁感到畏缩。

那女孩右手抚摸雕背，一双眼珠在武修文身上滚了一转，问道："你叫什么名字？怎么一个儿出来玩？"武修文道："我叫武修文，我在等我爹爹啊。你呢？你叫什么？"那女孩扁了扁小嘴，哼的一声，道："我不跟野孩子玩。"说着转身便走。武修文呆了一呆，叫道："我不是野孩子。"一边叫，一边随后跟去。

他见那女孩约莫比自己小着两三岁，人矮腿短，自己一发足便可追上，哪知他刚展开轻功，那女孩脚步好快，片刻间已奔出数丈，竟把他远远抛在后面。她再奔几步，站定身子，回头叫道："哼，你追得着我么？"武修文道："自然追得着。"立即提气急追。

那女孩回头又跑，忽然向前疾冲，躲在一株松树后面。武修文随后跟来，那女孩瞧他跑得近了，陡然间伸出左足，往他小腿上绊去。武修文全没料到，登时向前跌出。他忙使个"铁树桩"想定住身子，那女孩右足又出，向他臀部猛力踢去。武修文一跤直摔下去，鼻子刚好撞在一块小尖石上，鼻血流出，衣上点点斑斑的尽是鲜血。（《神雕侠侣》第一回）

通过这段对小郭芙行为的文字描写，一个令人讨厌的"熊孩子"形象跃然纸上。而每一个"熊孩子"养成的背后，都有一个与之相关的家庭抚养模式。

养育篇　　167

　　当年郭靖、黄蓉参与华山论剑之后，由黄药师主持成婚，在桃花岛归隐。黄药师性情怪僻，不喜热闹，与女儿女婿同处数月，不觉厌烦起来，留下一封书信，说要另寻清静之地闲居。径自飘然离岛。黄蓉知道父亲脾气，虽然不舍，却也无法可想。初时还道数月之内，父亲必有消息带来，哪知一别经年，音讯杳然。黄蓉思念父亲和师父洪七公，和郭靖出去寻访，两人在江湖上行走数月，不得不重回桃花岛，原来黄蓉有了身孕。

　　她性子向来刁钻古怪，不肯有片刻安宁，有了身孕，处处不便，甚是烦恼，推源祸始，自是郭靖不好。有孕之人性子本易暴躁，她对郭靖虽然情深爱重，这时却找些小故，不断跟他吵闹。郭靖知道爱妻脾气，每当她无理取闹，总是笑笑不理。若是黄蓉恼得狠了，他就温言慰藉，逗得她开颜为笑方罢。

　　不觉十月过去，黄蓉生下一女，取名郭芙。她怀孕时心中不喜，但生下女儿之后，却异常怜惜，事事纵恣。这女孩不到一岁便已顽皮不堪。郭靖有时看不过眼，管教几句，黄蓉却着意护持，郭靖每管一回，结果女儿反而更加放肆一回。到郭芙五岁那年，黄蓉开始授她武艺。这一来，桃花岛上的虫鸟走兽可就遭了殃，不是羽毛被拔得精光，就是尾巴给剪去了一截，昔时清清静静的隐士养性之所，竟成了鸡飞狗走的顽童肆虐之场。（《神雕侠侣》第一回）

　　在《射雕英雄传》中，黄蓉的心性更似一个小女孩。在怀孕之后，她明显有些产前抑郁的感觉，但她选择用"作"的方式来表达，根本原因在于其内心没有做好成为母亲的准备。黄蓉内心无意识里是拒绝当妈妈的，潜台词是：我还没有做够小女孩，怎么能去当母亲呢？生下郭芙之后，黄蓉异常疼爱。她自己原本就是一个从小缺乏母亲疼爱的小女孩，所以她内心一直住着一个需要更多满足、更多照顾、更多疼爱的小女孩。无意识里没有被满足的愿望终会投射到外界，以另一种形式，象征性地得到满足。随着郭芙的出生，黄蓉内心小女孩的需要被过多投射到了女儿身上，由此产生的夸大性自恋的全能感，成为郭芙自体中比较明显的特征。

　　每个人在小时候或多或少都需要夸大性自恋的镜映，所以这并不是坏事，但是接下来黄蓉的养育方式却是郭芙成为"熊孩子"的主要原因。小郭芙经常放肆、闯祸，无意识里是在寻找一个边界，一堵不可逾越的墙。通过这个边界才能知道什么是恰当的行为，分寸在哪里，哪些是可以做的，哪些是不可以做的。这些统统属于孩子"超我"形成的必由之路，超我需要自体内化一个严厉的父亲形象才能慢慢形成。但是在郭靖和黄蓉的家庭模式中，似乎并没有这个代表超我的父亲。每当郭靖要管教女儿，制定规矩的时候，黄蓉就会跳出来"保护"女儿，然后郭靖就偃旗息鼓了，在这个家庭模式里，黄蓉的地位明显要高。再看两人居住的桃花岛，这是黄蓉自小长大的地方，是黄蓉的家，两人的婚礼是在岳丈黄药师主持下完成的。这表达了一种什么样的心理含义？郭靖"嫁"给了黄蓉，黄蓉在这个家庭模式中充当"父亲"角色。当郭靖管教女儿被黄蓉阻拦后，郭芙便变本加厉地更加放肆，这是郭芙无意识里对于"父性规则"需要的呐喊。

郭芙，姓郭名芙，芙者蓉也。黄蓉与郭芙的关系既有生理层面的母女关系，也有心理层面的姐妹关系。

郭芙从小是在被溺爱、被过度保护、缺乏适当挫折的环境中长大，长大后郭芙的人际关系其实挺糟糕，其言谈举止经常让很多人不舒服。如果不是因为郭大侠、黄帮主女儿的身份，恐怕在江湖上早就不知道死过多少回了。

郭芙内在的虚弱感

忽听得背后一个女子声音冷冷地道："她脚又不跛，自然很好。"陆无双伸手拔出柳叶刀，转过身来，见说话的正是郭芙。

郭芙见她拔刀，忙从身后耶律齐的腰间拔出长剑，怒目相向，喝道："要动手么？"

陆无双笑嘻嘻地道："干吗不用自己的剑？"她幼年跛足，引为大恨，旁人也从不在她面前提起，这次和郭芙斗口，却给她数次引"跛足"为讽，心中怒到了极处，于是也以对方断剑之事反唇相讥。

郭芙怒道："我便用别人的剑，领教领教你武功。"说着长剑虚劈，嗡嗡之声不绝。陆无双道："没上没下的，原来郭家的孩子对长辈如此无礼。

好,今日教训教训你,也好让你知道好歹。"郭芙道:"呸,你是什么长辈了?"陆无双笑道:"我表姊是你师叔,你若不叫我姑姑,便得叫阿姨。你问问我表姊去!"说着向程英一指。

郭芙以母亲之命,叫过程英一声"师叔",心中实是老大不服气,暗怪外公随随便便地收了这样一个幼徒,又想程英年纪和自己相若,未必有什么本领,这时给陆无双一顶,说道:"谁知道是真的还是假的?我外公名满天下,也不知有多少无耻之徒,想冒充他老人家的徒子徒孙呢。"(《神雕侠侣》第三十一回)

陆无双的跛足是她一生的憾事,也是容易引起她自卑的地方。程英因为自小失去双亲,孤苦伶仃,被黄药师所救,收为关门弟子。程英生性淡泊,在江湖上不经常抛头露面,也没有做出过什么惊人的事迹,黄药师传人的身份鲜为人知。郭芙总是能够精准把握别人的缺陷或在乎的事物,并以此来攻击对方内心最不舒服的地方。

在心理学中,当一个人指责别人的缺点并予以攻击的时候,内心带有一种控制的企图。郭芙经常攻击周围的人,她要控制什么?控制内心不舒服的感受,她要用一种投射的方式,把内心不好的部分引发的不适感抛到外界去,投射到别人身上。她通过精准的缺陷打击,让这个不好的部分成为对方身上的东西,通过这样的分裂机制就将好的部分保留在自体中,能够暂时体验自己是好的。但是这种分裂-投射的模式只能暂时起到缓解作用,如饮鸩止渴。因此,在书中可以看到,郭芙在一次又一次地进行这种强迫性重复行为模式。

让郭芙内心持续难受的部分来自其内心的虚弱感,自体的脆弱感。郭芙从小缺少适当的挫折,也缺少父性规则的边界要求,内心被夸大性自恋的全能感填充。只是这样的自恋是病态的,婴儿般的,夸大的,幻想的,与健康的自恋产生的自尊相比,只是个纸老虎。郭芙从小被母亲黄蓉维护着,大小武奉承着,各位叔叔伯伯照顾着,周围熟人避让着,一切看起来很舒服很完美,但这些在无意识里的表达其实是:你很弱,很无能,所以需要被当成小孩子一样保护,你无法成为一个独立面对和处理困难的大人。

郭芙一向自我感觉非常好，一副高高在上的模样，别人在她眼里都存在着不同程度的缺陷。其实，郭芙在内心深处还是个小婴儿，其无意识里体验到的就是虚弱婴儿的无能感、无力感。与这种自体缺陷带来的弥散性不舒适感做抗争的自动化防御方式，就是之前描述的分裂－投射模式，可是这种防御机制只是暂时有效，郭芙内心始终处于与无意识的对抗中，久而久之，这种对抗会让一个人的性情变得暴躁，这一点在中年郭芙身上表现得更为明显。

果然听得一个女子声音说道："掌柜的，给备两间宽敞干净的上房。"掌柜的赔笑道："对不起您老，小店早已住得满满的，委实腾不出地方来啦。"那女子说道："好罢，那么便一间好了。"那掌柜道："当真对不住，贵客光临，小店便要请也请不到，可是今儿实在是客人都住满了。"那女子挥动马鞭，啪的一声，在空中虚击一记，叱道："废话！你开客店的，不备店房，又开什么店？你叫人家让让不成么？多给你钱便是了。"说着便向堂上闯了进来。（《神雕侠侣》第三十三回）

中年郭芙的反思

郭芙最后嫁给了耶律齐，耶律齐的脾气性格与郭靖相似，正直温和，对郭芙照顾有加。从心理学角度分析，郭芙选择耶律齐，实则是希望重新回到过去那种被保护和照顾的婴儿状态。虽然郭芙心中一直爱的是杨过，但是她的内心年龄太小，无法支撑她进一步成长，而成长是需要付出代价的，这些成长的代价是郭芙付不起，甚至无法想象的。所以对于郭芙来说，退行是她唯一的选择。

郭芙一呆，儿时的种种往事，刹时之间如电光石火般在心头一闪而过："我难道讨厌他么？当真恨他么？武氏兄弟一直拼命地想讨我欢喜，可是他却从来不理我。只要他稍微顺着我一点儿，我便为他死了，也所甘愿。我为什么老是这般没来由地恨他？只因为我暗暗想着他，念着他，但他竟没半点将我放在心上？"

二十年来，她一直不明白自己的心事，每一念及杨过，总是将他当作了对头，实则内心深处，对他的眷念关注，固非言语所能形容，可是不但杨过丝毫没明白她的心事，连她自己也不明白。

此刻障在心头的恨恶之意一去，她才突然体会到，原来自己对他的关心竟是如此深切。"他冲入敌阵去救齐哥时，我到底是更为谁担心多一些啊？我实在说不上来。"便在这千军万马厮杀相扑的战阵之中，郭芙陡然间明白了自己的心事："他在襄妹生日那天送了她这三份大礼，我为什么要恨之切骨？他揭露霍都的阴谋毒计，使齐哥得任丐帮帮主，为什么我反而暗暗生气？郭芙啊郭芙，你是在妒忌自己的亲妹子！他对襄妹这般温柔体贴，但从没半分如此待我。"

想到此处，不由得恚怒又生，愤愤地向杨过和郭襄各瞪一眼，但蓦地惊觉："为什么我还在乎这些？我是有夫之妇，齐哥又待我如此恩爱！"不知不觉幽幽地叹了口长气。虽然她这一生什么都不缺少了，但内心深处，实有一股说不出的遗憾。她从来要什么便有什么，但真正要得最热切的，却无法得到。因此她这一生之中，常常自己也不明白：为什么脾气这般暴躁？为什么人人都高兴的时候，自己却会没来由地生气着恼？

郭芙脸上一阵红，一阵白，想着自己奇异的心事。（《神雕侠侣》第三十九回）

襄阳城外，万马军中，人到中年的郭芙终于开始思考，为何自己会没来由地生气，莫名其妙地暴躁，她的心中实则有种无法言说的遗憾。郭芙是被母亲黄蓉占据的无法长大的孩子，这是她最不幸的地方。处于青春期的她也曾采用激烈的方式做过抗争，但最终还是选择回到原来的位置，继续做被保护、被照顾的孩子。虽然她的无意识里还会时不时地被自体缺损带来的难受情绪所侵扰，采用分裂-投射的强迫性重复行为来应对这个世界，但毕竟熟悉的位置和关系可以给郭芙带来更多的安全感。

张无忌：聪明糊涂心

张无忌是"射雕三部曲"第三部《倚天屠龙记》的主角，相较于前两部中的男主角郭靖和杨过，张无忌的身上缺少"大侠"风范，而是更接近普通人，其性格也颇受争议。

大多数读者比较认同的看法是，张无忌是个性格软弱的人，虽身居明教教主之位，是天下反元首脑，但常被环境形势裹挟着前行，难有自己的主见。在感情方面，对赵敏、周芷若、小昭、殷离四位女子的态度犹豫不决，迟迟无法做出抉择。张无忌为何会呈现出这样的性格特点，其背后的原因值得细细分析。

张无忌的原生家庭

谢逊说道："五弟，咱们兄弟从此永别，愿你好自珍重。"

张翠山心中突地一跳，有似胸口被人重重打了一拳，说道："你……你……"谢逊道："你心地仁厚，原该福泽无尽，但于是非善恶之际太过固执，你一切小心。无忌胸襟宽广，看来日后行事处世，比你圆通随和得多。五妹虽是女子，却不会吃人的亏。我所担心的，反倒是你。"

张翠山越听越是惊讶难过，颤声道："大哥，你说什么？你不跟……不跟我们一起去么？"谢逊道："早在数年之前，我便与你说过了。难道你忘了么？"

……

张翠山见他如此决绝，哽咽道："大哥既决意如此，小弟便此拜别。"说着跪下来拜了几拜。无忌却朗声道："义父，你不去，我也不去！你自尽，我也自尽。大丈夫说得出做得到，你横刀抹脖子，我也横刀抹脖子。"

谢逊叫道："小鬼头胡说八道！"一把抓住他背心，将他掷上了木排，跟着双手连抓连掷，把张翠山和殷素素也都投上木排，大声叫道："五弟，五妹，无忌！一路顺风，盼你们平平安安，早归中土。"又道："无忌，你回归中土之后，须得自称张无忌，这'谢无忌'三字，只可放在心中，却万万不能出口。"

无忌放声大叫："义父，义父！"

谢逊横刀喝道："你们若再上岸，我们结义之情，便此断绝。"

张翠山和殷素素见义兄心意已决，终不可回，只得挥泪扬手，和他作别。（《倚天屠龙记》第八回）

张无忌在远离中土的冰火岛出生，十岁之前与父亲张翠山、母亲殷素素以及义父谢逊一起生活。父亲张翠山出身武当，宅心仁厚，极富正义感，但未免有时候对是非过于执拗，就如他的绰号"银钩铁划"一般，一笔一划铁骨铮铮，不曾含糊。用弗洛伊德提出的人格"三我"结构理论解释，张翠山属于超我部分占据主导地位的人。这样的人固然在周围人眼中是个讲道义的好人，但超我太强导致道德反噬的后果也非常严重。最终张翠山由于愧对师兄俞岱岩因妻子间接过错导致其一直瘫痪在床，自断经脉而亡。母亲殷素素是明教旁支天鹰教教主殷天正的女儿，年纪轻轻就成为堂主，独当一面。她恩怨分明，有心机有手段，为了自己和心爱之人的利益，并不在乎他人的死活。

如果说父亲张翠山人格结构中"超我"部分占主导地位，那么母亲殷素素人格中"本我"部分则占据更多。本我与超我的矛盾冲突在义父谢逊身上体现得更为明显。谢逊在突遭变故前，是个有理想、有抱负、有能力的好青年，对师父崇敬，对家人爱护，对朋友仁义。但在家破人亡之后，谢逊被仇恨吞噬，肆意杀戮无辜武林人士，失手打死度化他的空见大师，其后又陷入自责与仇恨交织的痛苦中，这种激烈的内心冲突也导致了其自体经常处在不稳定状态，并时常用暴怒的方式来维持自体平衡。

> 张无忌知道自己体内阴毒散入五脏六腑，连太师父这等深厚的功力，也是束手无策，自己能否活命，全看这位神医肯不肯施救，但太师父临行时曾谆谆叮嘱，决不可陷身魔教，致沦于万劫不复的境地。虽然魔教到底坏到什么田地，为什么太师父及众师伯叔一提起来便深痛绝恶，他实是不大了然，但他对太师父崇敬无比，深信他所言决计不错，心道："宁可他不肯施救，我毒发身死，也不能违背太师父的教诲。"于是朗声说道："胡先生，我妈妈是天鹰教的堂主，我想天鹰教也是好的。但太师父曾跟我言道，决计不可身入魔教，我既答允了他，岂可言而无信？你不肯给我治伤，那也无法。要是我贪生怕死，勉强听从了你，那么你治好了我，也不过让世上多一个不信不义之徒，又有何益？"（《倚天屠龙记》第十一回）

> 哪知张无忌举着禅杖的手并不落下，似乎心中有什么事难以决定，但见他脸色渐转慈和，慢慢地将圆音放了下来。
> 原来在这一瞬之间，他已克制了胸中的怒气，心道："倘若我打死打伤了六大派中任谁一人，我便成为六大派的敌人，就此不能作居间的调人。武林中这场凶杀，再也不能化解，那岂不是正好堕入成昆这奸贼的计中？不管他们如何骂我辱我、打我伤我，我定当忍耐到底，这才是真正为父母及义父复仇雪恨之道。"他想通了这节，便即放下圆音，缓缓说道："圆音大师，你的眼睛不是张五侠打瞎的，不必如此记恨。何况张五侠已自刎身死，什么冤仇也该化解了。大师是出家人，四大皆空，何必对旧事如此念念不忘？"（《倚天屠龙记》第二十回）

> 张无忌长叹一声，心想自己既承认收容赵敏，她以往的过恶，只有一股脑儿地承揽在自己身上，一瞬之间，深深明白了父亲因爱妻昔年罪业而终至自刎的心情，至于阳教主和义父当年结下的仇怨，时至今日，渡劫之言不错：我若不担当，谁来担当？

他身子挺直，劲贯足尖，那条起伏不已的枝干突然定住，纹丝不动，朗声说道："三位老禅师既如此说，晚辈无可逃责，一切罪愆，便由晚辈一人承当便是。但我义父伤及空见神僧，内中实有无数苦衷，还请三位老禅师恕过。"（《倚天屠龙记》第三十六回）

张无忌从少年到青年的成长历程中，从他应对突发事件的表现可以窥见其性格上的诸多特点。在蝴蝶谷面对见死不救的胡青牛，张无忌宁愿忍受玄冥神掌的寒毒折磨，也不愿背叛太师公张三丰的教诲，气节堪比其父张翠山；在昆仑山光明顶六大门派剿灭明教一役中，他有勇有谋，没有被内心复仇的情绪左右，心计和聪明不逊于母亲殷素素；为救义父谢逊，张无忌一人独挑少林三大圣僧，心中充满力量，就像当年金毛狮王谢逊一人独闯王盘山夺屠龙刀一般威武。

张无忌同时认同并内化了父亲张翠山、母亲殷素素以及义父谢逊的诸般特质，并将这些特质和谐地整合在一起。他有张翠山坚定、仁义的一面，但又没有其父至刚易折的缺点；他继承了殷素素机智、活泼的一面，但他在为自己打算的同时也为他人考虑。

张无忌从小受谢逊的影响最大。无忌出生之时，正值谢逊因内心冲突导致暴怒发作，小无忌出生后的一声啼哭惊醒了谢逊，让其回忆起自己痛失的孩子，唤起了其久未体验的亲情感受，从此谢逊再也没有发病。无忌在十岁之前叫谢无忌，与谢逊那曾经被成昆杀死的儿子同名，这是具有心理意义的，即无忌作为谢逊已故儿子的替身，帮助谢逊重新回到父亲的位置，发挥父亲的功能。张无忌内化了谢逊有勇有谋、坚韧不拔、临危不惧的特质，这些在光明顶化解六大门派与明教纷争，于万安寺救出武林同道，以及在少林寺破坏成昆的阴谋诡计等事件中体现得淋漓尽致。张无忌和谢逊之间的父子情感贯穿整部小说，从出生，养育，分离，思念，寻找，营救，超越……谢逊之于张无忌的意义非同一般。

张无忌之所以能够内化父母与义父三人的特质，并且整合得很好，得益于他从小受到三人充足的关爱，并由此建立起十足的安全感。这也让谢逊这个识人无数的老江湖能够一眼就从小无忌身上看到其日后心胸宽广、圆融随和的个性。

张无忌的选择困难症

当日张无忌与周芷若、赵敏、殷离、小昭四人同时乘船出海之时，确是不止一次想起："这四位姑娘个个对我情深爱重，我如何自处才好？不论我和哪一个成亲，定会大伤其余三人之心。到底在我内心深处，我最爱的是哪一个呢？"他始终彷徨难决，便只得逃避，一时想："鞑子尚未逐出，河山未得光复。匈奴未灭，何以家为？尽想这些儿女私情做什么？"一时又想："我身为明教教主，一言一动，与本教及武林兴衰都有关联。我自信一生品行无亏，但若耽于女色，莫要惹得天下英雄耻笑，坏了本教的名声。"过一时又想："我妈妈临终之时，一再嘱咐于我，美丽的女子最会骗人，要我这一生千万小心提防，妈妈的遗言岂可不谨放心头？"

其实他多方辩解，不过是自欺而已，当真专心致志地爱了哪一个姑娘，未必便有碍光复大业，更未必会坏了明教的名声，只是他觉得这个很好，那个也好，于是便不敢多想。他武功虽强，性格其实颇为优柔寡断，万事之来，往往顺其自然，当不得已处，却不愿拂逆旁人之意，宁可舍己从人。习乾坤大挪移心法是从小昭之请；任明教教主既是迫于形势，亦是殷天正、殷野王等动之以情；与周芷若订婚是奉谢逊之命；不与周芷若拜堂又是为赵敏所迫。当日金花婆婆与殷离若非以武力强胁，而是婉言求他同去金花岛，他多半便就去了。

有时他内心深处，不免也想："要是我能和这四位姑娘终身一起厮守，大家和和睦睦，岂不逍遥快乐？"其时乃是元末，不论文士商贾、江湖豪客，三妻四妾实是寻常之极，单只一妻的反倒罕有。只是明教源自波斯，向来诸教众节俭刻苦，除妻子外少有侍妾。张无忌生性谦和，深觉不论和哪一位姑娘匹配，在自己都是莫大的福泽，倘若再娶姬妾，未免太也对不起人，因此这样的念头在心中一闪即逝，从来不敢多想，偶尔念及，往往便即自责："为人须当自足，我竟心存此念,那不是太过卑鄙可耻么？"
（《倚天屠龙记》第四十回）

张无忌最为读者诟病之处在于，他面对四位情深义重的女子却迟迟无法做出选择，甚至在很长的时间里不主动、不拒绝，总是被他人、被形势推着前进。他犹豫不决的特质在其父母及义父身上都难以见到，从心理学角度分析，人的性格特质如果不是从养育者那里习得的，则一定与其经历过的创伤事件有关。对张无忌来说，最大的创伤事件就是在太师公张三丰百岁寿宴上，各大门派借祝寿之名前来逼问谢逊的下落，父亲张翠山当着各大门派的面自断经脉身亡，母亲殷素素也自杀殉情。当时张无忌刚满十岁，目睹父母双双自尽的整个过程，给他心理上带来的创伤极大，影响极深。

当时张无忌并不知道，父亲决意自杀至少有一半原因是无法面对因妻子间接过失而导致三师兄俞岱岩瘫痪，在小无忌的心中，父亲是为了保守义父谢逊下落的秘密而选择自杀，母亲也是如此。而张无忌小小年纪也同样为了保守谢逊下落的秘密，忍受玄冥神掌寒毒的折磨很多年。甚至太师公张三丰为了治疗小无忌身上的寒毒，以百岁高龄，屈尊前往少林寺求另外半部《九阳真经》却被拒。如果张无忌选择说出谢逊的下落，那么就是出卖自己的义父，这将使张无忌受到内心的谴责，由背叛引发的道德痛苦也许是一辈子也无法解脱的。因此，无论做何选择，张无忌都要付出巨大的代价，他从小就体验到选择所带来的莫大痛苦。

一个人在人生中遇到的创伤，无论是因环境导致的持续创伤，还是因事件导致的突发创伤，都会改变其内在的组织经验结构。这个结构包括认知、情感、意识，而经过改变的部分会进入无意识，通过自动化调动的方式持续影响一个人其后的情感、认知、行为。因此，遭遇重大创伤后的张无忌在选择上慢慢表现出犹豫的特质，哪怕是个很容易的选择，但其无意识里过去情境中对于选择之后发生的痛苦感受，就会移情到当下情境中，从而阻碍其当下的选择。而这个过程是发生在无意识的组织经验结构中，难以上升到意识层面，张无忌的意识层面只能在逻辑上和不断思考中左右为难，无法抉择。

张无忌的"救世主"情结

　　赵敏笑道:"你这人当真有三分傻气。俞岱岩和殷梨亭之伤,都是我部属下的手,你不怪我,反来谢我?"张无忌微笑道:"我三师伯受伤已二十年,那时候你还没出世呢。"赵敏道:"这些人是我爹爹的部属,也就是我的部属,那有什么分别?你别将话岔开去,我问你:要是我杀了你的周姑娘,你对我怎样?是不是要杀了我替她报仇?"

　　张无忌沉吟半晌,说道:"我不知道。"

　　赵敏道:"怎会不知道?你不肯说,是不是?"

　　张无忌道:"我爹爹妈妈是给人逼死的。逼死我父母的,是少林派、华山派、崆峒派那些人。我后来年纪大了,事理明白得多了,却越来越是不懂:到底是谁害死了我的爹爹妈妈?不该说是空智大师、铁琴先生这些人;也不该说是我的外公、舅父;甚至于,也不该是你手下的那阿二、阿三、玄冥二老之类的人物。这中间阴错阳差,有许许多多我想不明白的道理。就算那些人真是凶手,我将他们一一杀了,又有什么用?我爹爹妈妈总是活不转来了。赵姑娘,我这几天心里只是想,倘若大家不杀人,和和气气、亲亲爱爱地都做朋友,岂不是好?我不想报仇杀人,也盼别人也不要杀人害人。"

　　这一番话,他在心头已想了很久,可是没对杨逍说,没对张三丰说,也没对殷梨亭说,突然在这小酒家中对赵敏说了出来,这番言语一出口,自己也有些奇怪。(《倚天屠龙记》第二十七回)

　　儿时遭受创伤产生的痛苦体验对张无忌产生了巨大影响,除了影响其在感情上的选择困难,还促使其产生了"救世主"情结。我们可以看到,张无忌一生中始终在救人:从年少时在蝴蝶谷给常遇春治病开始,然后千里送杨不悔去昆仑山坐忘峰寻她的父亲杨逍,让他们父女团聚;成年后昆仑山下当殷离被人羞辱时,就算瘸了双腿也挺身而出;见五行旗被灭绝师太无情杀戮,为了救人甘愿受了三掌;明教总坛上,见小昭孤苦可怜,差点被杨不悔所杀时出手阻止;光明顶力战六大门派解救明教上下一干人等;当上明教教主之后,解救少林、武当的危难,于万安寺中解救武林同道;参加屠狮大会,救出义父谢逊之后，粉碎成昆的奸计，保全了少林寺……

张无忌在痛失父母之后的人生中总是在忙着救人，这背后的动力来自何处？来自其内心对于创伤的补偿性表达。当小无忌面对父母的离去时，体验到的是无能为力的痛苦和内疚。作为一个孩子，多么希望自己拥有一种能力可以救下父母，但是现实就是如此残酷。当张无忌足够强大时，父母已无法死而复生，他只能通过不断救人的方式，在无意识中幻想可以搭救自己的父母。

当张无忌练成乾坤大挪移与九阳神功后，他绝对有报复六大门派的实力，但他从来没有这样的想法。一方面如他对赵敏所言，杀再多的人也无法令父母重生，无法修补因创伤产生的缺口。另一方面则是他无意识里对复仇的恐惧。张无忌从小就深刻见证了谢逊饱受复仇之心的折磨。追根溯源，张无忌父母的死和不肯吐露谢逊下落有关，而六大门派追寻谢逊的下落是因为其滥杀无辜以及夺走屠龙刀，而这一切都因谢逊的复仇而起。

> 殷素素也是转着这样的念头，又想若不是无忌多口，事情便好办得多，但想无忌从来不说谎话，对谢逊又情义深重，忽然听到义父死了，自是要大哭大叫，原也怪他不得，见他面颊上被自己打了一掌后留下肿起的红印，不禁怜惜起来，将他搂回怀里。无忌兀自不放心，将小嘴凑到母亲耳边，低声道："妈，义父没有死啊，是不是？"殷素素也凑嘴到他耳边，轻轻道："没有死。我骗他们的。这些都是恶人坏人，他们都想去害你义父。"无忌恍然大悟，向每个人都狠狠瞪了一眼，心道："原来你们都是恶人坏人，想害我义父。"
>
> 张无忌从这一天起，才起始踏入江湖，起始明白世间人心的险恶。他伸手抚着脸颊，母亲所打的这一掌兀自隐隐生疼。他知道这一掌虽是母亲打的，实则是为眼前这些恶人坏人所累。他自幼生长在父母和义父的慈爱卵翼之下，不懂得人间竟有心怀恶意的敌人。谢逊虽跟他说过成昆的故事，但总是耳中听来，直到此时，才真正面对他心目中的敌人。（《倚天屠龙记》第八回）

他在这雪谷幽居，至此时已五年有余，从一个孩子长成为身材高大的青年。最后一两年中，他有时兴之所至，也偶然与众猿猴攀援山壁，登高遥望，以他那时功力，若要逾峰出谷，已非难事，但他想到世上人心的阴险狠诈，不由得不寒而栗，心想何必到外面去自寻烦恼、自投罗网？在这美丽的山谷中直至老死，岂不甚好？（《倚天屠龙记》第十六回）

张无忌和金庸笔下很多主角一样，最后都选择了归隐，但是他对于归隐的态度始终是主动且向往的。这一点和杨过、狄云、令狐冲都不同。张无忌一生最开心快乐的时光就是十岁之前与父母、义父在冰火岛的生活，以及五年的青春期，一人在昆仑山中独居，自然恬淡，乐在其中。因为从小得到了足够的关爱，张无忌有独处和在孤独中享受生活的能力，这些是极少数人能够拥有的。他从小内心的良好自体客体体验是被充分满足过的，他的自体也始终是稳定的。虽然因为儿童期社会化的缺失，其社会适应性一度面临困难，但通过学习，他也能很快融入社会。张无忌虽然心存归隐之心，但从社会化角度看，他在一些大事件的把握和处理上表现得颇具能力和担当，也取得了很大的成功。这些都说明张无忌内心的健康程度其实是相当不错的，在金庸武侠人物中也属于比较高的水平，这一切都得益于他从小拥有足够好的母亲，能够被理想化的父亲，还有适当的挫折。

王语嫣：从未试过拥有

《天龙八部》中的男主角有三人，分别是段誉、萧峰和虚竹。这部小说中的女性很多，王语嫣算是着墨最多的，也是贯穿整个故事最重要的女主角。相较于金庸其他武侠小说的女主角，许多读者，包括笔者，对王语嫣并无好感。论及王语嫣令人反感之处，一方面是她天性凉薄，另一方面则是她有眼无珠，视段誉的深情于无物，眼神始终不离那个不值得托付的表哥慕容复。

天性凉薄

段誉侧过了头，避开地下溅起来的尘土，一瞥眼，看到远处王语嫣站在包不同和风波恶身边，双眼目不转睛地注视着自己，然而脸上却无半分关切焦虑之情，显然她心中所想的，只不过是："表哥会不会杀了段公子？"倘若表哥杀了段公子，王姑娘自然也不会有什么伤心难过。他一看到王语嫣的脸色，不由得万念俱灰，只觉还是即刻死于慕容复之手，免得受那相思的无穷折磨，便凄然道："你干吗不叫我一百声'亲爷爷'？"……

王语嫣见表哥出指中敌，拍手喝彩："表哥，好一招'夜叉探海'！"

本来要点中对方膻中气海，才算是"夜叉探海"，但她对意中人自不免要宽打几分，他这一指虽差了一寸六分，却也马马虎虎地称之为"夜叉探海"了。

……

段誉听得王语嫣在慕容复打倒自己父亲之时大声喝彩，心中气苦，内力源源涌出，一时少商、商阳、中冲、关冲、少冲、少泽六脉剑法纵横飞舞，使来得心应手，有如神助。（《天龙八部》第四十一回）

成年后再看《天龙八部》，慢慢觉得王语嫣钟情于表哥慕容复，不搭理段誉，视段公子的付出如粪土，其实也不算是过错，细细体会，王语嫣令人反感之处是她的天性凉薄。王语嫣对段公子的薄情自不用说，段誉对她可谓置生死于度外，多次以身犯险护她周全。可是王语嫣对其不理不睬倒也算了，少室山之役中，段誉被慕容复踩在脚下，性命危在旦夕，王姑娘非但不出一言相劝，也无半点关切之态。当慕容复击伤上前救儿子的段正淳时，王语嫣竟然出言喝彩，这份薄情实在令人心寒。

在小说中，王语嫣不仅对段誉薄情，她对其他人的态度也大体如此。当老熟人阿朱、阿碧带着段誉为躲避鸠摩智的追捕，逃到王家时，因触犯了王母定下的不准男人进入曼陀山庄的规矩，王母要杀双姝。王语嫣听说后本不想去搭救两姐妹，只是想到日后怕被表哥慕容复责怪，才勉强去向母亲求情。后来，王语嫣与段誉被西夏一品堂武士追杀，逃入一谷仓，被一对农村青年男女收留，这对朴实的男女也因此被杀。脱险之后王语嫣没有半分难过和歉意，让还伤感中的段誉一把火将谷仓烧掉。王姑娘这样凉薄的性格在小说中多次呈现。

王语嫣是大理王爷段正淳与情人李青萝的私生女。李青萝被段正淳抛弃后，恨透了世间所有男人，于是立下规矩，她所在的曼陀山庄不准任何男人进入，违者格杀勿论。王语嫣从小生长在曼陀山庄，身边只有两个丫鬟小茗、幽草服侍，生活环境与外界隔离，人与人之间关系淡薄。之后王语嫣随阿朱、阿碧离家出走去寻表哥，也没有带上这两个小丫鬟，可见主仆之间并没有多少感情。而王语嫣的母亲李青萝则是一位极端的以自我为中心，心性暴虐，充满愤怒和控制欲的母亲，和这样的母亲在一起生活，孩子很难体会到亲情的温暖。

而小说中另一位和王语嫣生长环境相似的孩子木婉清，则热情如火。造成二人区别的主要原因在于，木婉清的母亲秦红棉是个内心火热、重感情的人，表面的清冷只是一种保护自己的伪装。当秦红棉再见到段正淳的那一刻，万般冷峻都化成了柔情。而王语嫣的母亲李青萝则自始至终心冷手黑，无情无义，为达到自己的目的可以牺牲一切。她对待女儿的态度也是强势、粗暴的，将自己的认知强加于女儿。如果一个孩子从小极少感受到亲近、温暖、依恋等情感，那么这个孩子日后形成的人格中大概率包含凉薄的一面。因此，母亲的人格特质会对孩子的人格塑造与形成起到非常大的作用。

被控制型母亲所养育

段誉听出了她话中的讥嘲之意，自己想想也觉不对，赔笑道："依姑娘之见，该当怎样才是？"王语嫣道："一把火烧得干干净净，岂不是好？"段誉道："这个，嗯，好像太简慢些了罢？"沉吟半晌，实在也别无善策，只得去觅来火种，点燃了碾坊中的稻草。两人来到碾坊之外，霎时间烈焰腾空，火舌乱吐。

……

段誉道："好好一座碾坊因我而焚，我心中好生过意不去。"王语嫣道："你这人婆婆妈妈，哪有这许多说的？我母亲虽是女流之辈，但行事爽快明决，说干便干，你是个男子汉大丈夫，却偏有这许多顾虑规矩。"段誉心想："你母亲动辄杀人，将人肉做花肥，我如何能与她比？"说道："我第一次杀了这许多人，又放火烧人房子，不免有些心惊肉跳。"王语嫣点头道："嗯！那也说得是，日后做惯了，也就不在乎啦。"（《天龙八部》第十七回）

王语嫣与段誉的这一段对话，表明了她内心无意识中对母亲的认同。她人格中的一部分认同母亲狠心无情，以自我为中心的处事态度，这是她性格中凉薄特质形成的原因。性格的复杂性在于矛盾冲突互相交织。由于母亲在心理层面具有侵略性，王语嫣为了应对心理上被控制的痛苦体验，逐渐发展出一种表面顺从的模式，以减少被心理伤害的次数。这个掩饰模式也渐渐成为她的人格面具，在人前她表现得楚楚可怜，温柔婉约。她在燕子坞群雄面前侃侃而谈评判英雄的三个标准，人品居第一位，而表哥慕容复——王语嫣心中唯一的英雄，人品却甚是不堪。王语嫣的表里不一是种掩饰，是在与母亲的关系体验中，对其心理上的认同与防御所共同形成的。她掩饰的是与母亲一样无情与自私的内心。但母女二人不同之处在于，母亲的性格特质是显露在外的，旁人为了躲避危险可以敬而远之；而王语嫣则将自己的凉薄无情加以掩饰和包装。这一层包装在人格外的掩饰对王语嫣来说至关重要，具体表现为美貌、才学、见识。新修版《天龙八部》的尾声部分，王语嫣对于自己外貌的关注到了痴狂地步，听说有永葆青春美貌的秘方，就要求段誉带她去寻访。这种行为就是掩饰内在心理的无意识体现。

关于王语嫣的结局，在修订版和TVB剧集中，王语嫣最后嫁给了段誉，做了大理国的王后。在新修版中，金庸改写了故事结局，王语嫣在无量洞中为寻青春永驻之药而打碎了"神仙姐姐"的玉像，同时也打碎了段誉的心魔（书中有一段段誉的内心独白）。王语嫣知道了自己与玉像的关联，在失望之中掩面而走，段誉也没有如以往一般追她回来。最终，王语嫣还是回到了表哥身边，和阿碧一起照顾精神失常的慕容复，当再次遇见段誉时，王语嫣心中一半是落寞，一半是满足。对于这个新结局，读者们褒贬不一，笔者认为这样改挺好，至少新结局更符合王语嫣的内在心理状况。

内摄母亲的心理特质

在整部小说中，王语嫣都深爱着表哥慕容复，从精神分析视角看，这是符合人物无意识心理的。慕容复内在的部分人格与王语嫣及王夫人李青萝是一样的，都有凉薄、自私、心狠的一面。在慕容复心中，光复大燕是他世代相传唯一的人生目标，为了达成这个目标，可以不择手段。他为了当上西夏驸马，可以逼表妹先跳崖后跳井；为了复国，与段延庆合作伏击段正淳，逼其就范，毫不犹豫地杀了段正淳一众无辜的情人，甚至舅母李青萝也死在他手上。弗洛伊德描述无意识时曾总结过一个现象：很多女性在第一段婚姻中选择的男性常常带有母亲性格中的一些特质，这是女性无意识中对母亲欲望（爱恨）的体现。慕容复的人格中具有李青萝的特质，这对于王语嫣来说是一种莫名的熟悉，熟悉代表安全，无论这种感受带来的后果如何，她都会选择。

慕容复是唯一可以进出曼陀山庄的男人，他拥有封闭环境中长大的王语嫣羡慕的自由。于是，王语嫣会将逃离母亲控制的无意识愿望投射到慕容复身上，而恰恰在意识层面她离家出走也是以寻找表哥为借口。

同时慕容复还是王语嫣投射了无意识里对父亲渴望的客体。在女儿与控制型母亲的关系中，父亲角色极为重要。父亲能够作为三角关系中的一角，承接和中和母亲的部分控制欲望，给女儿以喘息的机会。另外，父亲的特质也能够影响和调整女儿的人格结构。但是恰恰在王语嫣的成长过程中，父亲角色是缺失的，在周围全是女性的成长空间里，找不到其他可以替代父亲功能的男性。于是，慕容复也被王语嫣投射成了能把她从控制型母女关系中拉出来的象征性父亲角色。而悲哀的是，慕容复并非能够改善母女关系的"父亲"，他只是另一个"无情的坏妈妈"而已。

小说中值得深思的是，王语嫣在成长过程中是没有父亲参与的，她是李青萝与段正淳的私生女，书中并未交代她的王姓养父是谁，甚至没有提及名字和经历，养父到底是去世了还是离开了曼陀山庄也不得而知，这是一种心理上父亲缺失的隐喻。而她母亲李青萝也是自小缺失父亲，她是无崖子与李秋水的私生女。一个人如果丧失过重要的关系，就会无意识地担心再次失去，为了维护身边仅存的关系，会不自觉地控制亲近的人，这种行为则会让对方体验到被侵入与控制。李青萝就是这样的人，王语嫣与母亲相似，也有要控制他人的一面，不同的是，她比母亲多发展出了一层用于掩饰的心理防御模式。她饱读各门派武学秘籍，在意识层面上是希望以此协助表哥成就霸业，但她屡屡不自觉地在表哥和外人面前展示这一能力,数次让表哥难堪也不加改变。这实际上是一种抬高自己、贬低对方的隐蔽方式,通过让表哥认同自己的重要性,以达到隐形控制的最终目的。在《天龙八部》新修版的结尾中,王语嫣在某种程度上完成了其内心无意识的控制欲望,她将糖果和糕饼分给孩童,让他们叩拜表哥,满足了精神分裂的慕容复的皇帝梦。王语嫣最终控制了这个无意识中象征父亲的客体,且永远不用担心会失去这段关系——只不过,这种关系是虚假的。写到这里,忽然觉得王语嫣也挺让人唏嘘的。

慕容复：梦里是谁

《天龙八部》是金庸武侠小说中最波澜壮阔的大部头著作，不但历史背景广阔，故事离奇曲折，在人物刻画上，三位主角出身不同，性格迥异，众多配角也个性鲜明，让人印象深刻。慕容复就是小说中一位重量级配角，金庸对他性格描写的深刻程度并不亚于三位主角。

见面不如闻名

在小说开头的很长部分，慕容复并没有出场，读者对慕容复的印象完全来自他人的视角与烘托。"南慕容，北乔峰"的江湖评价奠定了慕容复的武林地位，连大理世子段誉也早有耳闻。逼走四大恶人之首段延庆的大理一流高手黄眉僧，谈起年轻时在慕容家人手中死里逃生的往事，依然心有余悸，这更增添了慕容家的传奇性。当段誉被鸠摩智劫持到慕容家的燕子坞时，遇到了慕容复的侍女阿朱、阿碧，两人都是一等一才情兼备的女子。慕容复身边的四大家臣也是身手不凡，各有千秋。读者不自觉地便会认为，其婢女家臣都如此不凡，慕容复本人必定更加出类拔萃。段誉在曼陀山庄遇见王语嫣，偷听到她向阿朱吐露自己对表哥的相思之情，这让段誉想到慕容复也不由得自惭形秽起来。后来段誉遇到萧峰，误以为其是慕容家人，一番作弊拼酒之后对萧峰豪气颇为敬佩，联想到与他齐名的慕容复，想必也是一位了不起的英雄。行文至此，金庸通过层层铺垫，慕容复本人未出场，其形象便已被推到了"巅峰"。

> 萧峰身形魁伟，手长脚长，将慕容复提在半空，其势直如老鹰捉小鸡一般。邓百川、公冶乾、包不同、风波恶四人齐叫："休伤我家公子！"一齐奔上。王语嫣也从人丛中抢出，叫道："表哥，表哥！"慕容复恨不得立时死去，免受这难当羞辱。
>
> 萧峰冷笑道："萧某大好男儿，竟和你这种人齐名！"手臂一振，将他掷了出去。
>
> 慕容复直飞出七八丈外，腰板一挺，便欲站起，不料萧峰抓他神道穴之时，内力直透诸处经脉，他无法在这瞬息之间解除手足的麻痹，砰的一声，背脊着地，只摔得狼狈不堪。
>
> 邓百川等忙转身向慕容复奔去。慕容复运转内息，不待邓百川等奔到，已然翻身站起。他脸如死灰，一伸手，从包不同腰间剑鞘中拔出长剑，跟着左手划个圈子，将邓百川等挡在数尺之外，右手手腕翻转，横剑便往脖子中抹去。王语嫣大叫："表哥，不可……"（《天龙八部》第四十二回）

金庸先前花费这么多笔墨刻意拔高慕容复的形象，等到他正式出场时，却立刻诠释了什么叫"见面不如闻名"。随着故事情节的发展，读者对他的评价一路走低，正如慕容复的人生一般，高开低走，最终惨淡收场。几乎所有读者都不会喜欢慕容复这个角色。小说中第一次出场，慕容复易容成西夏武士，在谷仓中遇到避难的王语嫣与段誉，他非但没有立即表明身份搭救表妹，妒意之下还对段誉起了杀心。在这一点上可以看出，慕容复是一个心胸狭窄、睚眦必报之人，这也呼应了慕容家"以彼之道，还施彼身"的成名绝技。在万仙大会上，慕容复为了拉拢人心，决定帮助众人攻打已经失去功力的天山童姥，最终是武功低微的虚竹毅然出手救人。慕容复的所作所为已经和此前标榜的江湖豪侠形象背道而驰，他不但天性凉薄，内心残忍，还是个为达目的不择手段的人。少室山上，他与臭名昭著的丁春秋联手，加上铁头游坦之，一起对付萧峰等三人，想趁机笼络人心，招揽与萧峰有私仇的武林人士——这种落井下石、不择手段的卑鄙做法令人厌恶；西夏招亲路上，慕容复为了能当上西夏驸马，眼看表妹王语嫣跳井而见死不救，令人心寒，连目睹此情景的鸠摩智都看不下去出言讥讽；为了逼迫段正淳许诺未来禅让王位给自己，他不但杀了段正淳的三位情人，还杀死了舅母李青萝；而后又为逢迎段延庆，毫不犹豫地杀死了忠心耿耿的家臣包不同，可谓丧尽天良。慕容复一步步地滑向恶的深渊，由人变鬼，最终疯癫，只能在土坟之上永远做着复兴大燕的春秋大梦。

从未体验过快乐的人生

那宫女道："待婢子先问慕容公子，萧大侠还请稍候，得罪，得罪。"接连说了许多抱歉的言语，才向慕容复问道："请问公子：公子生平在什么地方最是快乐逍遥？"

这问题慕容复曾听她问过四五十人，但问到自己之时，突然间张口结舌，答不上来，他一生营营役役，不断为兴复燕国而奔走，可说从未有过什么快乐之时。别人瞧他年少英俊，武功高强，名满天下，江湖上对之无不敬畏，自必志得意满，但他内心，实在是从来没感到真正快乐过。他呆了一呆，说道："要我觉得真正快乐，那是将来，不是过去。"

那宫女还道慕容复与宗赞王子等人是一般的说法，要等招为驸马，与公主成亲，那才真正的喜乐，却不知慕容复所说的快乐，却是将来身登大宝，成为大燕的中兴之主。她微微一笑，又问："公子生平最爱之人叫什么名字？"慕容复一怔，沉吟片刻，叹了口气，说道："我没什么最爱之人。"那宫女道："如此说来，这第三问也不用了。"慕容复道："我盼得见公主之后，能回答姊姊第二、第三个问题。"（《天龙八部》第四十六回）

纵观整部小说，笔者对慕容复这个角色基本上是感到厌恶的，只有在这段西夏招驸马，被李清露侍女提问的情节中，突然对慕容复有了些许同情。如果一个人反思自己过往的人生时，突然发现自己竟从未体验过快乐，这何尝不是一种悲剧。这不禁让笔者思考慕容复为何从来没有快乐过，他内在的自体结构到底存在什么问题。海因茨·科胡特认为健康的自体具备三个特征，即一个人对自己的体验是统整的、和谐的、有活力的。

体验到真实的快乐是一种能力，是健康自体才拥有的功能，当一个人长期无法体验到快乐，也说明了其自体的虚弱。慕容复的自体是虚弱且带有抑郁性的，也是不统整、不和谐的。当王语嫣在他对敌中屡屡指出他招数的瑕疵时；当萧峰天神下凡般将他击败时；当他复兴大燕的事业屡屡受挫时……慕容复表现出的各种愤怒情绪，指向他人，更指向自己。在这种不稳定情绪的控制下，他一而再再而三地进退失据，昏招频出，这些行为背后都是受那个虚弱的自体影响。

被刻意塑造的人生

> 那僧人迈开大步，走到慕容复身边，问道："你有儿子没有？"语音颇为苍老。
> 慕容复道："我尚未婚配，何来子息？"那灰衣僧森然道："你有祖宗没有？"慕容复甚是气恼，大声道："自然有！我自愿就死，与你何干？士可杀不可辱，慕容复堂堂男子，受不得你这些无礼的言语。"灰衣僧道："你高祖有儿子，你曾祖、祖父、父亲都有儿子，便是你没有儿子！嘿嘿，大燕国当年慕容儁、慕容恪、慕容垂、慕容德何等英雄，却不料都变成了断种绝代的无后之人！"（《天龙八部》第四十二回）

健康自体的外在呈现是性情稳定，从容和谐，积极有活力，有体验快乐的能力，有对幸福生活的热情追求。而慕容复无法感受到快乐是由于自体的虚弱，这样的虚弱自体是怎样构建出来的？这可能是由幼年开始的两种不同心理机制所最终构建成的，一种是水平分裂，另一种是垂直分裂。这两种不同的自体构建机制隔绝了一个人在成长过程中，自体正常发展所需要的"心理能量"，从而导致自体缺乏统整、和谐与活力。

慕容复从小就被赋予了与其年龄不符的期待，承担起复国的重任。从少室山上慕容博与慕容复二十年后再见的这一段对话中可以看出，慕容博丝毫没有父子久别重逢的喜悦和激动。对比萧远山与萧峰的重逢，父子间的情感张力满满。慕容博虽然阻拦下了儿子羞愤自杀，但在他心中复兴大燕的重要性远在儿子的性命之上。从慕容博对慕容复的一段质问中可以推断，如果慕容复有了儿子继承复兴重任，那么慕容博也就不会阻止其自杀了。同样为了复兴大燕，二十年前慕容博自己策划并实施了假死来瞒骗天下人，代价是自己舍弃了家庭，舍弃了儿子，舍弃了身边所有人，舍弃了身份。可想而知，慕容复也只是慕容家一代又一代为了复兴大燕的工具、棋子。至于慕容复本身的天资、秉性是否适合担任这个角色，并不重要，因为他必须被培养成复国者的角色。于是慕容复在幼年期就开始触发了垂直分裂的心理机制，所有与复国者角色相悖的个人特质和行为倾向统统被禁止，被粗暴地从意识层面分裂出去，他只能保留符合复国目标的特质并进一步培养和强化。于是，在这种垂直分裂心理机制的建构下，慕容复变成了一个自体虚弱、性情凉薄、情绪不稳、愤怒嫉妒、脆弱多疑的人。

在病态中结束人生

慕容复听了玄慈这番话，立即明白："爹爹假传音讯，是要挑起宋辽武人的大斗，我大燕便可从中取利。事后玄慈不免要向我爹爹质问。我爹爹自也无可辩解，以他大英雄、大豪杰的身份，又不能直认其事，毁却一世英名。他料到玄慈方丈的性格，只须自己一死，玄慈便不会吐露真相，损及他死后的名声。"随即又想深一层："是了。我爹爹既死，慕容氏声名无恙，我仍可继续兴复大业。否则的话，中原英豪群起与慕容氏为敌，自存已然为难，遑论纠众复国？其时我年岁尚幼，倘若得知爹爹乃是假死，难免露出马脚，因此索性连我也瞒过了。"想到父亲如此苦心孤诣，为了兴复大燕，不惜舍弃一切，更觉自己肩负之重。(《天龙八部》第四十二回)

一个人如果从幼年开始在心理上持续受到垂直分裂的心理机制影响，会造成自体结构的缺陷。即便如此，这个缺陷依然有机会得以修补，但需要父亲提供的心理补偿机制，这个机制叫理想化自体客体体验。对孩子来说，这个补偿功能通常是由父亲提供的，或者由具有象征意义的父亲提供。而慕容复幼年时，父亲慕容博便假死骗过众人并藏身少林寺，慕容复成长中缺少父亲的陪伴与教育，也因此失去了补偿自体结构缺陷的机会。

相较之下，萧峰虽然也从小没有亲生父亲陪伴，但他的成长过程中并不缺少优秀的象征性父亲。养父乔三槐陪伴了萧峰的童年，他忠厚朴实的性情构建了萧峰人格的底色；七岁时路遇野狼，萧峰被少林寺玄苦大师所救拜入门下习武，在严师的教诲下磨炼心性，打下坚毅性格的基础；十六岁遇丐帮帮主汪剑通，萧峰被收为徒，奋力上进，在完成了师父出的三大难题，又立下了七大功劳之后，才最终众望所归地成为天下第一大帮的帮主。连智光大师也说，自丐帮成立数百年来，从无第二个帮主之位如萧峰这般得来艰难。萧峰是一步一步在成长中追随与内化了很多个"父亲"榜样，并在"父亲们"的镜映中最终成长为豪气干云的大英雄。而慕容复的成长中既缺少父亲慕容博的陪伴，身边也没有象征性父亲的理想化模板，缺乏认可的目光和赞赏的回应。因此，萧峰的自体充盈，而慕容复的内在自体是虚浮的、匮乏的。正如少室山一战中，慕容复被萧峰一招击溃，武艺上分出高低，也隐喻了人格完整层面的高下。

孩子自体结构的缺陷可以通过父亲提供的理想化自体客体体验功能得以补偿，并且这种体验无法依靠想象的父亲来完成。而慕容家族中，至少慕容博和慕容复两代都缺少由真实的父亲所提供的心理功能，慕容复自不用说，慕容博似乎也是如此。在黄眉僧讲述年轻时遭遇慕容家重创的往事中，按照时间推算，他当年遇到的少年应该就是慕容博。当时慕容博与母亲身着丧服为其父奔丧，在击杀黄眉僧的整个过程中，慕容博对母亲言听计从。这说明慕容博和慕容复一样，同样缺少对父亲功能的体验。用想象的父亲来替代现实的父亲似乎是慕容家族的传统。在少室山上，从慕容博对慕容复的质问中可以得知，那些已故数百年的大燕国先人就是慕容家族两代人想象中的"父亲"。但后辈距离想象的父亲太遥远,这就导致其形象会被过于美化、理想化,最重要的是想象的父亲不会投来真实的"镜映目光",只会加重幻想。

　　慕容复单名一个"复"字,复国的"复",复兴的"复",可以看出其父对他的期待。然而,在当时的大环境下,这终究只能是个幻想。幻想与现实始终会充满冲突和矛盾,并由此带来痛苦,因为它们之间的距离太过遥远。现实的挫败与幻想的美好之间不可调和的矛盾与冲突,现实自我与理想自我之间的巨大鸿沟,在自体缺陷背景之下会被不断放大,原先心理层面的分裂最终发展成精神层面的病理性分裂。于是小说的最后,慕容复疯了,他志得意满地坐在墓前,接受乡村小儿们的朝拜,在一片万岁声中,做着复兴大燕、登基为帝的春秋大梦。

段正淳：影子情人

一个朋友曾与我笑谈，如果让金庸武侠小说的女性读者选小说中的"渣男"角色，《天龙八部》中的段正淳一定名列前茅。"渣男"这个词在现代流行文化语境中，经常被当作贬低花心男子的总结评价。然而人性复杂，用单一的词语进行概括有贴标签并且盖棺定论的倾向。因此，笔者不会用"渣男"这个词给段正淳定性，这没有意义，也不符合精神分析的视角和思考方式。段正淳的人格是怎样的？他外在的行为反映了怎样的内在心理？他为何一边深情一边又无法长情？这些问题值得细细分析与研究。

四处留情

众人均想："叶二娘恶名素著，但对她当年的情郎，却着实情深义重。只不知这男人是谁？"

段誉、阮星竹、范骅、华赫艮、巴天石等大理一系诸人，听二人说到这一桩昔年的风流事迹，情不自禁地都偷眼向段正淳瞄了一眼，都觉叶二娘这个情郎，身份、性情、处事、年纪，无一不和他相似。更有人想起："那日四大恶人同赴大理，多半是为了找镇南王讨这笔孽债。"

连段正淳也是大起疑心:"我所识女子着实不少,难道有她在内?怎么半点也记不起来?倘若当真是我累得她如此,纵然在天下英雄之前声名扫地,段某也决不能丝毫亏待了她。只不过……只不过……怎么全然记不得了?"(《天龙八部》第四十二回)

段正淳被读者诟病最多的地方就是其情人众多,用情不专。除了正妻刀白凤,他还与多位女子产生情感纠葛并生下孩子,在金庸武侠小说中,身边有这么多女子环绕,恐怕也只有《鹿鼎记》中的韦小宝可与之相提并论了。不同的是,段正淳对每一位所爱女子的感情要比韦小宝更深刻且更投入。

段正淳纵起身后,拔下了梁上的长剑。这剑锋上沾染着阮星竹、秦红棉、甘宝宝、王夫人四个女子的鲜血,每一个都曾和他有过白头之约,肌肤之亲。段正淳虽然秉性风流,用情不专,但当和每一个女子热恋之际,却也是一片至诚,恨不得将自己的心掏出来,将肉割下来给了对方。眼看四个女子尸横就地,王夫人的头搁在秦红棉的腿上,甘宝宝的身子横架在阮星竹的小腹,四个女子生前个个曾为自己尝尽相思之苦,心伤肠断,欢少忧多,到头来又为自己而死于非命。当阮星竹为慕容复所杀之时,段正淳已决心殉情,此刻更无他念,心想誉儿已长大成人,文武双全,大理国不愁无英主明君,我更有什么放不下心的?回头向段夫人道:"夫人,我对不起你。在我心中,这些女子和你一样,个个是我心肝宝贝,我爱她们是真,爱你也是一样的真诚!"

段夫人叫道:"淳哥,你……你不可……"和身向他扑将过去。
……

但听得段夫人一声惨呼,段正淳已将剑尖插入自己胸膛。段夫人忙伸手拔出长剑,左手按住他的伤口,哭道:"淳哥,淳哥,你便有一千个、一万个女人,我也是一般爱你。我有时心中想不开,生你的气,可是……那是从前的事了……那也是正是为了爱你……"但段正淳这一剑对准了自己心脏刺入,剑到气绝,已听不见她的话了。段夫人回过长剑,待要刺入自己胸膛,只听得段誉叫道:"妈,妈!"一来剑刃太长,二来分了心,剑尖略偏,竟然刺入了小腹。(《天龙八部》第四十八回)

在《天龙八部》的小说结尾，段正淳眼见自己心爱的几位女子一一被慕容复杀害，肝肠寸断，自己也断了活下去的念头，最终自杀。试想如果面对相似的场景，换成韦小宝会怎么做？他大约会亲手埋了众妻妾，伤心难过，一番痛哭之后，找青木堂的兄弟和多隆，用尽手段报仇雪恨。

段正淳为什么非要自杀呢？相对于肉体的死亡，人们对精神的死亡感到更加恐惧，这是精神分析学说对于死亡恐惧（焦虑）的观点。对于段正淳来说，当众多情人在他面前一一死去时，他内在的心理体验是自己的精神也跟着死去了，于是肉体的存在已不再重要，所以他毅然决然地选择了自杀。这也说明，段正淳与这些情人的关系体验，几乎占满了他的内在精神世界，他将无意识的欲望、缺憾、动力都投射在了她们身上。

从精神分析角度来看，在两性关系中，男性与女性的关系实际上是在重复演绎他幼年时作为小男孩与母亲的关系。所有儿时与母亲关系中体验到的满足、缺失、渴望、失望、依恋、疏离、矛盾、混乱等感受，都会再次在成人关系，尤其是亲密关系中被无意识地呈现出来。段正淳的这几位情人性格气质迥异，各有各的鲜明特点。正妻刀白凤端庄大气，性格坚毅，恩怨分明；阮星竹千娇百媚，善于逢迎；修罗刀秦红棉性格火暴，外刚内柔；俏夜叉甘宝宝机灵可爱，聪明伶俐；李青萝性格偏执，睚眦必报；康敏外表柔弱清纯，内在却是蛇蝎心肠。段正淳对待每个女子都一往情深，不能自已，这或许反映出幼年时，段正淳母子之间感情疏离，母亲带给段正淳的感受具有未知性和不确定感。于是，成年后的段正淳需要在不同的女性身上去寻找可能的"母亲的味道"。而这种行为注定失败，因为答案永远无法被证实，但无意识必定在背后驱动着段正淳不停寻找。

深情却无法长情

段正淳不答，站起身来，忽地左掌向后斜劈，飕的一声轻响，身后的一只红烛随掌风而熄，跟着右掌向后斜劈，又是一只红烛陡然熄灭，如此连出五掌，劈熄了五只红烛，眼光始终向前，出掌却行云流水，潇洒之极。

木婉清惊道:"这……这是'五罗轻烟掌',你怎么也会?"段正淳苦笑道:"你师父教过你罢?"木婉清道:"我师父说,这套掌法她决不传人,日后要带进棺材里去。"段正淳道:"嗯,她说过决不传人,日后要带入土中?"木婉清道:"是啊!不过师父当我不在面前之时,时常独个儿练,我暗中却瞧得多了。"段正淳道:"她独自常常使这掌法?"木婉清点头道:"是。师父每次练了这套掌法,便要发脾气骂我。你……你怎么也会?似乎你使得比我师父还好。"

段正淳叹了口气,道:"这'五罗轻烟掌',是我教你师父的。"(《天龙八部》第七回)

在无意识心理的驱动下,段正淳对待每一段感情都用情至深。用他自己的话说,在每一段感情中,他都恨不得将自己的心剖给对方,把自己的肉割给对方。这并非说谎,而是段正淳内心真实的情感。因此,每一位和他有过情感关系的女子,无论分开多久都对其念念不忘,哪怕人到中年依然其意难平。笔者年少初读《天龙八部》时,只对书中酣畅淋漓的比武场面有浓厚兴趣,这一段关于"五罗轻烟掌"的情节,并未给笔者留下特别深刻的印象。成年后重读小说,才懂得这段故事到底讲了什么。五罗轻烟掌本不是克敌制胜的武功,只是两人的闺房之乐,彼此独有的秘密。人到中年,方能从中感受到段正淳与秦红棉之间的爱恨与不舍。段正淳对每一位女子都爱得真切、爱得用心、爱得深刻,这映射了其幼年时对母亲的渴望。欲望源自缺乏,段正淳成年后,始终被幼年缺乏的母爱造成的心理空洞驱使、纠缠。在两性关系中,他表面上能够自由地抽身离去,而在本质上,他是不自由的。

段正淳抢到窗口,柔声道:"红棉,你进来,让我多瞧你一会儿。你从此别走了,咱俩永远厮守在一块。"秦红棉眼光突然明亮,喜道:"你说咱俩永远厮守在一起,这话可是真的?"段正淳道:"当真!红棉,我没有一天不在想念你。"秦红棉道:"你舍得刀白凤么?"段正淳踌躇不答,脸上露出为难的神色。秦红棉道:"你要是可怜咱俩这女儿,那你就跟我走,永远不许再想起刀白凤,永远不许再回来。"

……

只听段正淳柔声道:"只不过我是大理国镇南王,总揽文武机要,一天也走不开……"秦红棉厉声道:"十八年前你这么说,十八年后的今天,你仍是这么说。段正淳啊段正淳,你这负心薄幸的汉子,我……我好恨你……"(《天龙八部》第七回)

段正淳虽然对每一位与他有情感关系的女子都情深意切,却无法与之长相厮守,这也是他的众多情人恨他入骨的地方。刀白凤甚至委身乞丐(重伤的段延庆)以报复他的感情背叛;李青萝更是因他迁怒于天下所有的负心汉,见一个杀一个。段正淳见一个爱一个的表现是一种症状,其所要表达的是无意识里对于缺失所引发的修补愿望。只是这种修补行为在时空维度上,无异于刻舟求剑,注定无果。如果不经过深入的分析与理解,这个缺失引发的强烈欲望便不会停止,始终驱动着段正淳去寻找下一个"母亲"。而可悲的是,新找到的"影子母亲"永远无法消除由亲生母亲带来的不确定性,也无法抚平内在的伤口。因此,段正淳不会停止内心的寻找,每一段关系都始于真情实意,而终于心理空洞再次弥漫引发的欲望。这就是弗洛伊德提到的心理症状中最重要的特征:重复!

渴望母亲关注的孩子

段正淳的母亲到底是一个怎样的人,小说中并未提及,但通过精神分析的理论框架,我们能够从段正淳与女性的关系中分析与建构出一部分真相。在小说尾声,慕容复与李青萝设局与段延庆合作,抓住了段正淳与他的情人们,最终段正淳与五位情人皆命丧黄泉。五位情人死亡的顺序依次是阮星竹、秦红棉、甘宝宝,三人为慕容复所杀;然后是李青萝,半是自杀半是死在慕容复手里;最后是妻子刀白凤,在段正淳殉情后自杀。这里也许暗示了几位女子在段正淳内心的分量排名。在个性和对待段正淳的态度上,李青萝和刀白凤有相似之处,二人与前三位有很大不同。她们两个都是态度坚决、不愿妥协的人,不像其他三位那么心软,段正淳一说甜言蜜语就把先前对他的种种怨恨抛到了九霄云外。刀白凤得知丈夫移情别恋后，常年住在大理城外道观中，自号玉虚散人，段正淳虽贵为王爷，却也不敢对她言语轻佻。对于刀白凤，段正淳是深爱且敬重的，这也许与刀白凤对他严肃和不苟言笑的态度有关，而恰恰刀白凤是段正淳唯一娶的正妻，也是他心里最重视的女子。

上文中分析段正淳幼年与母亲的关系也许比较疏离，这种关系状态使得成年后的段正淳在亲密关系中产生了"见一个爱一个"的症状。那么，对于带有严肃态度女性的偏好，或许恰能对应段正淳基于疏离母子关系的无意识渴望。被严肃对待其实是被关注体验的一种变形形式，而段正淳每次在关系中付出真心之后又飘然远去，让情人心存怨恨，也是一种被深刻与长久关注的无意识表达。

此外，还有一种假设，段正淳是大理镇南王，是大理皇帝段正明的弟弟，在王位的继承权上次于哥哥。相较之下，父母或许从小更重视哥哥，而段正淳则不会被赋予更多期待和关注。因此，对他有着严肃态度和要求的刀白凤在他心中的重要程度，也反映了其内在心理需要，被忽视的孩子多么希望能够像哥哥那样被母亲认真对待、赋予期待，哪怕对方态度严肃甚至严厉都无所谓，因为那代表着被母亲的目光注视。这也许就是段正淳内心的创伤、症状的源头。于是，段正淳一辈子都在不断地追寻他的影子情人。

年轻人遭遇重大创伤后，心理上会出现两种无意识选择，一种是寻求母性的慰藉，另一种是寻求父性的支持，很明显，林平之的无意识替他选择了后一条路。

创伤篇

JIN YONG meets FREUD

当金庸遇见弗洛伊德

面对"丧失"的创伤性事件，有些人通过一段时间的哀悼，可以慢慢恢复到正常状态，但是另外一些人会始终走不出来，陷入一种抑郁状态，就像慢慢溺水一般，内心被沉重感、无力感包围，了无生气。这是死本能带来的感受，这种感受在包惜弱身上体现得非常明显。包惜弱一直固着在抑郁状态，源于重要客体的丧失，那便是丈夫杨铁心。

包惜弱：为你我受冷风吹

包惜弱是杨康之母，她仅在《射雕英雄传》全书的前面章节出场，但对整个故事的发展却非常重要。包惜弱被南来刺探南宋虚实的金国王爷完颜洪烈看中并起了强娶之心，这直接导致了牛家村惨案，使得郭靖、杨康这两个孩子各自失去亲生父亲，继而故事又围绕着这两个年轻人不同的成长轨迹发展。包惜弱的身份从杨铁心妻子骤然转变为金国王妃，她内心的痛苦、内疚、矛盾、抑郁情绪对其子杨康，甚至其孙杨过都产生了一定程度的影响。

人如其名

他浑家包氏，闺名惜弱，便是红梅村私塾中教书先生的女儿，嫁给杨铁心还不到两年。

她自幼便心地仁慈，只要见到受了伤的麻雀、田鸡，甚至虫豸蚂蚁之类，必定带回家来妥为喂养，直到伤愈，再放回田野，若是医治不好，就会整天不乐，这脾气大了仍旧不改，以致屋子里养满了诸般虫蚁、小禽小兽。她父亲是个屡试不第的村学究，按着她性子给她取个名字，叫作惜弱。红梅村包家老公鸡老母鸡特多，原来包惜弱饲养鸡雏之后，决不肯宰杀一只,父母要吃,只有到市上另买,是以家里每只小鸡都是得享天年,寿终正寝。她嫁到杨家以后,杨铁心对这位如花似玉的妻子十分怜爱,事事顺着她的性子,杨家的后院里自然也是小鸟小兽的天下了。后来杨家的小鸡小鸭也慢慢变成了大鸡大鸭,只是她嫁来未久,家中尚未出现老鸡老鸭,但大势所趋,日后自必如此。(《射雕英雄传》第一回)

包惜弱,人如其名。她在书中多次表现出拯救生命的"圣母"式行为。她从小见不得自己饲养的牲畜被杀食用,经常救助受伤的小动物。后来又因她私下救了重伤的金国王爷完颜洪烈一命,以致开启了自己的悲剧命运。包惜弱一生都保持着这样的习惯,其子杨康也了解母亲这种性格,因此,他会时常故意弄伤动物,谎称是捡到的,交给母亲医治照顾,来满足母亲这方面的心理需要。

包惜弱的这些强迫性重复行为都指向了一个内在心理,即不能面对失去。失去更深层次的象征便是死亡,表征死本能的驱力。按照弗洛伊德的理论,人生是由生本能和死本能交织在一起互相纠缠的。万事万物都在不断向死亡迈进,这是最终的归宿,也是不可遏制的过程,便如佛家提出的:成、住、坏、空。生本能便是用于对抗这不可遏制的宿命,以保护自体不被死亡恐惧淹没而碎裂。

《道德经》中有言:天地不仁,以万物为刍狗。天生天杀是万物的宿命,而包惜弱的行为是为了阻挡失去或死亡的发生,为了防御这类事件发生后对自体造成的可怕影响。这种丧失带来的情感体验对包惜弱来说是无法承担的,所以她采用这种刻意夸大的操作方式来应对,这反映了其自体的脆弱性。

丧失的创伤性事件会带来抑郁

无意识里担心和恐惧的事物一旦发生,对此的种种防御就会被突破。当牛家村被袭,一夜之间亲如手足的同伴或当场身亡(郭啸天),或被抓走(李萍),丈夫重伤后生死不明,家也毁了,原本熟悉的一切都不复存在。包惜弱自体原本就比较脆弱,她几乎无法承受这种分离与丧失的创伤事件。虽然之后完颜洪烈给了包惜弱很多关心和爱（物欲化的），但很明显她从来没有从这个创伤中解脱出来，始终处在一种抑郁状态。

> 绕过一道竹篱，眼前出现三间乌瓦白墙的小屋。这是寻常乡下百姓的居屋，不意在这豪奢宫丽的王府之中见到，两人都是大为诧异。只见完颜康推开小屋板门，走了进去。
> 两人悄步绕到屋后，俯眼窗缝，向里张望，心想完颜康来到这诡秘的所在，必有特异行动，哪知却听他叫了一声："妈！"里面一个女人声音"嗯"地应了一声。
> 完颜康走进内室，黄蓉与郭靖跟着转到另外一扇窗子外窥视，只见一个中年女子坐在桌边，一手支颐，呆呆出神。这女子四十岁不到，姿容秀美，不施脂粉，身上穿的也是粗衣布衫。黄蓉心道："这位王妃果然比那个穆姑娘又美了几分，可是她怎么扮作个乡下女子，又住在这般破破烂烂的屋子里？"（《射雕英雄传》第九回）

面对丧失的创伤性事件，有些人通过一段时间的哀悼，可以慢慢恢复到正常状态，但是另外一些人会始终走不出来，陷入一种抑郁状态，就像慢慢溺水一般，内心被沉重感、无力感包围，了无生气。这是死本能带来的感受，这种感受在包惜弱身上体现得非常明显。包惜弱一直固着在抑郁状态，源于重要客体的丧失，那便是丈夫杨铁心。

> 杨铁心在室中四下打量，见到桌凳橱床，竟然无一物不是旧识，心中一阵难过，眼眶一红，忍不住要掉下眼泪来，伸袖子在眼上抹了抹，走到墙旁，取下壁上挂着的一根生了锈的铁枪，拿近看时，只见近枪尖六寸处赫然刻着"铁心杨氏"四字。他轻轻抚学枪杆，叹道："铁枪生锈了。这枪好久没用啦。"王妃温言道："请您别动这枪。"杨铁心道："为什么？"王妃道："这是我最宝贵的东西。"
> 杨铁心涩然道："是吗？"顿了一顿，又道："铁枪本有一对，现下只剩下一根了。"王妃道："什么？"杨铁心不答，把铁枪挂回墙头，向枪旁的一张破犁注视片刻，说道："犁头损啦，明儿叫东村张木儿加

一斤半铁，打一打。"

王妃听了这话，全身颤动，半晌说不出话来，凝目瞧着杨铁心，道："你……你说什么？"杨铁心缓缓地道："我说犁头损啦，明儿叫东村的张木儿加一斤半铁，打一打。"

王妃双脚酸软无力，跌在椅上，颤声道："你……你是谁？你怎么……怎么知道我丈夫去世那一夜……那一夜所说的话？"

这位王妃，自就是杨铁心的妻子包惜弱了。金国六王子完颜洪烈在临安牛家村中了丘处机一箭，幸得包惜弱相救，见了她娇柔秀丽的容貌，竟是念念不能去心，于是以金银贿赂了段天德，要他带兵夜袭牛家村，自己却假装侠义，于包惜弱危难之中出手相救。包惜弱家破人亡，举目无亲，只道丈夫已死，只得随完颜洪烈北来，禁不住他低声下气，出尽了水磨功夫，无可奈何之下，终于嫁了给他。

包惜弱在王府之中，十八年来容颜并无多大改变，但杨铁心奔走江湖，风霜侵磨，早已非复昔时少年子弟的模样，是以此日重会，包惜弱竟未认出眼前之人就是丈夫。只是两人别后互相思念，于当年遭难之夕对方的一言一动，更是魂牵梦萦，记得加倍分明。

杨铁心不答，走到板桌旁边，拉开抽屉，只见放着几套男子的青布衫裤，正与他从前所穿着的一模一样，他取出一件布衫，往身上披了，说道："我衣衫够穿啦！你身子弱，又有了孩子，好好儿多歇歇，别再给我做衣裳。"这几句话，正是十八年前那晚，他见包惜弱怀着孕给他缝新衫之时，对她所说。

她抢到杨铁心身旁，捋起他衣袖，果见左臂上有个伤疤，不由得惊喜交集，只是十八年来认定丈夫早已死了，此时重来，自是鬼魂显灵，当即紧紧抱住他，哭道："你……你快带我去……我跟你一块儿到阴间，我不怕鬼，我愿意做鬼，跟你在一起。"

杨铁心抱着妻子，两行热泪流了下来，过了好一阵，才道："你瞧我是鬼吗？"包惜弱搂着他道："不管你是人是鬼，我总是不放开你。"顿了顿，又道："难道你没死？难道你还活着？那……那……"（《射雕英雄传》第九回）

包惜弱把原来牛家村住的房子完整地复制到了王府，住着原来的房子，穿着原来的衣服，放着原来的摆设，思念着原来的人，她要用这样的象征方式把重要客体保留在内心，以便维持自体的稳定。这种方式能够唤起她与丈夫杨铁心相处时的感受，仿佛丈夫这个客体依然存在于自己身边。这已经成为包惜弱重要的自体客体感受结构，她要将这部分努力保存在自体中，以对抗死本能产生的恐惧焦虑。

自我惩罚是无法走出抑郁的一个重要原因

抑郁的另一个内在原因是对自己的惩罚，这一点在包惜弱身上亦是再明显不过了。堂堂一个王妃过这样的日子，无论物质上还是精神上，都是在对自己进行无时无刻的惩罚。

> 包惜弱吃了一惊，举起烛台一瞧，烛光下只见这人眉清目秀，鼻梁高耸，竟是个相貌俊美的青年男子。她脸上一热，左手微颤，晃动了烛台，几滴烛油滴在那人脸上。
>
> 那人睁开眼来，蓦见一张芙蓉秀脸，双颊晕红，星眼如波，眼光中又是怜惜，又是羞涩，当前光景，宛在梦中，不禁看得呆了。
>
> ……
>
> 这一晚再也睡不安稳，连做了几个噩梦，忽见丈夫一枪把柴房中那人刺死，又见那人提刀杀了丈夫，却来追逐自己，四面都是深渊，无处可以逃避，几次都从梦中惊醒，吓得身上都是冷汗。待得天明起身，丈夫早已下床，只见他拿着铁枪，正用磨刀石磨砺枪头，包惜弱想起夜来梦境，吓了一跳，忙走去柴房，推开门来，一惊更甚，原来里面只剩乱草一堆，那人已不知去向。
>
> ……
>
> 两人纵马上道，有时一前一后，有时并辔而行。这时正是江南春意浓极的时光，道旁垂柳拂肩，花气醉人，田中禾苗一片新绿。
>
> 完颜洪烈为了要她宽怀减愁，不时跟她东谈西扯。包惜弱的父亲是个小镇上的不第学究，丈夫和义兄郭啸天都是粗豪汉子，她一生之中，

实是从未遇到过如此吐属俊雅、才识博洽的男子，但觉他一言一语无不含意隽妙，心中暗暗称奇。（《射雕英雄传》第一回）

包惜弱和杨铁心这样粗豪的汉子是不般配的，她从小就有小姐的心和小姐的身，却没有小姐的命。虽已嫁作人妇，但从第一眼看到完颜洪烈起，她的内心就被扰动了，于是她当晚做了可怕的梦。梦是无意识的表达，梦中尽是超我和本我的冲突：想追求本我的快乐享乐，却担心超我的严厉报复。在宋朝那个理学盛行的时代，女性的欲望是被禁止的，而包惜弱的父亲恰好又是个教书先生，无意识里超我的部分早已内化到她心中。但包惜弱的本我对完颜洪烈这种"俊雅博洽"男子的爱慕亦是难以遏制的，于是她一边享用倾慕者的爱，来填补因失去丈夫这个客体而产生的情感需求，另一方面通过超我的道德感来惩罚自己，通过平衡这两部分的冲突来获取自体暂时的统整性。

无法处理的爱恨是抑郁固着的另一个因素

他赶了一阵，只见一名武官抱着一个女子，骑在马上疾驰。杨铁心飞身下马，横矛杆打倒一名兵士，在他手中抢过弓箭，火光中看准那武官坐骑，嗖地一箭射去，正中马臀，马腿前跪，马上两人滚了下来。杨铁心再是一箭，射死了武官，抢将过去，只见那女子在地下挣扎着坐起身来，正是自己妻子。

包惜弱乍见丈夫，又惊又喜，扑到了他怀里。杨铁心问道："大嫂呢？"包惜弱道："在前面，给……给官兵捉去啦！"杨铁心道："你在这里等着，我去救她。"包惜弱惊道："后面又有官兵追来啦！"

杨铁心回过头来，果见一队官兵手举火把赶来。杨铁心咬牙道："大哥已死，我无论如何要救大嫂出来，保全郭家的骨血。要是天可怜见，你我将来还有相见之日。"包惜弱紧紧搂住丈夫脖子，死不放下，哭道："咱们永远不能分离，你说过的，咱们就是要死，也死在一块！是吗？你说过的。"

杨铁心心中一酸，抱住妻子亲了亲，硬起心肠拉脱她双手，挺矛往

前急追，奔出数十步回头一望，只见妻子哭倒在尘埃之中，后面官兵已赶到她身旁。（《射雕英雄传》第一回）

抑郁的第三个原因是对自体客体的爱恨矛盾。包惜弱对于杨铁心在乱军之中放弃自己去救李萍的做法是极其失望的，其中还包含了恨意，包惜弱与丈夫的感情是爱恨交织的。杨铁心虽然心中对妻子的爱是非常炙热的，也想尽办法用自己的方式照顾和爱着包惜弱，但他是个粗豪的汉子，经常忽视妻子的情感。比如，天天生活在妻子身边却未发现其已有身孕，还是被丘处机偶然发现的；救完颜洪烈那晚，包惜弱本来是希望得到丈夫帮助的，但杨铁心却醉酒置之不理。包惜弱对完颜洪烈也是爱恨交织的：他为了得到自己不择手段，对自己也千依百顺，其中既有被重视、被满足的爱，亦有被物化、被伤害的恨。而杨铁心和完颜洪烈早已成为包惜弱自体客体的一部分被保存在自体中，爱恨交织的矛盾情感无法得到疏通，攻击这个部分会导致自体的剧烈震荡，只能通过抑郁的方式将其保留。

> 杨铁心寻思："事已如此，终究是难脱毒手。可别让我夫妇累了丘道长的性命。"拉了包惜弱的手，忽地蹿出，大声叫道："各位住手，我夫妻毕命于此便了。"回过枪头，便往心窝里刺去，噗的一声，鲜血四溅，往后便倒。包惜弱也不伤心，惨然一笑，双手拔出枪来，将枪柄拄在地上，对完颜康道："孩儿，你还不肯相信他是你亲生的爹爹么？"涌身往枪尖撞去。完颜康大惊失色，大叫一声："妈！"飞步来救。
> ……
> 包惜弱躺在丈夫身边，左手挽着他手臂，惟恐他又会离己而去，昏昏沉沉间听他说起从前指腹为婚之事，奋力从怀里抽出一柄匕首，说道："这……这是表记……"又道："大哥，咱们终于死在一块，我……我好欢喜……"说着淡淡一笑，安然而死，容色仍如平时一般温婉妩媚。（《射雕英雄传》第十一回）

十八年前生命中重要客体的失去让包惜弱陷入了抑郁，抑郁是一种精神上濒临死亡的痛苦感受。从这个角度看，十八年前分离的那个夜晚是个分界线，在此之前，生活中还有生机，还有希望，还有快乐与憧憬，但从那天起，一切陷入可怕的寂静与自我攻击。包惜弱通过保留房间的陈设试图将时间定格，是幻想那个重要客体有一天能够重新回来拯救自己，带她脱离内心如死亡般的痛苦纠缠。终于有一天，那个重要客体出现了，但转眼又要离去，并且这一次是永久的分离。包惜弱不愿再回到那永无止境的痛苦中，于是，她内心带着说不出的平静和满足欣然赴死。她用这种方式终于实现了与生命中重要客体的同生共死，永不分离；与那个爱恨交织的自体客体达成和解，一切罪疚烟消云散。

殷离：我找不到，也到不了

在《倚天屠龙记》中，张无忌与四位女性产生过情感纠葛，按出场顺序分别是周芷若、殷离、小昭与赵敏。这四位女子的个性截然不同，但又有些许共性。相较于其他三位，殷离算是心思单纯的一个，她的身世悲惨，与张无忌的情感纠葛比较复杂。故事发展到最后，殷离不识张无忌是张郎，与张无忌分别的决定让人难以理解，其实这背后有着她内心深处无法言说的执念与情结。

童年的创伤性事件

那少女身子一震，道："我没姓。"隔了片刻，缓缓地道："我亲生爹爹不要我，见到我就会杀我。我怎能姓爹爹的姓？我妈妈是我害死的，我也不能姓她的姓。我生得丑，你叫我丑姑娘便了。"

张无忌惊道："你……你害死你妈妈？那怎么会？"那少女叹了口气，说道："这件事说来话长。我亲生的妈妈是我爹爹原配，一直没生儿养女，爹爹便娶了二娘。二娘生了我两个哥哥，爹爹就很宠爱她。妈后来生了我，偏生又是个女儿。二娘恃着爹爹宠爱，我妈常受她的欺压。我两个哥哥又厉害得很，帮着他们亲娘欺侮我妈。我妈只有偷偷哭泣，你说，我怎么办呢？"张无忌道："你爹爹该当秉公调处才是啊。"那少女道："就因我爹爹一味袒护二娘，我才气不过了，一刀杀了我那二娘。"

张无忌"啊"的一声，大是惊讶。他想武林中人斗殴杀人，原也寻常，可是连这个村女居然也动刀子杀人，却颇出意料之外。

那少女道："我妈见我闯下了大祸，护着我立刻逃走。但我两个哥哥跟着追来，要捉我回去。我妈阻拦不住，为了救我，便抹脖子自尽了。你说，我妈的性命不是我害的么？我爸爸见到我，不是非杀我不可么？"她说着这件事时声调平淡，丝毫不见激动。（《倚天屠龙记》第十六回）

殷离的父亲殷野王与张无忌的母亲殷素素是亲兄妹，所以她与无忌是表兄妹关系。因其年少时一气之下杀了二娘，连累母亲丧命，逃出家门后流落江湖，遇上金花婆婆（紫衫龙王），跟随并照顾婆婆，与之一起生活。张无忌第一次遇见殷离是在蝴蝶谷，当时少年张无忌被同样年少的殷离所擒，情急之下在其右手手背上重重咬了一口，这一口也让殷离心中再也抹不去无忌的影子。再见殷离是在昆仑山脚，张无忌摔断了双腿，恰逢殷离寻访张无忌至此：一个在野外独居数年，满脸胡须不修边幅，已非旧时少年模样；另一个练习千蛛万毒手，浮肿的面目也不复当年美貌，彼此见面已不相识。无忌隐姓埋名自称曾阿牛，殷离见无忌断腿可怜，便隔三岔五地给他送食物，一来二去两人便熟络了起来，于是便有了她自述年少时遭受创伤的这一段往事。

在殷离的叙述中，她的感受都与母亲相关：母亲被父亲冷落；母亲被二娘和同父异母的哥哥欺负；父亲对母亲的痛苦毫不关心……于是这些便成为她要杀死二娘的理由，而她自己似乎并没有被二娘、哥哥、父亲或者其他人特别地欺压和虐待。母亲是受害者，嫁给父亲后，担心练功会毁了容貌，于是散了千蛛万毒手的功夫，变成不会武功的妇人。这在殷离看来，母亲已经丧失了维护自己的能力，父亲也没有站在母亲一边给予支持，因此，殷离为了母亲杀了二娘，闯下大祸。在那段往事中，殷离是没有自己的，她无意识里是作为母亲的工具和延伸物出现的。

练习千蛛万毒手是对母亲的忠诚

　　蛛儿眼中突然射出狠毒的光芒，恨恨地道："练这千蛛万毒手，只要练到二十只花蛛以上，身体内毒质积得多了，容貌便会起始变形，待得千蛛练成，更会奇丑无比。我妈本已练到将近一百只，偏生遇上了我爹，怕自己容貌变丑，我爹爹不喜，硬生生将毕身的功夫散了，成为一个手无缚鸡之力的平庸女子。她容貌虽然好看，但受二娘和我两个哥哥的欺侮凌辱，竟无半点还手的本事，到头来还是送了自己性命。哼，相貌好看有什么用？我妈是个极美丽极秀雅的女子，只因年长无子，我爹爹还是另娶妾侍……"

　　张无忌的眼光在她脸上一掠而过，低声道："原来……你是为了练功夫……"蛛儿道："不错，我是为了练功夫，才将一张脸毒成这样。哼，那个负心人不理我，等我练成了千蛛万毒手之后，找到了他，他若无旁的女子，那便罢了……"张无忌道："你并未和他成婚，也无白头之约，不过是……不过是……"蛛儿道："爽爽快快地说好啦，怕什么？你要说我不过是自己单相思，是不是？单相思怎样？我既爱上了他，便不许他心中另有别的女子。他负心薄幸，教他尝尝我这'千蛛万毒手'的滋味。"

（《倚天屠龙记》第十七回）

　　这段叙述字里行间更像是母亲通过殷离之口在诉说："为了爱，我散尽功夫沦为一个不能保护自己的人，虽然我美貌依旧，但是又有什么用呢？我已然爱上了你（殷野王），你却移情别恋，有负于我，若我功力尚存，定要将你们全部消灭。"

　　殷离修炼千蛛万毒手是对母亲忠诚的表现，也是对于母亲散尽功夫之后悔恨的补偿。她复仇的行为也好，认知事物的视角也好，甚至她体验到的愤怒与无助情绪，这些基本上都是其母亲的欲望、认知与情绪，并非殷离自己的，她只是认同了母亲，成了母亲自恋的延伸。这反映了她与母亲的关系是一种密不可分的共生关系。

　　绝大部分孩子出生后的前六个月，都会和母亲度过一段生理上的"共生期"。而心理上的"共生期"则会更长，有些案例中，这种共生关系甚至会纠缠一生。相对于男孩，女孩与母亲心理上的共生关系会更复杂。男孩先天在性别上与母亲不同，一般不会出现过度认同的情况。而在俄狄浦斯期，当父亲角色的加入形成三元关系后，理想情况下会在心理上帮助男孩斩断与母亲的共生关系。弗洛伊德早年的核心思想便是以俄狄浦斯情结为基础，站在男性视角来描述男孩心理发展的，女孩是否也遵循这个规律发展，弗洛伊德虽然给出了肯定的答案，却存在很多疑点，甚至在晚年，弗洛伊德自己也提出过疑问。当20世纪60年代现代精神分析发展出客体关系理论、自体理论时，随着更多女性精神分析学家的加入与研究，发现女孩在处理母女共生关系上要比男孩复杂和困难很多，并提出对应俄狄浦斯情结（恋母情结）的另一个专门描述女性心理发展的"厄勒克特拉情结"（恋父情结）。

　　心理上的"共生"是什么样的？简单通俗来说就是："爱着你的爱，痛着你的痛，悲伤着你的悲伤，快乐着你的快乐。"这是一种紧贴在一起、没有距离、没有空间的爱，两个人就好似只有一个人的感受，完全融合，不分彼此。这种体验源自孩子早期和母亲的共生关系（长大后也许会在情侣之间短暂体验到），在孩子早期是需要的，但若长期如此便会阻碍孩子的心理发展。因为孩子被母亲占据，那么他的自我就被吞噬了，他也就无法发展自我这个部分，而自我的成熟正是一个人心理健康的标志。

　　殷离和母亲就是处在这样一种共生关系里，无法自拔。她体会到的都是母亲的不甘心，母亲的痛苦，母亲的欲望，她被母亲牢牢占据，只会诉说母亲的感受，只能完成母亲的愿望。被困于共生关系的孩子，其可怜之处在于他们既是母亲自恋延伸的对象，又是母亲情绪投射的容器。在母女的共生关系中，经常会出现母女关系的颠倒。在某些情况下，母亲成了无助的孩子，而孩子成了安抚母亲的大人。在这种过于紧密的共生关系下，孩子哪怕生出一丝一毫想逃离的念头，便会心存内疚和自我谴责。

打破共生关系才能获得心理成长

　　若要打破母女共生关系，首先需要母亲有足够健康的心理功能，自己有忍受挫折的能力，这样就不需要将不良情绪投射给女儿。其次，母亲也需要具备心理创造能力,来修复自恋创伤,而不用通过将女儿发展成其自恋的衍生物来实现。显而易见,殷离的母亲完全不具备这样健康的心理功能。

如果母亲无法与孩子在心理层面完成分离,那么就需要父亲的参与来打破共生关系。在弗洛伊德的理论框架中,女孩要变成女人最重要的一步是完成"客体转换",在现代精神分析里被修订为"父亲关系的参与":父亲需要介入两元关系并使之成为三元关系后,女孩才有可能在心理上通过与父亲的关系,来慢慢消化和抵消同母亲的共生关系。可惜对殷离来说,这恰恰也是不可能实现的。在殷离出生前,父亲殷野王已经因为殷离母亲迟迟无法生育而另娶侧室。而在殷离出生时,父亲已与二娘有了两个儿子,在那个重男轻女的年代,父亲势必更重视与二娘一家人的关系。从殷离出生那天起,父亲在她的心理上就是一个缺席的角色,对于殷离的母亲来说,自己已经没有了丈夫,只能把唯一的女儿"牢牢抓住"。而殷离练习千蛛万毒手,既是与母亲共生关系的体现,也是一种无意识的防御模式,即让自己变得难看,让父亲厌恶,以阻止父亲侵入她与母亲牢不可破的共生关系。

> 张无忌只痛得涕泪交流,昂然道:"我父母宁可性命不要,也不肯泄露朋友的行藏。金花婆婆,你瞧我是出卖父母之人吗?"金花婆婆微笑道:"很好,很好!你爹爹呢?他在不在这里?"潜运内劲,箍在他手上犹似铁圈般的手指又收紧几分。张无忌大声道:"你为什么不在我耳朵中灌水银?为什么不喂我吞钢针、吞水蛭?四年之前,我还只是个小孩子的时候,便不怕那恶人的诸般恶刑,今日长大了,难道反而越来越不长进了?"
>
> 金花婆婆哈哈大笑,说道:"你自以为是个大人,不是小孩了,哈哈,哈哈……"她笑了几声,放开了张无忌的手,只见他手腕以至手指尖,已全成紫黑之色。
>
> 那小姑娘向他使个眼色,说道:"快谢婆婆饶命之恩。"张无忌哼了一声,道:"她杀了我,说不定我反而快乐些,有什么好谢的?"那小姑娘眉头一皱,嗔道:"你这人不听话,我不理你啦。"说着转过了身子,却又偷偷用眼角觑他动静。

金花婆婆微笑道:"阿离,你独个儿在岛上,没小伴儿,寂寞得紧。咱们把这娃娃抓了去,叫他服侍你,好不好?就只他这般驴子脾气,太过倔强,不大听话。"那小姑娘长眉一轩,拍手笑道:"好极啦,咱们便抓了他去。"

……

阿离手掌一翻,又已抓住了张无忌的手腕,笑道:"我说你逃不了,是不是?"这一下仍是出其不意,张无忌仍是没能让开,脉门被扣,又是半身酸软。他两次着了这小姑娘的道儿,又羞又怒,又气又急,飞右足向她腰间踢去。阿离手指加劲,张无忌的右足只踢出半尺,便抬不起来了。他怒叫:"你放不放手?"阿离笑道:"我不放,你有什么法子?"

张无忌猛地一低头,张口便往她手背上用力咬去,阿离只觉手上一阵剧痛,大叫一声:"啊哟!"松开右手,左手五根指爪却向张无忌脸上抓到。张无忌忙向后跃,但已然不及,被她中指的指甲刺入肉里,在右脸划了一道血痕。阿离右手的手背上更是血肉模糊,被张无忌这一口咬得着实厉害,痛得险些便要哭了出来。(《倚天屠龙记》第十三回)

殷离因母亲被二娘一家人欺压,一刀杀了二娘后离家出走,母亲为了阻止两个兄长追杀殷离而自杀身亡。也许在母亲自杀的决定里,有对于将过多负面情绪投射给女儿的内疚,有对于自己无能的羞愧,在意识层面是为了一命抵一命来补偿女儿杀死二娘的"过错"。但这对于女儿来说,也许更加深了之前的共生关系。

在母女的共生关系里,双方并非只有好的感受,而是一种爱恨纠缠的矛盾体验。女儿会产生一种自我被吞噬、无法独立的痛苦,永远体验着和母亲既想亲近又想分离的矛盾心境,女儿一生都在试探与母亲心理上的合适距离。在此期间,其遭受的心理煎熬是男孩的数倍。也许殷离杀掉二娘是一种替母亲完成期望,来换取自己逃离共生关系的无意识行为(她的确完成后一个人逃离了),但母亲的自杀事件彻底打破了殷离心理上摆脱母女共生关系的希望。因为母亲用生命来换取自己的安全,这是一种无法偿还的情感债,任何一点想在心理上离开母亲的念头,都会被极深的内疚感包围。这种由超我引发的内疚会转化为自我惩罚和自虐倾向，所以殷离每天都会通过让毒蜘蛛撕咬自己、吸食自己血液的方式来练功，这种极端的练功方式使她变得越来越丑，甚至连自己都不敢面对自己的脸庞。

母亲的突然死亡，导致母女的共生关系出现一个缺位。因此，殷离其实一直在找一个新客体来弥补这个位置，从而重建共生关系。于是，当失去母亲的殷离遇上不得不与女儿小昭分离的金花婆婆（紫衫龙王）时，两人便很自然地走到了一起，共同生活。但是对于这段关系，殷离是失望的，她无法和金花婆婆建立牢不可破的共生关系，因为二人之间还存在小昭，她不过是小昭的替身而已。因此，殷离始终在寻找着新的客体。

当小无忌出现在殷离和金花婆婆面前时，他为了保护义父谢逊的安危，无论如何被人逼迫，都始终不肯透露半点义父信息。在殷离的感受中，张无忌这种宁死保护亲人的行为，恰似当年自己与母亲相互保护一样。这般超越生死的炽烈情感，是殷离自母亲去世后，一直在苦苦寻找的，而此刻，她在小无忌的身上找到了，着迷了，陷入了，所以她要紧紧地抓住无忌，无论如何也不能放手。她已经失去了母亲，再也不能失去这个让她有机会再次体验熟悉的母女共生情感的新客体。

而当无忌摆脱不掉殷离时，狠狠地咬了一口她的手背，留下一个磨灭不掉的伤疤。虽然当时的无忌武功很弱，但那一身狠劲儿象征着力量，这样的力量让殷离感觉到，无忌身上还有着和她母亲不同的东西。母亲是缺乏力量的，因此母亲会把各种痛苦的情绪投射到自己身上，而自己认同了这些情绪，最终导致了悲剧的发生。但无忌身上炽热又有力量的情感，具有一种更强烈的吸引力，换言之，彼时的无忌在殷离无意识的幻想中就是一个加强版的母亲，如果与无忌在一起会再次体验到母女共生关系，而且还是优化版的。

对共生关系的渴望是女孩人生的悲剧

殷离笑道："我有什么不知好歹？你放心，我才不会跟你争这丑八怪呢，我一心一意只喜欢一个人，那是蝴蝶谷中咬伤我手背的小张无忌。

眼前这个丑八怪啊，他叫曾阿牛也好，叫张无忌也好，我一点也不喜欢。"她转过头来，柔声道："阿牛哥哥，你一直待我很好，我好生感激。可是我的心，早就许了给那个狠心的、凶恶的小张无忌了。你不是他，不，不是他……"张无忌好生奇怪，道："我明明是张无忌，怎地……怎地……"

殷离神色温柔地瞧着他，呆呆地看了半晌，目光中神情变幻，终于摇摇头，说道："阿牛哥哥，你不懂的。在西域大漠之中，你与我同生共死，在那海外小岛之上，你对我仁至义尽。你是个好人。不过我对你说过，我的心早就给了那个张无忌啦。我要寻他去。我若是寻到了他，你说他还会打我、骂我、咬我吗？"说着也不等张无忌回答，转身缓缓走了开去。

张无忌陡地领会，原来她真正所爱的，乃是她心中所想象的张无忌，是她记忆中在蝴蝶谷所遇上的张无忌，不是这个长大了的、待人仁恕宽厚的张无忌。

他心中三分伤感、三分留恋、又有三分宽慰，望着她的背影消失在黑暗之中。他知道殷离这一生，永远会记着蝴蝶谷中那个一身狠劲的少年，她是要去找寻他。她自然找不到，但也可以说，她早已寻到了，因为那个少年早就藏在她的心底。真正的人、真正的事，往往不及心中所想的那么好。（《倚天屠龙记》第四十回）

手背上的伤疤终能愈合，殷离心中的创伤永远无法痊愈，这是原生家庭带来的，是共生关系里与母亲情感的纠缠，以及与父亲的情感疏离共同造成的。殷离一生都在苦苦寻找逝去母亲的替代客体，希望重温早已习惯的母女共生情感。在蝴蝶谷与少年张无忌相逢相识的那一刻，她以为自己终于找到了，在与无忌的互动中，她幻想着既能得到向往已久的、熟悉的母亲味道，也能弥补长久以来由于父亲缺席而从未体验过的男性关注。于是殷离将自己永远地定格在过去那一刻，初见张无忌的那一刻。无奈时过境迁，那不过是一次阴差阳错的误认。回首前尘往事，那个曾经的伤疤还在隐隐作痛，但那份感受又是那么吸引人，让人飞蛾扑火，欲罢不能。

谢逊：最深爱的人却伤我最深

金毛狮王姓谢名逊，字退思，因一头黄发，武功走刚猛路数，与人动武时如一头暴怒的雄狮般无法阻挡，故得此绰号。他是《倚天屠龙记》中的重要人物，拥有多重身份：明教四大护教法王排名第二的顶尖高手；教主阳顶天逝世前留书指定的代理教主；书中主角张无忌的义父，张翠山与殷素素夫妇的义兄；他还是一十三拳打死少林圣僧空见，十年来残杀无数武林人物的恶徒。最终，在少室山伏魔阵中，他亲手了结了困扰自己半生的血海深仇，随后遁入空门成为一代高僧。

集善恶冲突于一身

忽听得有人咳嗽一声，说道："金毛狮王早在这里！"众人吃了一惊，只见大树后缓步走出一个人来。那人身材魁伟异常，满头黄发，散披肩头，眼睛碧油油地发光，手中拿着一根一丈六七尺长的两头狼牙棒，在筵前这么一站，威风凛凛，真如天神天将一般。

张翠山暗自寻思："金毛狮王？这诨号自是因他的满头黄发而来了，他是谁啊？可没听师父说起过。"

白龟寿上前数步，说道："请问尊驾高姓大名？"那人道："不敢，在下姓谢，单名一个逊字，表字退思，有一个外号，叫作'金毛狮王'。"张翠山和殷素素对望了一眼，均想："这人神态如此威猛，取的名字却斯文得紧，外号倒适如其人。"白龟寿听他言语有礼，说道："原来是谢先生。尊驾跟我们素不相识，何以一至岛上，便即毁船杀人？"（《倚天屠龙记》第五回）

谢逊第一次出场是在王盘山岛举办的屠龙刀立威大会上，谢逊给人的第一印象是威风凛凛如天神下凡一般，并且谈吐斯文，颇有学养见识，连张翠山也辩不过他。但他一转眼便用狮子吼神功将岛上一众与自己无冤无仇的高手震伤变为废人，这种魔头行径让人害怕；同时，谢逊因为打赌输给张翠山，又饶了他与殷素素的性命，说到做到，也不失为大丈夫行径。他夺下屠龙刀后，带走张、殷二人一起漂泊海外，争取时间参详屠龙宝刀中的秘密，这样一来，谁也不知道岛上到底发生了什么以及宝刀被带去了何处，由此可见谢逊心思之缜密。从这一段情节就能看出，谢逊的性格比较复杂，有比较明显的善恶冲突。

创伤后应激障碍的折磨

张翠山和殷素素身子疲困，面目憔悴，谢逊却神情日渐反常，眼睛中射出异样光芒，常自指手划脚地对天咒骂，胸中怨毒，竟自不可抑制。

一日晚间，张翠山正拥着海豹皮倚冰而卧，睡梦中忽听得殷素素大声尖叫："放开我，放开我。"张翠山急跃而起，在冰山的闪光之下，只见谢逊双手抱住了殷素素肩头，口中荷荷而呼，发声有似野兽。张翠山这几日看到谢逊的神情古怪，早便在暗暗担心，却没想到他竟会去侵犯殷素素，不禁惊怒交集，纵身上前，喝道："快放手！"

谢逊阴森森地道："你这奸贼，你杀了我妻子，好，我今日扼死你妻子，也叫你孤孤单单地活在这世上。"说着左手扠到殷素素咽喉之中。殷素素"啊"的一声，叫了起来。

张翠山惊道："我不是你的仇人，没杀你的妻子。谢前辈，你清醒些。我是张翠山，武当派的张翠山，不是你的仇人。"

谢逊一呆，叫道："这女人是谁？是不是你的老婆？"张翠山见他紧紧抓住殷素素，心中大急，说道："她是殷姑娘，谢前辈，她不是你仇人的妻子。"

谢逊狂叫："管她是谁。我妻子给人害死了，我母亲给人害死了，我要杀死天下的女人！"说着左手使劲，殷素素登时呼吸艰难，一声也叫不出了。（《倚天屠龙记》第六回）

在三人顺着洋流漂到冰火岛的途中，谢逊狂性发作，很明显控制不住自己的情绪和行为，并且有相当强烈的攻击性。在狂性大发的时刻，谢逊已没有了时间感与现实感，这体现在他分辨不出过去和现在，想象和现实，内心的客体与外在客体的区别。从谢逊与张翠山的对话里，我们可以明显感觉到，当谢逊处在应激状态时，会把过去某个场景代入当下，把过去场景中的人物投射到当下的人物身上，并且将在过去场景中产生的无法消化的强烈情绪，通过攻击性行为宣泄在此时此刻。谢逊发狂的原因指向一种可能性，他曾经遭遇过巨大的与丧失有关的创伤事件。在心理学上，他的这些行为属于创伤后应激障碍。

创伤后应激障碍（PTSD）是一种亲身经历创伤性事件后引起精神障碍的心理疾病。这种疾病的主要表现为创伤性事件在脑海中反复重现，以及过度的生理唤醒（紧张，焦虑，易怒等），这也解释了为何谢逊的性格中包含了那么多冲突的元素。谢逊到底遭遇过什么重大创伤，竟对他的人生有如此大的影响？十年后在冰火岛上，谢逊将这个埋藏在心底多年的秘密原原本本地告诉了张翠山一家。

创伤可以言说是治愈的第一步也是关键一步

"我在十岁那一年，因意外机缘，拜在一个武功极高之人的门下学艺。我师父见我资质不差，对我青眼有加，将他的绝艺倾囊以授。我师徒情若父子，五弟，当时我对我师父的敬爱仰慕，大概跟你对尊师没差分毫。我在二十三岁那年离开师门，远赴西域，结交了一群大有来历的朋友，蒙他们瞧得起我，当我兄弟相待。五妹，令尊白眉鹰王，就在那时跟我结交的。后来我娶妻生子,一家人融融泄泄,过得极是快活。

"在我二十八岁那年上,我师父到我家来盘桓数日,我自是高兴得了不得,全家竭诚款待,我师父空闲下来,又指点我的功夫。哪知这位武林中的成名高手,竟是人面兽心,在七月十五日那日酒后,忽对我妻施行强暴……"

张翠山和殷素素同时"啊"的一声,师奸徒妻之事,武林之中从所未闻,那可是天人共愤的大恶事。

谢逊续道:"我妻子大声呼救,我父亲闻声闯进房中,我师父见事情败露,一拳将我父亲打死了,跟着又打死了我母亲,将我甫满周岁的儿子谢无忌……"

无忌听他提到自己名字,奇道:"谢无忌?"

张翠山斥道:"别多口!听义父说话。"谢逊道:"是啊,我那亲生孩儿跟你名字一样,也叫谢无忌。我师父抓起了他,将他摔成血肉模糊的一团。"

无忌忍不住又问:"义父,他……他还能活么?"谢逊凄然摇头,说道:"不能活了,不能活了!"殷素素向儿子摇了摇手,叫他不可再问。

谢逊出神半晌,才道:"那时我瞧见这等情景,吓得呆了,心中一片迷惘,不知如何对付我这位生平最敬爱的恩师,突然间他一拳打向我的胸口,我糊里糊涂地也没想到抵挡,就此晕死过去,待得醒转时,我师父早已不知去向,但见满屋都是死人,我父母妻儿,弟妹仆役,全家一十三口,尽数毙于他的拳下。想是他以为一拳已将我打死,没有再下毒手。

"我大病一场之后,苦练武功,三年后找我师父报仇。但我跟他功夫实在相差太远,所谓报仇,徒然自取其辱,可是这一十三条人命的血仇,如何能便此罢休?于是我遍访名师,废寝忘食地用功,这番苦功,总算也有着落,五年之间,我自觉功夫大进,又去找我师父。哪知我功夫强了,他仍是比我强得很多,第二次报仇还是落得个重伤下场。

"我养好伤不久,便得了一本《七伤拳》拳谱,这路拳法威力实非寻常。于是我潜心专练'七伤拳'的内劲,两年后拳技大成,自忖已可和天下第一流的高手比肩。我师父若非另有奇遇,决不能再是我敌手。不料第三次上门去时，却已找不到他的所在。我在江湖上到处打听，始终访查不到，想是他为了避祸，隐居于穷乡僻壤，大地茫茫，却到何处去寻？

"我愤激之下，便到处做案，杀人放火，无所不为。每做一件案子，便在墙上留下了我师父的姓名！"

张翠山和殷素素一齐"啊"了一声。谢逊道："你们知道我师父是谁了罢？"殷素素点头道："嗯！你是'混元霹雳手'成昆的弟子。"（《倚天屠龙记》第七回）

谢逊一家十三口，除了他自己全部被成昆所杀，并且是当着谢逊的面行凶，这个惨烈的场景对谢逊来说是多么巨大的冲击，这个重大的创伤是改变谢逊一生命运的转折点。

对谢逊来说，这是一次重要的丧失。谢逊一夜之间失去了父母、兄弟、妻儿等这么多重要的客体。客体虽然失去了，但是指向客体的情感是无法即刻烟消云散的。因此，谢逊还会持续地将情感投向这些重要客体，同时因为客体已不复存在，投注到客体的情感无法得到回应，这就会在自身的情感体验里造成一个"空洞"，这个情感"空洞"就是引发抑郁症状最重要的根源。

面对这个创伤，谢逊采用复仇的方式来处理，他想尽方法要消灭成昆这个凶手。他需要把造成这一切创伤的原因投射到外界，归因到一个外界具体的客体身上，然后通过消灭这个客体的方式，达到遏制创伤带来的内心冲击。

因此，谢逊经历创伤后，将所有情感化为愤怒投向成昆，一直想方设法不断创造机会去复仇，片刻不能停歇。因为如果停下来的话，创伤带来的心理阴影就会慢慢袭上心头，这个阴影会触发谢逊去体验自身愤怒背后的其他感受，比如内疚，悔恨，无力感：凶手成昆是谢逊邀请来自己家做客的，这无异于引狼入室，而成昆虐杀自己亲人时，自己却无法阻止事件的发生。这些隐藏在愤怒之下更痛苦的感受是指向谢逊自身的，由此引发的羞辱感、无力感会进一步折磨谢逊，导致其自体崩塌，这是谢逊暂时还不能深刻触及或直接面对的。

应对创伤通常会采用分裂的心理防御模式

不能直面的情绪只能通过压抑的方式去处理，以变形后的形式去面对。压抑的情绪不会就此消失，只会在无意识中暗涌，一旦自我的整体平衡感出现一丝松动，这部分情绪就如火山喷发一般，以剧烈的方式呈现。谢逊两次在冰火岛上不可遏制地狂性大发，都是因为无法参透屠龙刀的秘密。那种无能感、失望感慢慢渗入心头，动摇了自我的控制力，引发了其无意识里先前被压抑的、强烈的负性情感体验，使之冲开意识层面的禁锢喷薄而出。

谢逊时不时发作的狂态是自体处在碎裂边缘的状态，缘起是被灭门的重大创伤，无法消化的是那些创伤带来的情感体验，其中最无法消化的情感是谢逊对于成昆的情感。通过谢逊对成昆的描述，我们可以看出成昆在谢逊心中的重要程度。谢逊儿时就拜在"混元霹雳手"成昆门下，因其过人的天赋令师父青睐有加，一个倾囊相授地教，另一个孜孜不倦地学，事实证明，谢逊也成了成昆最得意的弟子。看《倚天屠龙记》里成昆后来收的徒弟，无论是陈友谅还是一干江洋大盗都是武艺平平，而谢逊十岁跟随成昆习武，二十三岁就已经成为江湖上一流高手，跻身明教四大法王。可见成昆着实是苦心栽培谢逊的，这个授业的恩情对于谢逊来说是深厚的，两人的关系也是情同父子，从某种意义上讲，成昆对谢逊的意义甚至超过了亲生父亲。

而当这个对自己有再造之恩的"父亲"转身化为深深伤害自己的恶魔时，谢逊内心受到的冲击可想而知。成昆成了自己不共戴天、必须消灭的仇人，但是成昆早已成为谢逊生命中最重要的客体之一，成昆身上的特质已在十多年的时光中，慢慢通过内摄的心理机制进入谢逊的内心，潜移默化地成为谢逊自体客体的一部分，永远地存在于谢逊的心里、身体里。成昆为了报复明教教主阳顶天夺走自己深爱的师妹而处心积虑要灭掉明教，于是故意杀害徒弟谢逊一家，利用谢逊掀起江湖的腥风血雨，以此来挑起明教与六大门派之间的争斗。而谢逊为了向成昆复仇，残杀了许多无辜的武林中人，杀完人后留字嫁祸成昆。虽然谢逊对成昆恨之入骨，但其无意识里其实还是认同这个师父的。

于是谢逊不得不采用分裂的防御机制,将内心对成昆的情感分裂之后,把恨的部分投射到外界,这样就暂时不会攻击自身,也避免了抑郁的发生。长期采用这种分裂的防御模式会使人慢慢变得偏执。谢逊时不时地指天咒骂"贼老天",从达摩祖师一直骂到张三丰;因为空见半句没有说完的话,二十多年隐遁苦寒之地,无时无刻不研究屠龙刀的秘密。此时的谢逊,与金花婆婆口中讲述的那个年轻时宽厚、善解人意的谢逊已大相径庭。由此可见,重大创伤对一个人的影响是多么巨大。

整合心理创伤是一个漫长且痛苦的过程

蓦地里"哇"的一声,内洞中传出一响婴儿的哭声。谢逊大吃一惊,立时停步,只听那婴儿不住啼哭。

张翠山和殷素素知道大难临头,竟一眼也不再去瞧谢逊,两对眼睛都凝视着这初生的婴儿,那是个男孩,手足不住扭动,大声哭喊。张殷二人知道只要谢逊这一刀下来,夫妻俩连着婴儿便同时送命。二人一句话不说,目光竟不稍斜,心中暗暗感激老天,终究让自己夫妇此生能见到婴儿,能多看得一霎,便是多享一份福气。夫妻俩这时已心满意足,不再去想自己的命运,能保得婴儿不死,自是最好,但明知绝无可能,因此连这个念头也没有转。

只听得婴儿不住大声哭嚷,突然之间,谢逊良知激发,狂性登去,头脑清醒过来,想起自己全家被害之时,妻子刚正生了孩子不久,那婴儿终于也难逃敌人毒手。这几声婴儿的啼哭,使他回忆起许许多多往事:夫妻的恩爱,敌人的凶残,无辜婴儿被敌人摔在地上成为一团血肉模糊,自己苦心孤诣、竭尽全力,还是无法报仇,虽然得了屠龙刀,刀中的秘密却总是不能查明……他站着呆呆出神,一时温颜欢笑,一时咬牙切齿。(《倚天屠龙记》第七回)

历经创伤后的谢逊,其自体处在分裂与碎裂的边缘,外在表现为狂态的发作。但随着他在冰火岛与张翠山、殷素素的相处,尤其是在张无忌出生后,谢逊的狂性再也没有发作。与张翠山和殷素素的相处象征着一种整合。张翠山出身名门正派，是武当张三丰最寄予厚望的徒弟，江湖中光明磊落的大侠。而殷素素是邪教天鹰教教主白眉鹰王的女儿，行事心狠手辣，杀人如麻。如果不是机缘巧合，这两人就算再有情愫也难以走到一起，只有在与世隔绝的冰火岛，两人才能抛开武林正邪不两立的恩怨纷争，结合在一起。

遭遇创伤的谢逊要修复自体的不平衡感、碎裂感，之前采用分裂、投射的方式无异于饮鸩止渴，自体感的整合需要慢慢纳入新的、好的客体感受，来填补内心由于创伤而造成的情感空洞。张翠山与殷素素之间融洽的爱情，以及两人不计前嫌照顾谢逊的种种恩情，这些都是好的情感体验。而让谢逊自体慢慢整合好的关键事件是张无忌的出生，当谢逊再次发狂时，无忌出生了。那一刻，谢逊回忆起自己死去的儿子，这也再次唤醒他作为父亲的情感体验，以及对逝去儿子的思念与爱。此时，殷素素提议给孩子起名也叫无忌，并让谢逊做孩子的义父，这更强化了谢逊对自己作为父亲的身份认同。有了这个新的情感联结，以及与张翠山一家三口的相处经历，谢逊在情感上有了好的体验，也有了新的、高质量的情感镜映和反馈，这些好的部分慢慢融入谢逊内心，成为修复其自体的一剂良药。

创伤整合后的心理升华

张无忌等见他大获全胜，都欢呼起来。谢逊突然坐倒在地，全身骨骼格格乱响。张无忌大惊，知他逆运内息，要散尽全身武功，忙道："义父，使不得！"抢上前去，便要伸手按上他的背心，以九阳神功制止。

谢逊猛地里跃起身来，伸手在自己胸口狠击一拳，口中鲜血狂喷。张无忌忙伸手扶住，只觉他手劲衰弱已极，显是功夫全失，再难复原了。

谢逊指着成昆说道："成昆，你杀我全家，我今日毁你双目，废去了你的武功，以此相报。师父，我一身武功是你所授，今日我自行尽数毁了，还了给你。从此我和你无恩无怨，你永远瞧不见我，我也永远瞧不见你。"

……

谢逊走到空闻身前，跪下说道："弟子罪孽深重，盼方丈收留，赐予剃度。"空闻尚未回答,渡厄道:"你过来,老僧收你为徒。"谢逊道:"弟子不敢望此福缘。"他拜空闻为师,乃"圆"字辈弟子,若拜渡厄为师,叙"空"字辈排行,和空闻、空智便是师兄弟称呼了。渡厄喝道:"咄!空固是空,圆亦是空,我相人相,好不懵懂!"谢逊一怔,登即领悟,什么师父弟子、辈分法名,于佛家尽属虚幻,便说偈道:"师父是空,弟子是空,无罪无业,无德无功!"渡厄哈哈笑道:"善哉,善哉!你归我门下,仍是叫作谢逊,你懂了么?"谢逊道:"弟子懂得。牛屎谢逊,皆是虚影,身既无物,何况于名?"

谢逊文武全才,于诸子百家之学无所不窥,一旦得渡厄点化,立悟佛家精义,自此归于佛门,终成一代大德高僧。

渡厄道:"去休,去休!才得悟道,莫要更入魔障!"携了谢逊之手,与渡劫、渡难缓步下峰。空闻、空智、张无忌等齐躬身相送。金毛狮王三十年前名动江湖,做下了无数惊世骇俗的事来,今日身入空门,群雄无不感叹。张无忌又是欢喜,又是悲伤。(《倚天屠龙记》第三十九回)

谢逊与成昆的最终一战,胜得惊险,毕竟他双目残疾,只能听声辨位。成昆不但功夫略胜一筹,而且没有身体上的残障。但谢逊反而将致命的弱点变为制胜的关键,成功将成昆诱入伸手不见五指、曾经关押过自己的洞穴之中,凭借熟悉的环境与黑暗条件,击败了成昆,终于报了血海深仇。这一战中,谢逊表现得"诡计多端",用"成昆的方式"战胜了成昆,这给谢逊带来了极大的满足感。因为此次胜利足以洗刷谢逊一直压抑与防御着的羞辱感,这种感觉是导致谢逊自体不稳定的元凶。大仇一报,谢逊对成昆的一番话,前半段咬牙切齿叫着仇人的名字,后半段恭恭敬敬地叫着师父,这并不是分裂的表现,反而是整合的迹象,因为谢逊可以同时言说对一个人既爱又恨、截然不同的两种情感体验。

谢逊自行废去一身的功夫,象征着他希望在意识层面与师父成昆彻底了断。之前为了复仇,为了打倒成昆,他必须在内心保留着成昆的部分(武功、计谋、行事风格等),而现在要把这些全部剔除,但谢逊一生的际遇几乎都与成昆有联系,强行剔除必然会让人体验到一种"空"的感受。好在此时谢逊的自体已经基本上得以修复、整合，这种"空"才不会再次引发自体的破裂。

这种"空"的感受在此刻反而被佛学标记了，佛教中如"成、住、坏、空""无常""因缘际会"等教义都是对"空"的阐述。于是，当大仇得报，谢逊在体验到"空"性并被佛学印证后，便放下屠刀，立地成佛了。

阿朱：没有我你怎么办

有些读者始终不明白，阿朱为什么要假扮段正淳的模样甘愿受爱人萧峰一掌而死，只要阿朱说出她是段正淳的女儿，萧峰也许会放弃复仇抑或和段正淳把误会解开，戳穿马夫人的谎言，或许阿朱和萧峰就可以依约去塞外草原过上幸福生活了。但是阿朱却没有说，宁愿赴死，几年后萧峰在雁门关外断箭自戕也随阿朱而去。阿朱和萧峰是《天龙八部》中最深情的一对，但造化弄人，阴阳两隔，令人扼腕。

阿朱易容术背后的心理象征

阿朱和同胞妹妹阿紫是大理镇南王段正淳与阮星竹偷情所生，姐妹两个从小便被送人抚养，后又被抛弃，小阿朱流落街头时遇见慕容博，被收留后带到姑苏慕容家当了丫头。虽然是丫头，但慕容博待阿朱着实不错，专门辟了一间水榭供其居住，还常说将来阿朱出嫁时，要按照慕容府小姐的规格。阿朱也不负慕容家的恩情，将府里打理得井井有条，独当一面，正如书中阿朱第一次出场，便是在主人慕容复和府中四大护卫都不在的情况下，机智戏耍武功超群的鸠摩智搭救段誉的一场戏。

《天龙八部》这部武侠小说的名字来自佛教术语，专指八种"似人非人"有神通的众生，分别为：一天众、二龙众、三夜叉、四乾达婆、五阿修罗、六迦楼罗、七紧那罗、八摩睺罗伽。《天龙八部》这部小说中的重要人物和佛经里八部有很多对应，比如乾达婆是香神，在梵语中是"变幻莫测"的意思，魔术师也叫乾达婆，很明显对应书中的阿朱。阿朱最高明的本事就是易容术，她第一次出场时，便分别假扮了管家、老伯和老太太三个角色。后来又乔扮过萧峰、白世镜、少林沙弥，几乎可以乱真，不但旁人认不出来，甚至连萧峰见到阿朱假扮的自己都吓了一跳。若不是马夫人与白世镜的暧昧关系让阿朱露了破绽，恐怕阿朱的易容术无人能识破。

阿朱的易容术是自己摸索出来的，并没有人教过她，是一种天赋。阿朱通过观察，把握别人的特点并表现得惟妙惟肖，从精神分析的视角看，这表时阿朱的内心世界里是鲜有自己的，绝大多数时候，她都是为了别人而存在。阿朱第一次出场帮助段誉摆脱了鸠摩智的绑架；在杏子林为受冤的萧峰鸣不平；为了报恩，以身犯险去少林寺盗《易筋经》被打成重伤；最后为了化解萧峰与她父亲段正淳的误会，舍身赴死。阿朱的自我是弱小的，所以在整本书里阿朱的形象是很模糊的，也很少用真面目见陌生人。她的个性和书中其他女性角色相比并不鲜明，不要说和敢爱敢恨的木婉清、可爱俏皮的钟灵比，连身边吴侬软语的阿碧都更令人过目不忘，萧峰认出乔装之后的阿朱还是靠她身上散发的香味。就如乾达婆的特征，如幻如烟，可千变万化，但本身并无实相。

被抛弃的创伤

阿朱从小先被亲生父母抛弃，再被养父母遗弃，这个创伤完全占据和影响了阿朱的内心，阿朱内心独白是：一定是我哪里不够好，所以他们才不要我；如果我变得更好，就不会再被抛弃。于是，我们看到的阿朱是表面聪慧、能干，时刻为他人着想，而其内心深处却是自卑的。因此她时常易容，把自己藏起来，易容后的形象不是垂垂老者，就是粗莽大汉，就算随萧峰去聚贤庄求医也扮成一个丑陋的黄毛丫头,气得萧远山大骂萧峰,居然为了一个这么丑的女子只身犯险,差点丢了性命。

阿朱初识萧峰是在杏子林中丐帮聚众废萧峰帮主之位时,这是萧峰人生悲剧的开始,他从一个江湖中人人敬仰的盖世英雄,突然变成一个人人得而诛之的异族公敌。当萧峰契丹人的身份被摆在林中众人面前,有人愤慨痛骂,有人扼腕叹息,有人暗中窃喜,有人矛盾挣扎,有人隔岸观火,连萧峰一干出生入死的兄弟都默不作声。这时候,只有阿朱这个武功低微的女子出来质疑其中阴谋,为此还挨了谭夫人的耳光。阿朱之所以这么做,是因为萧峰对之前杏子林丐帮四大长老叛变事件的处理方式,勾起了她内心深处的隐秘情感。当萧峰以雷霆万钧之势迅速制服意图叛变的四大长老,掌控局面后,念及四人过去的功劳,以自身受四法刀刺入肩胛之罚洗刷其犯上之罪,宽恕四大长老。萧峰以德报怨的做法击中了阿朱的内心。下属犯了犯上之罪,萧峰还是宽恕和谅解,没有惩罚、抛弃他们,这样的男人就是阿朱心中理想化父母的形象。被抛弃过的孩子始终在意识层面战战兢兢地寻找不会再次抛弃他的人,来修复儿时被抛弃的创伤。同时,早年有过被抛弃经历的孩子长大后很容易变成利他主义者,将自己内心那个受伤的小孩投射到外界他人身上,并不遗余力地帮助他人,不自觉地通过这样的行为来缓解内心被抛弃感占据带来的伤痛。

杏子林事件后,萧峰被丐帮,甚至整个中原武林抛弃。此时的萧峰对阿朱来说,既是理想化移情的对象,又是自己内心受伤小孩投射的对象。当整个中原武林都和萧峰恩断义绝时,作为和萧峰有竞争关系的慕容家的人,阿朱却始终陪伴在萧峰身边不离不弃。经过聚贤庄一役,萧峰与中原武林为敌;后被全天下冤枉残杀授业恩师和养父母;知道带头大哥身份的知情人一个接一个地离奇死亡;雁门关外,面对当年父亲萧远山跳崖之处,萧峰感到彷徨无助,天大地大,他却不知何去何从,亦不知自己到底是汉人还是契丹人。正当萧峰以为自己被所有人抛弃时,阿朱已在此不眠不休地等候他五日五夜了,也只有阿朱一个人知道萧峰一定会去雁门关,并一直等他。武林中见识过萧峰英雄气概的人数不胜数，而能与萧峰的绝望、悲愤、无力感相处涵容的唯有阿朱。多年以后，当萧峰对耶律洪基谈起阿朱的时候说道："我既误杀阿朱，此生终不再娶。阿朱就是阿朱，四海列国，千秋万载，就只一个阿朱。岂是一千个、一万个汉人美女所能代替得了的？皇上看惯了后宫千百名宫娥妃子，哪懂得'情'之一字？"

被抛弃过的孩子长大后的无意识

萧峰和阿朱经历过种种磨难后有了塞上之约，并约定先去找段正淳问清当年雁门关惨案真相，无论报不报仇都退隐江湖，去塞外牧牛放羊相伴一生。不料在小镜湖方竹林巧遇段正淳与阮星竹，以及胞妹阿紫，阿朱也因此知道了自己的身世。阿朱内心充满痛苦纠结，但是始终没有上前与父母相认，之后也没有告诉萧峰自己的身世。倘若阿朱上前认了父母，抑或告诉萧峰她是段正淳与阮星竹的女儿，也许萧峰和段正淳把话前后一对，马夫人的谎言就不攻自破了。但是阿朱却没有说，宁愿以死化解根本不存在的仇恨。阿朱为何不说出自己的身世？又为何赴死？

从精神分析的视角看，其一，阿朱内心是被遗弃感占据的，她内心深处始终觉得是自己不够好，才会被父母抛弃，这样的人始终不相信自己配得上幸福归宿。她意识中虽然也有对未来美好生活的憧憬，但无意识始终处在不安中，甚至会不自觉地去破坏已拥有的美好。阿朱一方面在意识层面渴望寻找一个不会再次抛弃自己的人；另一方面在无意识层面又不相信有这样的人存在，就算存在，有一天也会抛弃自己。因此，在自己被抛弃之前先抛弃对方，这样自己就不会再次被伤害。其二，当阿朱听到段正淳和阮星竹谈及当年抛弃两姐妹的事情时，二人都在推脱责任，说当年是不得已，无法照顾两个孩子只好送人。如果两人诚心为自己当年的过错忏悔，也许阿朱对于自己被抛弃的解读就会从自己不好变为是他们不好，会稍微缓解内心的纠缠。同样被遗弃的胞妹阿紫就将此解读为他人的不好，将不好的感受投射到外界，外面都是坏人，父母、师兄弟，哪怕不相识的人都是坏人，这样才能让自己远离那种被遗弃的不好感觉。于是，阿紫变得心狠手辣，杀人如草芥，且毫无悔意。其三，对于段正淳和阮星竹这样的父母，阿朱是失望的。阿朱易容成段正淳赴约受了萧峰一掌而死，其无意识里对段正淳和阮星竹既是一种报复，也是一种嘲笑。阿朱为了一个曾经抛弃她的人而死，这种"高尚"行为反衬出的不正是段、阮二人的不堪吗？阿朱在无意识中或许也是想用自己的死让段、阮二人永远记住她这个"好女儿"，让二人一想到她就内疚，让二人明白当初抛弃自己是多么不应该，多么错误！

阿朱舍萧峰而去，萧峰内心的空洞永远为阿朱留着，即使其胞妹阿紫也不能填补。萧峰对阿紫说："我这一生只喜欢过一个女子，那就是你的姊姊。永远不会有第二个女子能代替阿朱，我也决计不会再去喜欢哪一个女子，皇上赐给我一百多名美女，我从来正眼也不去瞧上一眼。我关怀你，全是为了阿朱。"多年以后雁门关外，萧峰热泪盈眶，走到树旁，伸手摩挲树干，见那树比之当日与阿朱相会时已高了不少。一时间伤心欲绝，浑忘了身外之事。

我们常说命运无常，造化弄人。人们一直觉得自己是有选择的，可无论有多少种选择，人往往只会选择固定的一种。因为大多数人如阿朱一般，无意识早已被占据，被情结占据，被父母占据，被创伤占据。被占据了就不自由了，不自由下的选择便称不上选择。心理学和心理咨询可以帮助一个人看清自己，理解自己，然后才能慢慢放下自己，放过自己，得到些许真正的自由和选择，这也许就是所谓的改变命运吧。

阿紫：一生不再说别离

有读者曾给我留言说，金庸武侠小说中她最讨厌的女性角色是阿紫，其实我个人也很不喜欢她。不但读者不喜欢阿紫，连倪匡（卫斯理科幻系列作者）也甚是讨厌她。当年《明报》连载《天龙八部》时，金庸去欧洲度假一个月找倪匡代笔，回来后见面，倪匡第一句话就是："不好意思，我把阿紫写瞎了。"

我觉得金庸当初在构思与设计阿紫这个角色的时候，应该是带有不少贬义色彩的。阿朱与阿紫，这一对姐妹的名字来自《论语》"恶紫之夺朱也"。古时，朱代表正色，紫为杂色，是为不正，后来便有了"恶紫夺朱"的成语。小说中阿朱与萧峰本是一对恋人，阿朱香消玉殒之后，阿紫想取代姐姐与萧峰在一起。小说的结局是，萧峰于雁门关外自戕，阿紫抱姐夫尸身跳崖殉情，令人唏嘘。

恶童阿紫

那少女道："钓鱼有什么好玩？气闷死了。你想吃鱼，用这钓杆来刺鱼不更好些么？"说着从渔人手中接过钓杆，随手往水中一刺，钓杆尖端刺入一尾白鱼的鱼腹，提起来时，那鱼兀自翻腾扭动，伤口中的鲜血一点点地落在碧水之上，红绿相映，鲜艳好看，但彩丽之中却着实也显得残忍。

……

那少女手起杆落，接连刺了六尾青鱼白鱼，在鱼杆上串成一串，随便又是一抖，将那些鱼儿都抛入湖中。那渔人脸有不豫之色，说道："年纪轻轻的小姑娘，行事恁地狠毒。你要捉鱼，那也罢了，刺死了鱼却又不吃，无端杀生，是何道理？"

……

那少女笑道："这再容易不过了。"走到渔人身边，俯身去解缠在他身上的渔网，左手在袖底轻轻一扬，一蓬碧绿的闪光，向那中年人激射过去。

阿朱"啊"的一声惊叫，见她发射暗器的手法既极歹毒，中年人和她相距又近，看来非射中不可……

他一见细针颜色，便知针上所喂毒药甚是厉害，见血封喉，立时送人性命，自己和她初次见面，无怨无仇，怎地下此毒手？

……

萧峰拉着那少女的手腕，将她手掌翻了过来，说道："请看。"

众人只见那少女指缝中夹着一枚发出绿油油光芒的细针，一望而知针上喂有剧毒。她假意伸手去扶萧峰肩头，却是要将这细针插入他身体，幸好他眼明手快，才没着了道儿，其间可实已凶险万分。（《天龙八部》第二十二回）

阿紫在《天龙八部》中初次出场时只是个十四五岁的小姑娘，但其所作所为堪称"恶"，并且几乎是对身边所有人作恶。短短几盏茶的工夫，无缘无故羞辱褚万里（段正淳手下四大护卫之一）；用毒针偷袭父亲段正淳和萧峰；甚至对鱼儿也是痛下杀手。这是一种对于活物的无差别攻击和痛恨，以至于要毁灭之。这种对于生命的蔑视，对于客体存在的痛恨以及要毁灭客体的行为和习以为常的态度令人恐惧。

阿紫恨人世间一切的美好，也就是说，她的内心世界是充满仇恨和危险的。在重逢姐姐阿朱和认识姐夫萧峰之前，她的世界里没有共情，因为她从未被共情过，所以她也不共情别人，她只伤害别人，也早已习惯被别人伤害。

恶是一种习得，也是一种自我保护

阿紫为何会成为这个样子？小说中给出了答案。阿朱与阿紫的母亲是阮星竹，她与段正淳生下她们之后，便抛弃了这对姐妹。阮星竹虽是两姐妹生理上的母亲，但不是心理意义上的母亲。阮星竹大部分认同的是自己女人的角色，这个角色是女性心理成长过程中，认同的两条路径之一——另一个是母亲角色，本质上这两条女性心理发展路径是冲突的。阮星竹对于女人角色的心理认同，对于爱恋的渴望和欲望的追求比一般女性更强烈一些。因此，她对于抛弃两姐妹并没有太多真正的内疚，更多是想以此引发段正淳的内疚感，达到更大程度上控制他的目的。而阮星竹在小说中的形象和言谈举止也更像一位略微比女儿大的姐姐，这就是女性心理成长过程中走女人认同路径的结果（两条成长路径本身没有好坏之分，阮星竹只是个极端个例）。

阿朱和阿紫很小就流落在外，阿朱也只比阿紫大两岁。阿朱比较幸运，被慕容博行走江湖时遇到，带回还施水阁家中交与夫人抚养，慕容博只有一子慕容复，于是夫人对阿朱疼爱有加。阿朱长大后和阿碧一起成为慕容家重要的丫鬟，有点像《红楼梦》里掌管院子的大丫鬟。相较之下，阿紫就没那么幸运了。她被星宿派收留带走，在塞外星宿海长大，后被出身逍遥派、欺师灭祖的星宿老怪丁春秋收为徒弟。丁春秋徒弟众多，并且信奉弱肉强食的丛林法则，每个人无时无刻不活在危险与恐惧之中，并且彼此提防。在门派中，无论用什么歹毒的方法杀死同门，不仅不会被责罚，还会作为胜利者获得对方的一切资源，在门派里的地位也会上升，获得相应的权力。可以想见，在这样一个类似残酷的动物世界里长大的孩子，从最初的绝望到不得不为了活下来而接受这种恶，最终认同恶，是多么残忍。

金庸在新修版《天龙八部》中加入了一个情节，阿紫离开星宿海行走江湖的原因，是为了躲避师父丁春秋的性骚扰。阿紫十四五岁，已到了女性发育的年纪，身材的变化加上美丽的容貌，一时出挑，被丁春秋垂涎。出于少女对于性的恐惧以及对于被欲望客体凝视的恐慌，阿紫偷走了师父的神木王鼎并逃出了星宿派。这个事件强化了阿紫无意识层面的认知，即这个世界是危险的，所有人都是危险的，所有人都会残害我，没有例外。于是她自然而然发展出了防御模式：在别人残害我之前，我得先杀死对方，避免自己被害，这样他人就会害怕我，不敢残害我。被害虽然只是阿紫的想象，是一种有悖于现实的过度反应，但对于阿紫来说是一种真实的内在感受。这就是阿紫行恶的大部分心理成因，是一种类似有毒动物的保护色，提醒着这个世界和周遭客体，我是危险的，我是可怕的，离我远一点，以此来保护自己。

亲密与依恋是所有人的心理需要

阿紫又道："哥哥，爹爹信中写了什么？有提到我没有？"段誉道："爹爹没知道你和我在一起。"阿紫道："嗯，是了，他不知道。爹爹有嘱咐你找我吗？有没有叫你设法照顾你这个瞎了眼的妹子？"

段正淳的信中并未提及此节，段誉心想若是照直而说，不免伤了妹子之心，便向巴朱二人连使眼色，要他们承认父王曾有找寻阿紫之命。哪知巴朱二人假作不懂，并未迎合。朱丹臣道："镇南王命咱二人随侍公子，听由公子爷差遣，务须娶到西夏国的公主。否则我二人回到大理，王爷就不怪罪，我们也是脸上无光，难以见人。"言下之意，竟是段正淳派他二人监视段誉，非做上西夏的驸马不可。（《天龙八部》第四十四回）

在小说中，阿紫在遇到萧峰之前和谁都不亲近，无论是姐姐阿朱，还是父母或者其他人。不过，每个人内心深处都有渴望与他人依恋，被他人关注，获得良好亲密关系体验的需要，无论是通过现实的还是想象的方式去实现。无法获得亲密关系，只是因为有各种现实或者心理层面的阻碍罢了。阿紫不经意地问哥哥段誉，父亲是否在信里提到她，便是对这种亲密关系需要的无意识表达。而随口一问表示阿紫无法通过意识层面直接表达自己的需要，也就是说这个需要被阻碍了，无法进入意识层面被其意识到。因此，在与绝大多数人的关系中，阿紫表现得总是那么疏离、无情，甚至残忍，她与游坦之的关系就是如此。

那么，究竟是什么样的心理阻碍了阿紫对依恋与亲密关系的正常表达？是一种自童年以来长期生活在危险中而形成的应激反应，导致阿紫丧失了安全感和对他人的信任感。阿紫在星宿派长期的创伤性体验中形成的内在心理认知，最终成为一种"内隐关系知晓"，这是无意识结构的一部分，当一个人面对一段新关系时，往往自动地运用内隐关系去机械应对。阿紫的内隐关系里充满了伤害、欺诈、残忍、危险，因此她很难建立信任、依恋、亲密的关系。但是每个人都有亲密关系的需要，于是，这个矛盾终会以一种扭曲的形式得以呈现。

阿紫行为背后的心理模式

阿紫不答，过了好一会，低声道："姊夫，你那天为什么这么大力地出掌打我？"萧峰不愿重提旧事，摇头道："这件事早就过去了，再提干么？阿紫，我将你伤成这般，好生过意不去，你恨不恨我？"阿紫道："我自然不恨。我为什么恨你？我本来要你陪着我，现下你可不是陪着我了么？我开心得很呢。"

……

次日一早，两人便即西行。行出十余里，阿紫问道："姊夫，你猜到了没有？"萧峰道："猜到了什么？"阿紫道："那天我忽然用毒针伤你，你知道是什么缘故？"萧峰摇了摇头，道："你的心思神出鬼没，我怎猜得到？"阿紫叹了口气，道："你既猜不到，那就不用猜了。姊夫，你看这许多大雁，为什么排成了队向南飞去？"（《天龙八部》第二十六回）

……

阿紫抱着萧峰的尸身，柔声说道："姊夫，咱们再也不欠别人什么了。以前我用毒针射你，便是要你永远和我在一起，今日总算如了我的心愿。"说着抱着萧峰，迈步便行。

群豪见她眼眶中鲜血流出，掠过她雪白的脸庞，人人心下惊怖，见她走来，便都让开了几步。只见她笔直向前走去，渐渐走近山边的深谷。众人都叫了起来："停步，停步！前面是深谷！"

段誉飞步追来，叫道："小妹，你……"
　　但阿紫向前直奔，突然间足下踏一个空，竟向万丈深谷中摔了下去。
（《天龙八部》第五十回）

　　对于阿紫来说，萧峰是一个她之前不曾遇到过的好客体。这并不是说客观上阿紫不曾遇到过好客体，而是就其主观体验而言。萧峰误杀阿朱的那一夜，阿紫躲在桥洞下目睹了这一切。阿朱为了萧峰，甘愿牺牲性命去维护；萧峰在失手杀死阿朱之后，痛彻心扉的情感，想必都深深地冲击到了阿紫的内心。这些人与人之间真挚、强烈、可以为彼此牺牲的深厚情感是阿紫之前从未见识过的，这和她之前在星宿海和江湖上体验到的尔虞我诈是截然相反的。这种新的体验触动了阿紫的内心，唤起了她内心所向往的依恋与亲密关系。阿朱临终之前把阿紫托付给了萧峰，也让阿紫内心渴望的萌芽有机会慢慢开花结果。

　　可是阿紫对萧峰做了一件荒唐事，在与萧峰相处的路上，她假装中毒倒地，待萧峰焦急上前查看时，她突然发出毒针袭击萧峰。幸好萧峰武艺卓绝，反应敏捷，一掌打歪射来的毒针，但带着十成内功的掌力也重创了阿紫。于是之后，萧峰一边用精纯内力维持阿紫的一口气，一边长途跋涉到东北寻觅人参为其疗伤，才有了后来一段在北国的奇遇，萧峰成为契丹辽国的南院大王。

　　这段被萧峰照顾和形影不离的生活，是阿紫一生中最幸福的时光。因为受伤而被长时间照顾，满足了阿紫内心无意识里想要依恋的渴望；而阿紫发毒针射萧峰也是希望让萧峰残废，自己便可以照顾他，一辈子不分开，本质上也是满足自己依恋的需要，实现与一个好客体有亲密关系的愿望。过程不同，最终的结果都是为满足其内在的欲望，只是其行事方式实在令人胆寒。阿紫之所以会选择以这样扭曲的行为方式来实现愿望，还是受早年建立的"内隐关系知晓"的无意识影响。这使得她无法从意识层面表达并恰当地实现需要，她无法忍受被别人控制，她得主动出击。提出要求而不被伤害，这对她来说是从来没有过的体验，一直以来她都是用极端和残忍的方式才有可能获取自己想要的东西。

"恶紫代朱"，阿紫心心念念想替代阿朱的位置，无论是形式上的位置，还是在萧峰心中的位置。这背后有阿紫对于亲密关系的渴望，即与好客体建立依恋关系的欲望。除此之外，还有她对姐姐阿朱的嫉羡，因为她不像姐姐拥有儿时被别人（慕容家）疼爱过的好体验。因此，两姐妹的心理结构中，阿朱拥有阿紫不具备的一种能力，即共情能力。也正是因为这个能力，阿朱最终在精神层面上拥有了萧峰。萧峰一生都放不下阿朱，余生都在对阿朱的思念中度过。不过阿朱和阿紫在心理结构的深处同样都是抑郁的，二人无意识里都充斥着一种矛盾：既对长久的依恋关系充满渴望，又对是否能实现持有深深的怀疑，甚至觉得自己不配获得幸福。因此，阿朱用赴死的方式让自己永远活在萧峰的心中，以实现彼此内心永远的精神依恋；而阿紫则抱着萧峰的尸体跳下悬崖，用肉体的生死相依来实现形式上的永不分离。

康敏：蜘蛛女之吻

在《天龙八部》里段正淳的几位情人中，最让人感到害怕的就是马夫人康敏。这是位不会武功的娇弱女子，而恰恰就是这样的弱女子差点让段正淳丧了命，也正是这位弱女子策划和导演了丐帮杏子林之变，设局陷害萧峰，导致了后来萧峰的出走，阿朱的死亡，丐帮的混乱与衰落等一系列悲剧。

让人心生恐惧的女子

作为丐帮副帮主马大元之妻，康敏初登场时给所有人的印象就是一位刚丧夫、楚楚可怜的弱女子，如一朵在风中摇曳的小白花。但是当马大元被杀的疑案被揭开时，众人才惊觉马夫人康敏是这件事的幕后黑手，并且牵涉一系列恶性事件。因为要报复萧峰，她劝丈夫马大元揭发萧峰契丹人的身份；被拒后，她先色诱帮中长老白世镜，并以此为要挟，指使其暗杀了自己的丈夫；然后再色诱全冠清，逼迫他在杏子林大会上质疑萧峰帮主之位的正当性；最后让已拜倒在她石榴裙下的徐长老主持大会并引出前帮主的密信，在众人面前揭开萧峰契丹人的身份，并将丈夫马大元之死嫁祸于他，使其成为丐帮乃至全武林的公敌。这样一个不会武功的弱女子却能利用种种手段，让一群江湖上武功才智也算一流的"英雄"为其所用，甘愿或被迫在局中成为她泄愤的棋子——这的确是位令人恐惧的女子，让男人、男性读者有一种深入骨髓的恐惧感。

　　马夫人恶狠狠地道："你难道没生眼珠子么？凭他是多出名的英雄好汉，都要从头至脚地向我细细打量。有些德高望重之人，就算不敢向我正视，乘旁人不觉，总还是向我偷偷地瞧上几眼。只有你，只有你……哼，百花会中一千多个男人，就只你自始至终没瞧我。你是丐帮的大头脑，天下闻名的英雄好汉。洛阳百花会中，男子汉以你居首，女子自然以我为第一。你竟不向我好好地瞧上几眼，我再自负美貌，又有什么用？那一千多人便再为我神魂颠倒，我心里又怎能舒服？"
　　……
　　马夫人见他头也不回地跨步出房，心中忿怒又生，大声道："乔峰，你这狗贼，当年我恼你正眼也不瞧我一眼，才叫马大元来揭你的疮疤。马大元说什么也不肯，我才叫白世镜杀了马大元。你……你今日对我，仍是丝毫也不动心。"（《天龙八部》第二十四回）

　　康敏报复萧峰的原因，居然只是当年洛阳丐帮大会上，一件对大多数人来说能够通过内心消化掉，而不至于发酵成精神上不能承受的事情。当康敏出现在丐帮群雄面前时，众人皆心神激荡，为她的美丽容颜所倾倒，从始至终目光不离其身，这让康敏内心十分满足。而唯独帮主萧峰与他人不同，只顾与帮中兄弟饮酒谈话，丝毫没有在意她。萧峰后来与康敏对话时回忆起这件事，也解释说自己一向在女色上并不太上心，洛阳大会上也更多关注帮中事务，因此并没有特意关注康敏。这个寻常事件在康敏的内心感受上居然成了了不得的大事，甚至被她视为奇耻大辱，并因此展开一系列的报复行为，这值得我们去好好分析一下。

　　如果用精神分析的语言描述康敏的心理状态，即我得不到萧峰"目光"的注视，我就要毁了能够给予"目光"的这个客体，也就是萧峰本人，因为我的精神系统无法承受因"目光"缺失带来的让自体崩溃的感受。同样的情境也出现在康敏与段正淳最后的偷情情境中。当康敏确认段正淳不会带她回大理，更不会娶她做正室后，她在酒里下了十香迷魂散的毒药，使段正淳丧失内力并且浑身无力，然后便准备折磨并杀死对方。康敏对待段正淳和萧峰的行为受同一种心理模式驱动，即当自己无法获取由另一个客体才能给予的事物时，就会产生毁灭这个客体的冲动，以此来缓解内心由丧失感引发的自体瓦解的痛苦感受。

由嫉羡到嫉毁

马夫人白了他一眼，道："你想呢！段郎，我小时候家里很穷，想穿新衣服，爹爹却做不起，我成天就是想，几时能像隔壁江家姊姊那样，过年有花衣花鞋穿，那就开心了。"

……

"我小时候啊，日思夜想，生的便是花衣服的相思病。"

……

马夫人道："你从小大富大贵，自不知道穷人家孩子的苦处。那时候啊，我便是有一双新鞋穿，那也开心得不得了。我七岁那一年上，我爹爹说，到腊月里，把我家养的三头羊、十四只鸡拿到市集上去卖了过年，再剪块花布，回家来给我缝套新衣。我打从八月里爹爹说了这句话那时候起，就开始盼望了，我好好地喂鸡、放羊……"

……

马夫人继续说道："好容易盼到了腊月，我天天催爹爹去卖羊、卖鸡。爹爹总说：'别这么心急，到年近岁晚，鸡羊卖得起价钱。'过得几天，下起大雪来，接连下了几日几晚。那一天傍晚，突然哗啦啦几声响，羊栏屋给大雪压垮啦。幸好羊儿没压死。爹将羊儿牵在一旁，说道这可得早些去将羊儿卖了。不料就是这天半夜里，忽然羊叫狼嗥，吵了起来。爹爹说：'不好，有狼！'提了标枪出去赶狼。可是三头羊都给饿狼拖去啦，十几只鸡也给狼吃了大半。爹爹大叫大嚷，出去赶狼，想把羊儿夺回来。

"眼见他追入了山里,我着急得很,不知道爹爹能不能夺回羊儿。等了好久好久,才见爹爹一跛一拐地回来。他说在山崖上雪里滑了一跤,摔伤了腿,标枪也摔到了崖底下,羊儿自然夺不回了。

"我好生失望,坐在雪地里放声大哭。我天天好好放羊,就是想穿花衣衫,到头来却是一场空。我又哭又叫,只嚷:'爹,你去把羊儿夺回来,我要穿新衣,我要穿新衣!'"

……

只听她又说下去:"我爹爹说道,'小妹,咱们赶明儿再养几头羊,到明年卖了,一定给你买花衣服。'我只是大哭不依。可是不依又有什么法子呢?不到半个月便过年了,隔壁江家姊姊穿了一件黄底红花的新棉袄,一条葱绿色黄花的裤子。我瞧得真是发了痴啦,气得不肯吃饭。爹爹不断哄我,我只不睬他。"

……

马夫人道:"有十套、二十套,那就不稀罕啦。那天是年三十,到了晚上,我在床上翻来覆去地睡不着,就悄悄起来,摸到隔壁江伯伯家里。大人在守岁,还没睡,蜡烛点得明晃晃的,我见江家姊姊在炕上睡着了,她的新衣裤盖在身上,红艳艳的烛火照着,更加显得好看。我呆呆地瞧着,瞧了很久很久,我悄悄走进房去,将那套新衣新裤拿了起来。"

……

马夫人星眼流波,嫣然一笑,说道:"我才不是偷新衣新裤呢!我拿起桌上针线篮里的剪刀,将那件新衣裳剪得粉碎,又把那条裤子剪成了一条条的,永远缝补不起来。我剪烂了这套新衣新裤之后,心中说不出的欢喜,比我自己有新衣服穿还要痛快。"(《天龙八部》第二十四回)

当康敏与段正淳偷情时,康敏告诉了段正淳一个她小时候的故事,这个故事让段正淳隐隐感觉到了不安和一些还未完全在意识层面浮现出的恐惧,当他开始警觉却为时已晚。因为这个故事反映的是康敏内在的情感体验、自体状态以及精神结构之间的关系,段正淳嗅到了其中让人恐惧的人格部分。现代的临床心理学会对康敏的这部分人格做出精神病性的诊断。萧峰、段正淳本质上和康敏小时候邻家女孩的那件新衣一样,都会成为康敏处心积虑要毁灭的客体。

康敏这样的心理，用精神分析流派的一个词来定义，就是"嫉毁"。嫉毁是嫉羡的精神病理性的极端表现形式。心理学上的嫉羡研究始于梅兰妮·克莱因，她是在精神分析领域中与安娜·弗洛伊德齐名的女性精神分析学家。她继承与发扬了弗洛伊德关于"死亡驱力"的概念，通过常年对儿童进行精神分析和心理治疗得出的临床经验，发展出了诸多精神分析理论，嫉羡就是其理论贡献之一。嫉羡这个词在本土中文写作中很少被使用，在精神分析著作中却常被引用，因为要与另一个词"嫉妒"做区别。在精神分析视角下，两者的含义是迥然不同的。嫉羡由英文"envy"翻译而来，而嫉妒对应的是英文"jealousy"。简单来说，嫉羡反映的是两人（二元）关系，而嫉妒是三人（三元）关系。三人关系中呈现的嫉妒比较好理解，通常出现在男女感情中三角恋的情感体验里。即在我的主观视角体验中，一个客体抢走了本该属于我与另一个客体之间的东西，在情感中那个东西通常被命名为爱。而基于二元关系里的嫉羡体验，则是一个客体拥有我没有的东西，且并不会给予我。那个我没有的东西揭示了一种自体缺失，这是动摇自恋的体验，动摇的是自体的凝聚与平衡感，最终导致个体的精神结构出现崩溃危险。因此，嫉羡的表现比嫉妒要可怕很多，嫉妒的底色是爱，而嫉羡的底色是缺损。从精神分析人格评估视角看，嫉妒是神经症人格，而嫉羡属于人格障碍，后者会引发个体用毁灭外在客体的方式来防御自体解体的精神崩溃感。由嫉羡体验最终发展为嫉毁般的精神病性表现，这就是康敏为何会做出那么多令人恐惧举动的内在心理原因。

康敏型女性是脆弱男性的噩梦

马夫人道："什么？你……你说我是丑八怪的模样？镜子，镜子，我要镜子！"语调中显得十分惊惶。萧峰道："快说，快说啊，你说了我就给你镜子。"

……

马夫人往镜中看去，只见一张满是血污尘土的脸，惶急、凶狠、恶毒、怨恨、痛楚、恼怒，种种丑恶之情，尽集于眉目唇鼻之间，哪里还是从前那个俏生生、娇怯怯、惹人怜爱的美貌佳人？她睁大了双目，再也合不拢来。她一生自负美貌，可是在临死之前，却在镜中见到了自己这般丑陋的模样。

……

萧峰道："你要是气死了她，那可糟糕！"只觉马夫人的身子已一动不动，呼吸之声也不再听到，忙一探她鼻息，已然气绝。（《天龙八部》第二十四回）

康敏最后是在阿紫拿给她的镜中看到自己的丑态，一时悲愤交加而气绝身亡。可以说，美丽这个特质是支撑康敏精神结构运行的重要因素，因美丽而被注视和喜欢，是支撑她自体稳定的最重要自体客体体验。但这种精神结构是非常脆弱的，顺利运行时固然能够对抗人格层面的缺损，一旦受挫则会危害自体的平衡，甚至会毁灭自己。

最后谈谈男性对于外表美丽女性在心理上的无意识恐惧。男性读者之所以会对康敏这个人物感到深深地恐惧，一方面是由于她的嫉毁与偏执，另一方面则源自男性心理上普遍存在的，由美女引发的内在恐惧。如果是金庸武侠小说的"骨灰级"读者，一定记得《倚天屠龙记》中张无忌之母殷素素在临终时，对少年张无忌那句略显突兀的嘱托："孩儿，你长大了之后，要提防女人骗你，越是好看的女人越会骗人。"从精神分析的视角来看，这是金庸借殷素素之口表达了他自己对于美貌女性的恐惧，这同样也是男性普遍具有的一种内在恐惧。男性对于漂亮并被投射了性欲望的女性的无意识恐惧，实质为男性对丧失控制感的恐惧，而追根溯源，这来自弗洛伊德所描述的男孩的俄狄浦斯焦虑与恐惧。男性在心理上本质是脆弱的，我们常常在网络上看到不少男性批评女性穿着暴露，举止暧昧，这实际上是一种恐惧的反向表达，呈现的是男性内心的脆弱。千百年来，无数所谓的"红颜祸水"，其实是在为这种男性的脆弱而牺牲了生命和名节。

四大恶人：我不要熄灭在风中

有个挺有意思的文化无意识现象，西方文明喜欢讲数字三，比如基督教讲圣父、圣子、圣灵三位一体；希腊神话里有统治世界的宙斯、波塞冬、哈迪斯三神；政治体制上的三权分立，等等。而我们东方文明更习惯讲数字四。例如四大金刚、四大名著，《天龙八部》里恶人也要凑四个，也许在我们心理上四比三带给人的感觉更稳定和圆满。心理学、精神分析起源于西方，自然也是三这个数占得多，弗洛伊德提出的第一拓扑结构和第二拓扑结构的心理模型都是三层，到了科胡特开创自体心理学也是从双极自体的探索阶段发展到最终定型的三级自体模型。精神分析理论中最重要的心理发展模型——俄狄浦斯结构也是三角模型。但有个特例，就是荣格的分析心理学，他的心理模型是个四角模型，分别是自性、人格面具、阿尼玛/阿尼姆斯、阴影。也许正是这个四角模型，让在西方临床心理学界不算显学的荣格派心理分析，在东方却出乎意料地受到欢迎，并被进一步地研究与发展。

荣格分析心理学模型中的恶

《说文解字》里说"恶"乃人之过也，也就是说恶是对于人而言的，动物就不能用恶来形容。那么人性到底是善是恶？关于这个问题，历史上千百年来既有伦理视角的讨论，也有哲学层面的辩论。早期儒家文化里有"性本善"与"性本恶"两派之争，一部分"性恶派"脱离出来创立了"法家"学派。到了宋明之后，儒释道三教合一的趋势下，又出现了"无善无恶"派。那么从心理学、精神分析视角该如何解读人性的"恶"呢？荣格派的心理模型给出了一个视角。

在荣格心理分析的四角模型里，和恶最相关的是"阴影"这个部分。阴影是人与生俱来的，它不仅存在于个人无意识，也存在于集体无意识中。在这个模型里，绝大多数人的人格阴影是被遮蔽的，压抑的，不被允许长时间浮现在意识中被感知的，因为阴影里存在的是人性中最黑暗、残酷、非道德、可怕的欲望与情感。因此大多数人更多感知到的还是善大于恶的倾向。这也是为何"人之初，性本善"的观点在两千年后仍被我们普遍认同，除了文化无意识的影响，这也符合一般人的感受。但是，阴影在人的心理中是始终存在的，甚至可以说，在人出生的那一刻就存在，只是后天的教化将其中的大部分遮蔽了起来，这就是弗洛伊德所谓"压抑"的心理防御机制。因此，就算是"伟光正"特质的人同样也有阴影部分，而且极大概率其阴影部分还要比普通人更多，因为只有压抑更多情绪与欲望进入心理结构的阴影部分，才能将"伟光正"的特质（人格面具）展现在他人面前。

与呈现"伟光正"特质的人相对应的就是所谓的"恶人"，金庸武侠中最有名的便是《天龙八部》中的四大恶人，分别是：老大"恶贯满盈"段延庆、老二"无恶不作"叶二娘、老三"凶神恶煞"岳老三、老四"穷凶极恶"云中鹤。四个恶人的排名就是绰号里"恶"这个字的顺序，金庸先生的取名也是有趣。"人有过曰恶。有过而人憎之亦曰恶"，四个恶人不但有"过"，别人也憎恶他们的"过"，他们还不掩饰其"过"，所以才是恶人。

四大恶人是不掩饰"恶"的，他们出场时的打扮和外貌就给人留下了恶的观感。云中鹤如瘦长竹竿，声音忽尖忽粗，轻功超绝形同鬼魅；岳老三头大如斗，其眼如豆，上身粗壮，下身瘦削，上身穿着华贵衣服，下身却套了一条常年不洗的褴褛裤子，极不协调；叶二娘长相本娟秀，但两颊各有三道血痕，笑的时候如哭一般，颇为诡异；段延庆一身青袍，双腿残废，以双杖代步，满脸刀疤，脸部肌肉被破坏，导致面无表情，喉头被砍伤过，因而无法说话，只能用腹语交流，外表十分骇人。就如四人给别人的观感，他们也毫不掩饰自己的恶行。云中鹤是个采花贼，杀人丈夫夺人妻女；岳老三脾气暴躁，动不动就用独门兵器鳄嘴剪剪断别人的头；叶二娘偷别人家的孩子，玩弄一天后再杀掉（新修版里改成扔掉）；段延庆为了报仇制造灭门惨案，为了复位大开杀戒，从不心慈手软。

四大恶人并不掩饰其恶，这说明了四人心理中阴影的部分已经突破压抑的防御机制进入了意识层面，并影响到人格层面。那么是什么样的原因让"恶"从人性中的阴影部分进入意识，推动行为，进而占据人格呢？小说对于段延庆与叶二娘成为恶人之前的经历有所提及。

重大创伤性事件与阴影的关系

> 黑衣僧缓缓说道："叶二娘，你本来是个好好的姑娘，温柔美貌，端庄贞淑。可是在你十八岁那年，受了一个武功高强、大有身份的男子所诱，失身于他，生下了这个孩子，是不是？"叶二娘木然不动，过了好一会儿，才点头道："是。不过不是他引诱我，是我去引诱他的。"
>
> 黑衣僧道："这男子只顾到自己的声名前程，全不顾念你一个年纪轻轻的姑娘，未嫁生子，处境是何等的凄惨。"叶二娘道："不，不！他顾到我的，他给了我很多银两，给我好好安排了下半世的生活。"（《天龙八部》第四十二回）
>
> ……
>
> 他（段延庆）不敢在大理境内逗留，远至南部蛮荒穷乡僻壤之处，养好伤后，苦练家传武功。最初五年习练以杖代足，再将"一阳指"功夫化在钢杖之上；又练五年后，前赴两湖，将所有仇敌一家家杀得鸡犬

不留，手段之凶狠毒辣，实是骇人听闻，因而博得了"天下第一大恶人"的名头，其后又将叶二娘、南海鳄神、云中鹤三人收罗以为羽翼。他曾数次潜回大理，图谋复位，但每次都发觉段正明的根基牢不可拔，只得废然而退。最近这一次与黄眉僧下棋比拼内力，眼见已操胜算，不料段誉这小子半途里杀将出来，令他功败垂成。（《天龙八部》第四十八回）

"无恶不作"叶二娘原本也是位好姑娘，年轻时爱上了日后的少林方丈玄慈，两人生下一子，就是后来的虚竹。玄慈碍于和尚的身份和武林地位，无法公开与叶二娘的关系。而这一切被暗中调查雁门关惨案、复仇心切的萧远山得知，于是他在一天夜里当着叶二娘的面抢走了还是婴儿的虚竹，争斗中在叶二娘脸上留下了六道血痕。于是，被爱人抛弃，又遭受丧子之痛的叶二娘彻底变成一个专爱偷走别人孩子的恶人。

"恶贯满盈"段延庆本是大理国太子，因国内重臣杨义贞叛乱，段延庆在被追杀的过程中，身受重伤，双腿残废，脸上、喉头中刀，导致不能说话，也无法做出表情。逃亡捡回一条命之后，因为大理国找不到他这个原本的继承人，于是让段氏旁系段正明继承王位。经此一劫，段延庆错失王位心有怨愤，加上复仇手段残忍，终成江湖上的第一恶人。

从精神分析的视角看，段延庆与叶二娘转变为恶人的过程中，有一个关键因素，即面对重大丧失性事件。丧失性事件会引发一系列难以承受的情感体验，抑郁便是这个体验的底色。越是重大的丧失事件越是让人难以承受，对叶二娘来说，是生命中最重要的两段情感关系的突然丧失，对段延庆来说是身份的丧失，理想的丧失，原本身边一切的全部丧失。这种丧失对人心理的打击是巨大的，会引发一个人对于精神死亡的恐惧与焦虑，于是一定会采取一些行动来防御这种精神上的濒死体验——而无论这种行动是恰当的还是错误的，因为无暇顾及。这个过程在克莱因的精神分析理论里便是从死亡驱力发展出的"偏执-分裂"位态。人因为丧失而处于"偏执-分裂"位态时，通常最主要采用的是否认及投射的防御机制。就如叶二娘偷抢他人的孩子，短暂拥有一个孩子，是在假装母子关系还存在的否认机制；将内心的丧子之痛投射给那些失去孩子的父母，让他们体验和自己一样的痛苦。段延庆也在用类似的方式缓解内心痛苦。至于四大恶人里的另两位恶人岳老三和老四云中鹤，小说并没有交代两人过去的经历。但从岳老三对师徒关系的态度与行为，以及云中鹤自述平生最快之事是"杀其夫而占其妻，谋其财而居其谷"来看，其中或许隐藏着一些两人曾经的丧失经历。

心理创伤救赎的方式

> 玄慈伸出手去，右手抓住叶二娘的手腕，左手抓住虚竹，说道："过去二十余年来，我日日夜夜记挂着你母子二人，自知身犯大戒，却又不敢向僧众忏悔，今日却能一举解脱，从此更无挂碍恐惧，心得安乐。"说偈道："人生于世，有欲有爱，烦恼多苦，解脱为乐！"说罢慢慢闭上了眼睛，脸露详和微笑。（《天龙八部》第四十二回）

虚竹在少室山上被少林寺杖责时，露出小时候背上被烫的戒疤，叶二娘认出他就是自己的亲生儿子。当她被萧远山追问，当年那个无意中制造了雁门关惨案的带头大哥到底是谁时，玄慈终于当众亲口承认了一切，也承认了当年与叶二娘的私情。最终玄慈甘愿受杖责而亡，他内心应该是解脱的。而叶二娘在玄慈死后也选择了殉情，因为她无法承受重获重要关系之后的再次丧失，这个丧失之痛已经足足折磨了她二十年。相较之下，段延庆这个第一恶人却得了一个比较理想的结局。

> 段延庆一生从未有过男女之情，室家之乐，蓦地里竟知道世上有一个自己的亲生儿子，喜悦满怀，实是难以形容，只觉世上什么名利尊荣，帝王基业，都万万不及有一个儿子的可贵，当真是惊喜交集，只想大叫大跳一番，当的一声，手中钢杖掉在地下。
> 跟着脑海中觉得一阵晕眩，左手无力，又是当的一响，左手钢杖也掉在地下，胸中有一个极响亮的声音要叫了出来："我有一个儿子！"一瞥眼见到段正淳，只见他脸现迷惘之色，显然对他夫人这几句话全然不解。

段延庆瞧瞧段正淳,又瞧瞧段誉,但见一个脸方,一个脸尖,相貌全然不像,而段誉俊秀的形貌,和自己年轻之时倒有七八分相似,心下更无半分怀疑,只觉说不出的骄傲:"你就算做了大理国皇帝而我做不成,那又有什么稀罕?我有儿子,你却没有。"这时候脑海中又是一晕,眼前微微一黑,心想:"我实是欢喜得过了分。"

……

段延庆大喜,哈哈大笑,知道儿子终于是认了自己为父,不由得心花怒放,双杖点地,飘然而去,对晕倒在地的云中鹤竟不加一瞥。(《天龙八部》第四十八回)

相较于叶二娘重获丧失的重要关系,段延庆以另一种方式消解了他的丧失之痛。刀白凤临死前告诉了段延庆,他与段誉是父子的真相,这个埋藏了二十多年的秘密,瞒过了段正淳,瞒过了所有人,却在关键时刻救赎了四大恶人之首的段延庆。段延庆最后一身轻松地飘然远去,不知所终,因为他曾经丧失的东西可以通过另一种形式获得,即自己亲生儿子段誉继承王位,以补偿自己失去王位所遭受的半生痛苦。孩子对于人来说是生命的延续,这个生命更大程度上指的是精神生命,人对于死亡的恐惧并非只有肉体的死亡,还有对精神死亡的恐惧。通过孩子,人可以将自己的部分精神特质传承给下一代,甚至更下一代,在象征层面实现了精神的不死,这是对抗死亡恐惧的心理方式之一,也是上万年来人类采取的最普遍方式。并且这个方式还蕴藏着一种隐秘心理,即通过孩子开启一段不同的人生历程,将自己的遗憾与缺失投射到孩子身上,通过想象或操控孩子完成自己未曾实现的理想,以慰藉自己缺失的痛苦,象征性地治愈自己的心理创伤。

林平之：别爱我

《笑傲江湖》中，林平之算是小说中的反面角色，但是大多数读者对他却很难恨得起来，至少同情多于厌恶。如果按照古希腊对于悲剧的定义，那么林平之可以算是悲剧人物，而岳灵珊、宁中则只能算惨剧。林平之起初是一个单纯的纨绔子弟，也有底线和傲骨，遭遇巨变之后，为报家仇拜师学艺，在一次次地遭受打击和欺骗之后，最终凭借家传的辟邪剑法手刃仇人。同时，他为了获得无上武学所象征的权力献祭了人性，最终双目失明被囚禁在西湖梅庄地牢，了此残生。

林平之与令狐冲的对比

小说一开始就是林平之的故事，并且从他的视角和经历引出了青城派、五岳剑派、令狐冲、岳灵珊、岳不群、左冷禅等一众人物和故事情节。前三章甚至给读者一种错觉，以为林平之是小说的主角，读到后面才发现金庸写林平之这个角色，是为了与真正的主角令狐冲做对比。第一个对比是，两人的出场事件非常相似，林平之碰见余沧海之子余人彦调戏岳灵珊假扮的卖酒姑娘，出头打抱不平结果失手杀了对方，引发全家被杀的惨剧。令狐冲出场时则是见采花大盗田伯光欲掳恒山派小尼姑仪琳，他出手救人，虽不敌但仍与之血战。两件事都是行侠仗义，似乎林平之与令狐冲是一样古道热肠的侠义之辈，但细细分析，二人是有些许不同的。

>林平之气往上冲，伸右手往桌上重重一拍，说道："什么东西，两个不带眼的狗崽子，却到我们福州府来撒野！"（《笑傲江湖》第一回）

林平之对余人彦不满的地方，并非完全因为他非礼调戏女性，而是有一种不允许他人在自己地盘造次的意味。之后又因相貌俊美被对方讥笑是兔爷，彻底点燃了林平之心中的怒火。林平之的暴怒源自没有被尊重，没有被重视导致的自尊受挫。林平之的这种内心体验和行为反应是典型的纨绔子弟特点。作为林远图的曾孙，他算是福威镖局第四代传人。一个大家族、大企业、大集团乃至王朝的三代之后的年轻继承者由于被保护得太好，没有第一代从血与火中拼杀出来的惨痛经历，也缺少前几代受到的耳濡目染的教导，他们通常活在比较严重的以自我为世界中心的幻想中。此时的林平之不知道什么是残酷的现实，什么是能力的边界，也不知道人外有人，天外有天。

>到得午间，腹中已饿得咕咕直叫，见路旁几株龙眼树上生满了青色的龙眼，虽然未熟，也可充饥。走到树下，伸手便要去折，随即心想："这些龙眼是有主之物，不告而取，便是作贼。林家三代干的是保护身家财产的行当，一直和绿林盗贼作对，我怎么能做盗贼勾当？倘若给人见到，当着我爹爹之面骂我一声小贼，教我爹爹如何做人？福威镖局的招牌从此再也立不起来了。"他幼禀庭训，知道大盗都由小贼变来，而小贼最初窃物，往往也不过一瓜一果之微，由小而多，终于积重难返，泥足深陷而不能自拔。想到此处，不由得背上出了一身冷汗，立下念头："终有一日，爹爹和我要重振福威镖局的声威，大丈夫须当立定脚跟做人，宁做乞儿，不做盗贼。"迈开大步，向前急行，再不向道旁的龙眼树多瞧一眼。
>
>……
>
>林平之提起长剑，心想："一剑一个，犹如探囊取物一般。"正要向那仰天睡着的汉子颈中砍去，心下又想："我此刻偷偷摸摸地杀此二

人，岂是英雄好汉的行径？他日我练成了家传武功，再来诛灭青城群贼，方是大丈夫所为。"（《笑傲江湖》第二回）

第二个对比是林平之这两段的内心独白，与令狐冲和风清扬在华山思过崖上，关于面临生死攸关的情境时是否行君子手段的一段对话。当自身处于危险时，令狐冲先选择保命，甚至可以使诈，不会为了所谓的正人君子的道德标准让自己白白牺牲。而林平之看似坚守了道德底线，但其标准是僵化的、固执的，这也反映了他脱离现实生活，毫无江湖经验。令狐冲面对现实，不僵化的处理态度决定了他能坚持住最后的底线，而林平之最初丝毫不让步的道德洁癖反而令其最终的底线尽丧，这是精神分析的视角。这里大段的描写是将林平之内心的固执与令狐冲的心理弹性做了对比，这种底层心理的不同也决定了两人之后截然不同的命运。

创伤后的无意识选择

点了一根火把，四下里一照，只见父亲和自己的长剑、母亲的金刀，都抛在地下。他（林平之）将父亲长剑拾了起来，包在一块破布之中，插在背后衣内，走出店门，只听得山涧中青蛙阁阁之声隐隐传来，突然间感到一阵凄凉，忍不住便要放声大哭。他举手一掷，火把在黑影中划了一道红弧，哧的一声，跌入了池塘，登时熄灭，四周又是一片黑暗。（《笑傲江湖》第二回）

整部小说，对林平之的这段描写最让读者同情怜悯，把一个少年突遭变故，丧失一切后，对于未来的无助、迷惘与恐惧淋漓尽致地体现了出来。年轻人遭遇如此重大的创伤后，其心理上会出现两种无意识选择，一种是寻求母性的慰藉，另一种是寻求父性的支持，很明显，林平之的无意识替他选择了后一条路。这个无意识选择来自他内心对林家父性权威的敬仰与崇拜，具体说就是曾祖林远图的威名与其令江湖闻风丧胆的事迹。林平之的自体需要父性的力量来支撑，以福威镖局之名，以林远图之名，以家传辟邪剑法之名。

之前如此，之后也必将如此。因此，与其说林平之踏上的是复仇之旅，不如说是寻父之旅。林家被青城派瞬间灭门使他丧失了一位想象界的父亲，这个父亲虚弱地死去，接下来他希望重新寻找一位在象征界里呼风唤雨并能给予他帮助与指引的父亲。所以之后无论是认木高峰为爷爷，还是一见岳不群就磕头拜师，都是林平之这一内在无意识需要的呈现。

> 林平之道："岳不群一剑砍在我背上，我受伤极重，情知无法还手，倒地之后，立即装死不动。那时我还不知暗算我的竟是岳不群，可是昏迷之中，听到八师哥的声音，他叫了句：'师父！'八师哥一句'师父'，救了我的性命，却送了他自己的性命。"岳灵珊惊道："你说八师哥也……也……也是我爹爹杀的？"林平之道："当然是啦！我只听得八师哥叫了'师父'之后，随即一声惨呼。我也就晕了过去，人事不知了。"
> ……
> 岳灵珊道："如果……如果我爹爹真要害你，以后……以后机会甚多，他怎地又不动手了？"林平之冷冷地道："我此后步步提防，叫他再也没下手的机会。那倒也多亏了你，我成日和你在一起，他想杀我，就没这么方便。"岳灵珊哭道："原来……原来……你所以娶我，既是为了掩人耳目，又……又……不过将我当作一面挡箭牌。"（《笑傲江湖》第三十六回）

对林平之造成最大心理伤害的，不是余沧海，也不是青城派，而是岳不群。林平之第一次遇见岳不群，是他被木高峰制住，逼迫他交出辟邪剑谱的危急时刻，此时岳不群就如及时雨般降临，救下他。岳不群谈笑间露了一手武艺震慑住对手，让木高峰知难而退，岳不群的这份自信、气度和潇洒让林平之心悦诚服，于是当场跪倒在地，请求加入华山派，拜其为师。林平之第一次见岳不群就迫不及待地拜师，一是他复仇心切，二是他无意识里急切地要寻到那个"好父亲"，拜师，拜师父，师即是父。此时，林平之的心理依然更多处在想象界的层面，而之后发生的诸多事件，打破了林平之对于岳不群的美好想象。

当林平之知道砍他一剑、要置他于死地的人，竟然是那个救过自己、传授自己武艺，并且还欲将女儿嫁给自己的师父岳不群时，他内心的痛苦可想而知。一个被自己投射为好父亲的客体，突然变成残害自己并且比自己强大得多的客体，林平之内心充满巨大的失望与恐惧。这个打击堪比《倚天屠龙记》中金毛狮王谢逊眼见师父混元霹雳手成昆杀害其全家。这个创伤对孩子，尤其是男孩的心理影响在于，其理想化自体的发展路径被阻塞了。父亲在心理上代表父性、规则与边界，孩子要避免被恶魔般的父亲伤害就必须与之战斗，由此可能会泛化为无视规则，突破边界。所以，谢逊本是个知书达理、性情温和的人，遭此变故后开始滥杀无辜，常常咒骂苍天不公，这其实是在咒骂那个心理上的父亲。林平之的迅速黑化也是在被岳不群差点杀害，对其彻底失望与恐惧之后发生的，从这个时刻开始，他想象中的理想父亲死去了，也结束了"寻父之旅"。当他终于拿到《辟邪剑谱》后，为练成这神鬼莫测的武功，没有丝毫犹豫便挥刀自宫，成为不男不女之身。在林平之的意识层面，这么做是为了复仇，在无意识层面则表达了他对规则、边界的践踏与突破。

武侠复仇题材的意义

> 林平之道："我纵然双眼从此不能见物，但父母大仇得报，一生也决不后悔。当日令狐冲传我爹爹遗言，说向阳巷老宅中祖宗的遗物，千万不可翻看，这是曾祖传下来的遗训。现下我是细看过了，虽然没遵照祖训，却报了父母之仇。若非如此，旁人都道我林家的辟邪剑法浪得虚名，福威镖局历代总镖头都是欺世盗名之徒。"（《笑傲江湖》第三十五回）

学成辟邪剑法的林平之，终于报得大仇。当然代价也是巨大的，他献祭了人性，献祭了纯真，献祭了爱情，所以曾祖林远图立下家训，后代不可翻看，自然也不可练此剑法。想来当年还是渡元禅师的林远图为练辟邪剑法也失去了很多东西，虽然其还俗后在江湖上获得了名与利，最终还是为此后悔。复仇一直是武侠小说、武侠影片中一个重要主题，大多数武侠小说无论是主线还是支线都会有复仇故事。虽然复仇故事被反复书写，最后的结果基本也是大仇得报，但是读者依然百读不厌，也不会觉得违和，这是为何？这和复仇的心理意义相关。对个人来说，复仇的过程是一次自恋修复的象征性过程。复仇故事的开始，通常都是大侠们遭遇关于丧失的重大创伤，丧失师父、亲友、爱人等。丧失动摇了自体的平衡，这个时候人们体验到的是无力感、无能感，这都是指向自恋的创伤。复仇就是要否认这些丧失带来的无力感，复仇的成功是对于否认的确认，是象征性地重拾创伤后的自恋碎片，好比一件瓷器碎了以后，再努力将其拼合起来。现实生活中，大多数人并不会经历类似武侠作品中的重大创伤，但多多少少也会遭受一些欺凌或不公，也会体验无力和无能感，同样需要通过类似复仇的行为和感受来修复自恋创伤。就算在现实生活中无法完成，还可以将自己投射到武侠人物身上，象征性地完成这一修复过程，虽然只是临时性、象征性的，但也起到一定的心理缓解作用。在集体心理层面，复仇主题被反复描述还带有一种对于自然法的维护功能。自然法是现代所有法律、法典的基石，是人类文明社会的根基，是将人类与动物区分开来的最伟大发明之一。所谓"杀人偿命，欠债还钱"就是一种自然法，是植根于人类内心最朴素的文明理念。古今中外千百年来，多少文学作品反复描写复仇故事，这也是在对自然法进行维护，对人性进行弘扬与赞美。

痛恨之人有时是我们无法成为的那个人

> 只听林平之道："令狐冲，你在江湖上呼风唤雨，出尽了风头，今日却死在我的手里，哈哈，哈哈！"笑声中充满了阴森森的寒意，一步步走将过来。
>
> ……
>
> 左冷禅道："平之，今日终于除了你平生最讨厌之人，那可志得意满了罢？"林平之道："全仗左兄神机妙算，巧计安排。"（《笑傲江湖》第三十八回）

最后我们谈谈林平之为何那么恨令狐冲。按道理，林平之应该最恨杀害他家人的余沧海，或者让他失明的木高峰，再或者那个人面兽心、时刻想害他的岳不群，但是他却最恨令狐冲。要知道在整部小说中，令狐冲对林平之尚可，即使林平之夺走了他的初恋小师妹岳灵珊，令狐冲也从来没有害过这位林师弟。虽然林平之曾经一度怀疑令狐冲假传父母的遗言，也怀疑他的剑法突然出神入化是偷学了自家的辟邪剑法，但是最后在和岳灵珊的交谈中，他也提到了之前是自己的误会，那么林平之为何对令狐冲怀有如此大的恨意呢？再回到小说开头，金庸对比描写林平之和令狐冲的用意所在，便能明白林平之恨令狐冲，是因为这位大师兄拥有自己没有的东西，这是一种嫉恨心理，是一种从嫉羡到嫉毁（在《天龙八部》康敏的分析中详细阐述过）的过程。就像林平之在思过崖山洞中叫嚣的，在他看来，令狐冲可以轻易获得独孤九剑、吸星大法，成为顶尖高手；义助恒山派并成为掌门，侠义之名传遍天下；被少林、武当以及日月神教争相拉拢，最后还能保有自己的原则和底线；在爱情上则收获了圣姑任盈盈的垂青，二人双宿双飞，琴瑟和鸣，得到了幸福。这些全都是林平之付出那么多努力和辛苦，甚至献祭了自己的人性都没有得到的，而令狐冲却轻而易举地得到了，这种恨是对自己不具备而客体却拥有的嫉毁般的恨。当然，令狐冲"不与天下争"的态度也是金庸想要表达的道家思想之一。同时，林平之对令狐冲的恨也是一种无意识中对自己的恨，恨自己再也无法回头，丧失了人性，丧失了纯真，丧失了爱的能力，当心理上不能哀悼这些失去的部分时，就一定会将其转变成恨的形式投射到一个客体身上。对林平之来说，别爱我，因为我只有恨，无法回报以爱。

金庸武侠洋洋洒洒数百万字,"飞雪连天射白鹿,笑书神侠倚碧鸳"到底在写什么?如果从精神分析角度,一言以蔽之就是写"寻找父亲"。

其他

JIN YONG meets FREUD
当金庸遇见弗洛伊德

　　金庸笔下的主角们大多都没有父亲，或是遗腹子；或是还在襁褓中就失去了父亲；幼年、少年丧父者比比皆是；还有不知道自己亲生父亲到底是谁的。他们开启英雄之旅的心理动力，本质上都是在寻找"父亲"，寻找父性精神，并将其继承或发扬。直到《鹿鼎记》的故事，通过韦小宝这个主角，金庸表达了"侠"这种代表父性精神的象征在现实世界中挣扎、磨灭，虽有万般伤感但又不得不接受，于是金庸武侠到此为止。

令狐冲：不羁的风

金庸武侠小说的几部重量级作品中，如果说中期的"射雕三部曲"更多呈现的是热热闹闹、丰富多彩的故事，那么后期的三部作品《天龙八部》《笑傲江湖》《鹿鼎记》则着重在阐述思想。《天龙八部》与《笑傲江湖》在思想性上各有特色，前者谈的是"有情皆孽""众生皆苦""贪嗔痴三毒"的佛家思想，后者则是金庸着重谈道家的人生态度。

《笑傲江湖》是本阐述道家思想的小说

如果从时间线上看，道家是中华文化的根，抛开神话部分，道家最早可以追溯到黄帝问道广成子的记载，距今已有五千多年。到了春秋时期，作为道家代表人物的老子以一部五千言的《道德经》将道家思想总结阐述，使之流传后世成为经典。道家思想已经成为中国人的集体无意识中的重要组成部分，深深影响着一代又一代中国人，历史上众多耳熟能详的人物都是道家中人，或是受道家思想影响深刻的人，比如伊尹、姜尚（子牙）、范蠡（陶朱公）、张良（子房）、诸葛亮（孔明）、阮籍、嵇康、刘基（伯温）、姚广孝……这类名人简直多如繁星。

风清扬微笑道："你用这法子取得了一日一夜，竟不费半点力气，只不过有点儿卑鄙无耻。"令狐冲笑道："对付卑鄙无耻之徒，说不得，只好用点卑鄙无耻的手段。"风清扬正色道："要是对付正人君子呢？"令狐冲一怔，道："正人君子？"一时答不出话来。

风清扬双目炯炯，瞪视着令狐冲，森然问道："要是对付正人君子，那便怎样？"令狐冲道："就算他真是正人君子，倘若想要杀我，我也不能甘心就戮，到了不得已的时候，卑鄙无耻的手段，也只好用上这么一点半点了。"风清扬大喜，朗声道："好，好！你说这话，便不是假冒为善的伪君子。大丈夫行事，爱怎样便怎样，行云流水，任意所之，什么武林规矩，门派教条，全都是放他妈的狗臭屁！"

令狐冲微微一笑，风清扬这几句话当真说到了他心坎中去，听来说不出的痛快，可是平素师父谆谆叮嘱，宁可性命不要，也决计不可违犯门规，不守武林规矩，以致败了华山派的清誉，太师叔这番话是不能公然附和的；何况"假冒为善的伪君子"云云，似乎是在讥刺他师父那"君子剑"的外号，当下只微微一笑，并不接口。（《笑傲江湖》第十回）

这一段风清扬与令狐冲的问答中，透露的便是道家的处世哲学与人生态度，即"全性保真，不以物累形"。保全自己的生命是道家的第一要务，在道家的观念里，性、命不二分，身心一体。没有了身体这个载体，精神的提升就无从谈起。因此，道家中人追求的是肉体与精神一起升华，最终的理想境界是"白日飞升"。佛教进入东土之后，和道家、儒家为代表的本土文化彼此借鉴融合，最终发展为有别于东南亚和藏区佛教的本土特色的汉传佛教。

对道家来说，保全性命是基础，如果没有这个基础，其后的养性、存神、全真这些精神层面的升华就无从实现，所以令狐冲才对风清扬有了这段关于保命是第一要务的回应。我们在历史上常见的儒家人物、墨家人物为了理想与信念可以抛头颅，洒热血，牺牲生命也在所不惜。孔子"知其不可而为之"，孟子"虽千万人，吾往矣"，文人夫子们撸起袖子冲锋的样子确实让人热血沸腾，但是历史上入世的道家人物践行的理念通常是"功成、名遂、身退"。如范蠡助越王勾践复国后，辞别庙堂携西施泛舟太湖，后经商富甲天下号陶朱公，作为商贩的始祖被祭拜。而没有听范蠡规劝的文种成了被勾践"烹的走狗"。汉初三杰之一的张良为沛公刘邦出谋划策，击败强大的项羽军团，为建立大汉立下盖世功勋，被封留侯，后淡出朝堂、深居简出，在汉初吕后的功臣良将清洗运动中也才得以善终。

令狐冲被诟病之处

和金庸早中期笔下那些"侠之大者，为国为民"的大侠相比，令狐冲这个角色被诟病之处有很多，其中最被拿来说事的是，其师母宁中则被魔教长老俘获并受辱，令狐冲就躲在附近草丛中目睹一切却迟迟没有出手相救。试想如果换作胡一刀、胡斐父子，或是郭靖、杨过、萧峰，肯定立即现身救人了，哪怕是江南七怪自知不敌也会出手相救。但是令狐冲眼见一手带大自己的师母被辱却没有出手相救，犹犹豫豫，金庸还为此描写了不少他内心的思想斗争。所谓顾及向大哥和任盈盈的面子，以及思考事情可能会发展的结果而没有出手，这些不过是令狐冲心理层面上对愧疚感的一种理智化防御。身上有伤，手中无剑，出手会丧命才是令狐冲第一时间无意识自动化决策的决定因素。如果说令狐冲这部分的无意识一部分来自道家文化的集体无意识，另一部分的个人无意识也许和他的经历有关。《笑傲江湖》对于令狐冲的身世只做了简单交代，他是作为孤儿被华山派掌门岳不群和夫人宁中则收养，也是掌门岳不群门下首徒。至于他的亲生父母及儿时经历则没有任何提及，是一个谜。也许令狐冲作为孤儿时动荡不安、朝不保夕的感受形成了一种保全自己的个人无意识。《笑傲江湖》是一部阐释道家思想的书，道家人物神龙见首不见尾的神秘感也在此与令狐冲相呼应。

在道家看来，肉体存在的前提下，"全性保真"才有机会实现。性乃是天性，保持一颗天真的赤子之心是道家所推崇备至的。从心理层面来说，即减少意识层面的心理压抑，直面自己的需要、自己的欲望和情绪。这部分是反儒家思想的，因此，战国时期的道家著作，尤其《庄子》《列子》中很多内容都在批评儒家思想，并顺带编故事调侃一下孔夫子。儒家思想从心理层面看是压抑的,"克己复礼"是儒家追求的理想,由此形成了"仁"的核心思想。为何在道家思想之后出现了儒家思想,并在历史长河中部分地替代了道家思想占据中华文明主流位置?这是由内陆地理位置的封闭性、农耕社会的保守性,以及人口不断增长等因素共同决定的。儒家思想有利于历代王朝统治,但仍然无法避免上述问题进一步发展导致的混乱结局。因此,历史上每个大一统王朝基本上有二百年至四百年(中间出现一次中兴)的大限。结构化系统要求的不是个性而是共性,因此压抑个性是必需的,用规矩(礼)来规范人们的一言一行、情感表达与思想见地。

令狐冲身上散发出人性的自然

儒家思想的刻板要求在令狐冲身上是较少呈现的,《笑傲江湖》中他在不少名门正派人士眼中是个放浪形骸、吊儿郎当、行事狂妄的家伙,令狐冲也评价自己"我乃无行浪子"。在整部小说中,令狐冲最快乐的时光便是从西湖湖底的地牢中脱身之后,化装易容用福建泉州府参将吴天德的身份行走江湖,暗中保护恒山派众尼。没有了华山派门规的约束,令狐冲再也不用瞒着师父和师母偷酒喝,而是无拘无束地大口喝酒大口吃肉,畅快之余再爆几句"格老子"的粗口。面对嵩山派伏击恒山派的刺客,也不用顾忌五岳剑派彼此间的面子,直接拔剑诛杀恶人。这一切都是兴之所至,不再遵循世俗的规矩,这是对天性的解放,是对儒家文化束缚人性的反抗。道家标榜的"返璞归真"并非回到动物性的一面,而是尽量消除后天教化加之于身的束缚情绪、心理、思想,尽可能地展现天性,呈现在生活态度中便是朴素的自然人性。

这样朴素的自然人性在令狐冲身上多有体现,比如当上恒山派掌门后,平日里吃惯酒肉的他开始吃素,并要求跟随自己的群雄可以继续吃荤,但不能再上恒山群尼住的见性峰。这是一种对他人的尊重,对另一种存在方式的尊重,以及对人性的尊重和敬畏。还有他受定静师太临终所托,护送恒山群尼去福州途中,作为男人,为了避嫌,故意粗言粗语离开恒山女尼队伍,却在身后暗中保护,他避嫌的行为也是出于对群尼名声的保护。令狐冲的这些举动是自然人性的流露，是抛开儒家规范，直指最真实人性情感做出的决定。因为在心理层面不刻意压抑，所以他能共情自己的情感与需要，也同样能共情别人的情感和需要，对他来说，这是一种自然而然的能力。这个能力也是他打动任盈盈、向问天、风清扬、蓝凤凰、老头子、桃谷六仙、刘正风、曲洋、莫大先生等一众人的重要因素。当然，他们的性格中也或多或少有与令狐冲相似的部分。

金庸将自己的态度投射在小说中

在《笑傲江湖》的故事中，令狐冲还有个令人印象深刻的特质是，他既不受胁迫也不受利诱。小说中最能诠释他这个特质的情节是，任我行重登日月神教教主之位后，准备扫荡各武林门派、一统江湖之际，以铲除恒山派为要挟，并暗示未来让他继承自己的教主之位，以及许诺他和女儿任盈盈的婚事，要求令狐冲向自己表态臣服。最终，令狐冲断然拒绝，既不受胁迫，也不受利诱，一如之前在西湖底救出任我行后，甘愿受内力反噬之痛也不愿被其收为己用。当少林寺方丈方证与武当派掌门冲虚，武林中最老牌的两大势力表态合力支持他，希望他能消灭左冷禅和岳不群的势力，成为武林正派的盟主以对抗日月神教的任我行时，在权力诱惑面前，令狐冲也断然拒绝了。

金庸是通过描写令狐冲的态度表达了道家"不以物累形"的思想。接受威胁或者利诱，必被"物"所困所缚，丧失的是自然天性，非道家人所为也。战国时期有位杨朱，道家中人，他的著作现已不存，只有一些只言片语在典籍中被引用，比如《孟子》中断章取义地批判他"一毛不拔"的思想。道家著作《列子·杨朱》中记载道："古之人损一毫利天下，不与也；悉天下奉一身，不取也。人人不损一毫，人人不利天下，天下治矣。"不取天下，不拔一毛，是为道家态度，后发展为"无为而治"的治国理念，汉文帝、汉景帝就是这个理念的实践者，造就了"文景之治"，也为后来汉武帝的雄图霸业打下基础。

金庸写《笑傲江湖》的目的是通过令狐冲的故事来阐述道家思想，同时也是在表达自己的政治态度,将自己的态度投射到令狐冲身上。金庸原名查良镛,出生于海宁的世家望族,年轻时雄心勃勃,希望日后成为外交官,在政治上有所建树,无奈造化弄人,这一夙愿始终无法得偿。靠写作成名后,将自己对政治的看法写进了书中,试图通过令狐冲这个人物来阐述道家思想和处世态度。而恰恰道家的思想,本质上是反儒家的,更是反法家的,换一句话说,是反政治的,这也让创作《笑傲江湖》的金庸在内心上好受一些。

东方不败：如果再回到从前

在徐克电影《笑傲江湖2：东方不败》中，林青霞饰演的东方不败深入人心，成为一代经典影视形象。原著小说中的东方不败与林青霞的美貌飒爽一点也不沾边，而是更多透着一股妖邪之气。他在小说中还未登场，便让其他人感受到深深的恐惧。

东方不败的反差感

仪琳道："……田伯光听了这话后，斜眼向着令狐大哥问道，'令狐兄，你当真有必胜的把握？'令狐大哥道：'这个自然，站着打，我令狐冲在普天下武林之中，排名第八十九；坐着打，排名第二！'田伯光甚是好奇，问道：'你第二？第一是谁？'令狐大哥道：'那是魔教教主东方不败！'"

众人听她提到"魔教教主东方不败"八字，脸色都为之一变。(《笑傲江湖》第四回)

当恒山小尼仪琳在刘正风金盆洗手的仪式上，当着武林群雄转述令狐冲与田伯光的对话，提到东方不败时，全场一时噤声色变。连一向硬气的师父定逸也不准她再提这四个字，可以想见这个人名指向的是一股令人恐惧的强大力量。东方不败这四字人名，金庸先生取得极妙，一种对强大力量的想象与感受扑面而来。这个名字已经成为一种象征、一个符号，在拉康所谓的象征界运行，所以才能让人生出各种恐惧的想象。当任我行一行人潜入黑木崖刺杀东方不败，见到他的真人时，惊诧反而大过恐惧。

> 房内花团锦簇，脂粉浓香扑鼻，东首一张梳妆台畔坐着一人，身穿粉红衣衫，左手拿着一个绣花绷架，右手持着一枚绣花针，抬起头来，脸有诧异之色。
> 但这人脸上的惊讶神态，却又远不如任我行等人之甚。除了令狐冲之外，众人都认得这人明明便是夺取了日月神教教主之位、十余年来号称武功天下第一的东方不败。可是此刻他剃光了胡须，脸上竟然施了脂粉，身上那件衣衫式样男不男、女不女，颜色之妖，便穿在盈盈身上，也显得太娇艳、太刺眼了些。
> 这样一位惊天动地、威震当世的武林怪杰，竟然躲在闺房之中刺绣！
> （《笑傲江湖》第三十一回）

金庸塑造的东方不败堪称神来之笔，人物的前后反差与冲突感达到极致。一位武功登峰造极、让无数高手俯首听命的日月神教教主，居然在房间里扮绣花女子，行为举止还如此自治，实在令人匪夷所思。不但任我行、令狐冲一行人感到奇怪，读者也一定充满了疑问，东方不败到底经历了什么，竟然变成这样一副不男不女的模样？

关于性别的精神分析判断模型

> 东方不败微微一笑，说道："你二位能这么说，足见男子汉大丈夫气概。唉，冤孽，冤孽，我练那《葵花宝典》，照着宝典上的秘方，自宫练气，炼丹服药，渐渐地胡子没有了，说话声音变了，性子也变了。我从此不爱女子，把七个小妾都杀了，却……却把全副心意放在杨莲亭这须眉男子身上。倘若我生为女儿身，那就好了。（《笑傲江湖》第三十一回）

东方不败性情大变，小说中说他是挥刀自宫练《葵花宝典》导致的，这是从生理角度给出的答案。那么从心理角度如何解读东方不败的转变呢？关于男性与女性的区分，精神分析早在一百年前就给出了一个心理判断模型，这也是弗洛伊德伟大的洞见之一。他提出了三个判断维度，分别是身体的性特征、心智的性特征、性客体的选择。要知道，在一百多年前就用这样的视角去看待男性和女性，是相当前卫的，这种判断方式也因此饱受争议。

东方不败尖声道："果然是任教主！你终于来了！莲弟，你……你……怎么了？是给他打伤了吗？"扑到杨莲亭身旁，把他抱了起来，轻轻放在床上。东方不败脸上一副爱怜无限的神情，连问："疼得厉害吗？"又道："只是断了腿骨，不要紧的，你放心好啦，我立刻给你接好。"慢慢给他除了鞋袜，拉过熏得喷香的绣被，盖在他身上，便似一个贤淑的妻子服侍丈夫一般。

众人不由得相顾骇然，人人想笑，只是这情状太过诡异，却又笑不出来。（《笑傲江湖》第三十一回）

在东方不败的案例中，性客体的选择被置于前台呈现层面，是很容易被识别出来的，他对杨莲亭爱怜的态度表明了他的性客体对象是如杨莲亭般的粗豪汉子。在身体的性特征方面，他因为练《葵花宝典》失去了在生理上标记为男性的生殖器官。因此，从身体的性特征与性客体选择这两个维度很容易判断，此时东方不败的女性特质占优势。另一个判断维度"心智的性特征"较之前两个维度，是被置于后台的背景层面，其中包含了许多因素，可以笼统地描述为，是否更多体现女性的心理特征。这包含女性集体无意识特征，以及社会对于女性要求的特质，后者会随着社会文明的发展而变化，这也是女性主义者能够在意识层面努力改变的部分。东方不败看到杨莲亭受伤后，对待他的态度，就像一位妻子对待丈夫般无微不至地关心与疼爱。而杨莲亭对待东方不败的态度哪里有半分下属对待上司、教众面对教主应有的尊敬，分明是古代社会丈夫对待妻子的上下尊卑的态度。东方不败也坦然接受，这就是女性集体无意识的影响，他把自己放在了一个女性和妻子的位置。所以在心智的性特征维度上，现在的东方不败也更多呈现女性特质。

也难怪任我行、向问天以及东方不败曾经的好兄弟童百熊再见到他时，会如此惊诧，此时东方不败的举止模样与过去的他实在是差距太大。可是，东方不败从一位钢铁男子转变为一位娇滴滴的女子，这背后更深层的心理动力又是什么？

对于被爱的渴望

东方不败的目光缓缓转到盈盈脸上，问道："任大小姐，这几年来我待你怎样？"盈盈道："你待我很好。"东方不败又叹了口气，幽幽地道："很好是谈不上，只不过我一直很羡慕你。一个人生而为女子，已比臭男子幸运百倍，何况你这般千娇百媚，青春年少。我若得能和你易地而处，别说是日月神教的教主，就算是皇帝老子，我也不做。"（《笑傲江湖》第三十一回）

在小说中，任盈盈不止一次提到东方叔叔对自己很好，东方不败也的确对她不错，这份好源自他对任盈盈女子身份的羡慕。那么，从心理层面上分析，东方不败到底羡慕任盈盈什么？在前面提到的"心智的性特征"维度，对于男性、女性的区分，有一条是主动性与被动性的区别，这是集体无意识中对于男性原型与女性原型的本质区分。因此，在社会生活中，人们通常会认同男性表现的主动性与女性表现的被动性。当然，现代社会出现相反的情况也不足为奇，这是现代文明发展带来的多元化。但在亲密关系中，男性的主动和女性的被动更容易被大多数人接受。东方不败之所以羡慕任盈盈，是因为对方拥有年轻与美貌，能够作为女子，在被动的位置上享受被爱的感觉。

东方不败需要"被爱"，这也许指向了他心理上的创伤与缺失。在小说中，通过他与好兄弟童百熊的对话可以知道，东方不败自幼贫寒，父母双亡，十一岁跟着这位兄长闯江湖，从低级教众干起，一步步努力往上爬，多次身陷险境，九死一生。也正是因为他拼命的劲头被教主任我行看中，他从风雷堂长老手下的一名副香主开始，被破格提拔，一路升迁，最终成为一人之下的副教主，手握大权。从精神分析的视角看，东方不败如此追求事业有成与个人卓越的背后，其心理动力实际上来自对被爱的渴望。对孩子来说，爱来自他人，最早来自父母这样的重要养育客体，如果获得的爱比较充足，那么被爱的感受会内化到自体中，成为今后爱自己的基础。如果孩子过早丧失父母的爱，或被爱的感受不充足，那么在长大的过程中，孩子会无意识地渴望从外在环境中寻求这份被爱的感受——而方法通常是努力让自己变得卓越，这是一种在象征层面希望从父母那里重获被爱的目光与关注的移情表现。但这本质上是不可得的，早年缺失的终究已经缺失，由此发展出的无意识补偿模式，终究是刻舟求剑。因此，当东方不败发动政变成功，囚禁了任我行，登上教主之位，成为武林至尊后蓦然回首，被爱的体验依旧不可得，创伤依旧在。这也能解释为何东方不败会像一位贤惠的妻子那样对待杨莲亭，因为粗豪的杨莲亭就是他年轻时的样子，他把被爱的渴望投射到了这位莲弟身上，对其无限爱怜。

权力是通过献祭后才能获得的

　　不多时，又有一批人入殿参见，向他跪拜时，任我行便不再站起，只点了点头。

　　令狐冲这时已退到殿口，与教主的座位相距已遥，灯光又暗，远远望去，任我行的容貌已颇为朦胧，心下忽想："坐在这位子上的，是任我行还是东方不败，却有什么分别？"

　　……

　　盈盈凄然一笑，道："信得过。"隔了一会，幽幽地道："只是我觉得，一个人武功越练越高，在武林中名气越来越大，往往性子会变。他自己并不知道，可是种种事情，总是和从前不同了。东方叔叔是这样，我担心爹爹，说不定也会这样。"令狐冲微笑道："你爹爹不会去练《葵花宝典》上的武功，那宝典早已给他撕得粉碎，便是想练，也不成了。"

　　盈盈道："我不是说武功，是说一个人的性子。东方叔叔就是不练《葵花宝典》，他当上了日月神教的教主，大权在手，生杀予夺，自然而然地会狂妄自大起来。"（《笑傲江湖》第三十一回）

金庸笔下的武侠人物着实不少，各有鲜明特点，人物性格丰富多彩，但是如果用人格评估模型来划分归类的话，绝大多数人物都会被划入自恋型人格。这是个挺有意思的现象，细细想来也情有可原。一个人持续地练习武艺，与人PK，不断精进，最终成为高手、侠客，使自己比普通人更厉害（优秀），其心理动力必然是带有自恋特质的。这个过程带来的能力感、胜任感、满足感、卓越感让自体凝聚，在心理上属于良性自恋。而如果个体受早年的创伤影响，对于自恋感受的需求过于痴迷，则容易进入恶性自恋的病态阶段，就会从正常的自恋型人格渐渐转变为自恋型人格障碍、自恋型行为障碍。在小说中东方不败便是如此，任我行重登教主之位后也是如此，岳不群、左冷禅也都展现出了这一点。他们都有一个相似的特点，即对于权力的无限痴迷追求。

权力会催生出恶性自恋，以及自恋型人格障碍或自恋型行为障碍。当一个人拥有决定他人态度、行为，乃至生死的权力时，他通常会感觉自己无所不能，渐渐夸大到无以复加，在无意识里甚至觉得自己是决定一切的神祇。个人既然在神的位置上，那么看待芸芸众生就是俯视的，抽离的，没有共情的。因此，古代君王会自称寡人，郑少秋有首歌《无敌是最寂寞》，天下一人的感受虽然寂寞，但也很满足，自恋的满足。

然而，当这条路走到尽头时，孤身一人回头再看，原来自己也是丧失了亲情、友情、爱情等种种关系后才到达此处，自恋的满足并不能抚慰丧失的痛苦，越往前走越需要献祭本已不多的拥有之物。就如东方不败自宫练《葵花宝典》的心理隐喻，用拉康派精神分析理论来说就是：为获取假阳具而献祭了阴茎。这是否值得？最后，东方不败给出了他自己的答案。

韦小宝：逝去的歌

《鹿鼎记》是金庸最后一部长篇武侠小说，也是他争议最大的作品，倪匡评金庸武侠《鹿鼎记》第一，不少金迷则捏着鼻子读不下去。之所以有这样的争议，是因为《鹿鼎记》可以说是一部"反武侠"的武侠小说，从主角人物塑造到故事构思与之前任何一部金庸武侠小说完全相反。笔者亦认为《鹿鼎记》是金庸最好的一部小说，其思想境界远超他之前所有的作品。正因为这不是一部纯粹的武侠小说，所以能够摆脱武侠框架的束缚登上巅峰。一件事物发展到尽头，不是死亡就是自反，武侠小说也是一样，《鹿鼎记》是一部武侠的自反之作，也是巅峰之作。

反英雄的主角

九难冷笑道："今日倒也真巧，这小小禅房之中，聚会了一个古往今来第一大反贼，一个古往今来第一大汉奸。"韦小宝道："还有一个古往今来第一大美人，一位古往今来第一武功大高手。"九难冷峻的脸上忍不住露出一丝微笑，说道："武功第一，如何敢当？你倒是古往今来的第一小滑头。"（《鹿鼎记》第三十二回）

《鹿鼎记》是一部反武侠、反英雄的小说。主角韦小宝与金庸武侠小说之前的所有主角完全不同，这种不同也是很多读者不喜欢这部小说的最大原因。韦小宝身上既没有郭靖家国天下的情怀，杨过的至情至性，张无忌的宽厚仁爱；也没有萧峰的英雄气概，段誉的天真烂漫，虚竹的慈悲善良；更没有令狐冲的潇洒豁达。韦小宝身上展现出的反而是贪财好色、见风使舵的油滑。因此，韦小宝这个人物的设定基本切断了读者把自己代入主角的阅读习惯，这也许是金庸刻意为之，因为他写《鹿鼎记》是想要阐述一些思想，这些思想需要更多从客观的角度来思考，而非从代入的主观角度去体验。就是这样一位和传统英雄侠客沾不上半点边的人，却完成了许多大事，诛鳌拜、灭神龙教、助平吴三桂三藩之乱、平郑氏收复台湾、挫沙俄签《尼布楚条约》。虽然读者知道韦小宝是个杜撰的人物，但是放在小说中，他的所作所为以及最后的结果又是如此合情合理，这背后的原因值得我们思考。

> 这种声音韦小宝从小就听惯了，知道是老鸨买来了年轻姑娘，逼迫她接客，打一顿鞭子实是稀松平常。小姑娘倘若一定不肯，什么针刺指甲、铁烙皮肉，种种酷刑都会逐一使了出来。这种声音在妓院中必不可免，他睽别已久，这时又再听到，倒有些重温旧梦之感，也不觉得那小姑娘有什么可怜。（《鹿鼎记》第三十九回）

韦小宝出生在扬州社会最底层的妓院之中，母亲韦春花是一位地位低微的妓女，父亲是谁，连他的母亲也不能确定。他应该是因母亲避孕失败所生，从小在妓院长大，母亲忙着皮肉生意自然也就无暇管教他。这个野蛮生长的孩子，从小耳濡目染的是世界上最现实、最残酷、最强调利益为先的成长环境，这也就不难理解韦小宝的价值观就是现实的、注重利益的，为了生存可以放下一切，什么家国，什么骄傲，什么面子，什么慈悲，这些都不能成为阻碍他行为的内心障碍，不会构成心理层面的冲突。而恰恰家国情怀，名誉节操的取舍是英雄大侠们最为看重（纠结）的东西。

韦小宝暗暗叹了口气,心道:"妈的小调唱来唱去只是这几支,不是《相思五更调》,就是'一根紫竹直苗苗',再不然就是'一把扇子七寸长,一人扇风二人凉',总不肯多学几支。她做婊子也不用心。"转念一想,险些笑了出来:"我学功夫也不肯用心,原来我的懒性儿,倒是妈那里传下来的。"(《鹿鼎记》第三十九回)

韦小宝是金庸武侠小说主角中武功最低微的,算来算去只会洪教主夫人教的美人三招和九难师父教的神行百变。前者是出其不意,钻裆偷袭,上不了台面的阴损奇招,后者是纯粹的逃遁之术,这都符合韦小宝保命第一的行事风格。在《鹿鼎记》中,韦小宝战无不胜,屡创奇迹的关键不再是绝世武功,而是韦氏四宝:蒙汗药,石灰粉,一件刀枪不入的金丝软甲和一把削铁如泥的匕首。这四件东西加上他举世无双的拍马屁功夫,使他一路逢凶化吉,比任何武功都好用,管用。因此,小说中再也不会有降龙十八掌或者九阳神功那样惊世骇俗的武功,也不会再有主角为了练成绝世武功而那么辛苦地修内力,寻秘籍。理想中的武侠英雄不再成为决定事件成败的关键力量,对绝世武功的理想化在此破灭。

韦小宝哼了一声,问那歌妓:"你会唱《十八摸》罢?唱一曲来听听。"
众官一听,尽皆失色。那歌妓更是脸色大变,突然间泪水涔涔而下,转身奔出,啪的一声,琵琶掉在地下。那歌妓也不拾起,径自奔出。(《鹿鼎记》第三十九回)

在武功方面,韦小宝和大侠毫不沾边,在才情品位方面,也只能用"俗不可耐"来形容。在之前的金庸武侠人物中,武艺与才情双全是对大侠最完美的设定。哪怕如郭靖,自小长于大漠,不通文墨,在《射雕英雄传》中,他年少时遇黄蓉与人交流诗词,常感尴尬与茫然。而《神雕侠侣》里的中年郭靖守襄阳时,他带着杨过巡视城防,也能作一首壮怀激烈的宋词来抒发内心的感怀。韦小宝从未对自己的粗俗感到一点羞耻感,可谓一个非常自然而然的庸俗之人。

反爱情的小说

> 韦小宝一见这少女,不由得心中突地一跳,胸口宛如被一个无形的铁锤重重击了一记,霎时之间唇燥舌干,目瞪口呆,心道:"我死了,我死了!哪里来的这样的美女?这美女倘若给了我做老婆,小皇帝跟我换位我也不干。韦小宝死皮赖活,上天下地,枪林箭雨,刀山油锅,不管怎样,非娶了这姑娘做老婆不可。"(《鹿鼎记》第二十二回)

金庸武侠小说中,男女主角的爱情也是被金迷们津津乐道的,比如郭靖与黄蓉从少年到中年的相濡以沫,杨过与小龙女十六年之约的深情,张无忌与赵敏日久见真情,以及令狐冲与任盈盈的琴瑟和鸣。但到了《鹿鼎记》中,韦小宝的爱情却是不存在的。韦小宝是金庸武侠小说中伴侣最多的男主角,他最终拥有了七个老婆,凑成了"三妻四妾"。但这和爱情没有关系,韦小宝没有爱的能力,他只有欲望没有爱,他对于美丽的女性只有千方百计获取的欲望,对阿珂的追求就是他欲望最赤裸裸的展现。书中将爱情的理想化表现得最极致的一位人物是百胜刀王胡逸之,他对陈圆圆一见钟情,却只甘愿做她身边的一名花匠。默默守护陈圆圆的二十三年中,胡逸之只希望偶尔能够见到她,听到她说话足矣。如此痴情到极致的爱情,韦小宝自然是无论如何也不能理解的,他从小没见过什么是男女之间的爱情,更不具备爱一个女子的能力,在他的心中,男女之情只是欲望与性的结果。

> 韦小宝心想:"这位明朝皇帝的末代子孙自杀殉国,有五个老婆跟着他一起死。我韦小宝如果自杀,我那七个老婆中不知有几个相陪?双儿是一定陪的,公主是一定恕不奉陪的。其余五个,多半要掷掷骰子,再定死活了。方怡掷骰子时定要作弊,叫我这死人做羊牯。"(《鹿鼎记》第四十六回)

韦小宝身边虽有七位如花似玉的妻子,却没有一位是因为爱情而与他在一起的。阿珂最后委身嫁于韦小宝,一方面是怀了他的孩子,另一方面是郑克塽实在太草包,而且以她的身份很难成为郑家正房儿媳,最终理想只能向现实低头。教主夫人苏荃则更是基于现实的考量，在神龙教被荡灭，教主身死之后，作为朝廷要犯，也只有跟着韦爵爷才能够护自己周全。小郡主沐剑屏与曾柔则是把韦小宝想象成自己以为的样子。方怡从头至尾就没有爱过韦小宝，她屡次背叛出卖韦小宝，她的选择纯粹是出于现实的因素，这也符合她的出身与遭遇。建宁公主与韦小宝的关系始于深闺公主对性禁忌的好奇，之后二人的相处始终带着主子对仆人的高高在上的态度，直到苏荃出头教了她规矩。那么，让韦小宝笃定会为自己殉情的双儿，她真的爱韦小宝吗？或许有一点，但更多是报恩。双儿始终是一个愚忠的角色，庄家三少奶奶将她送给韦小宝，她就死心塌地地跟着他，为他挡剑，为他不眠不休拼《四十二章经》里的羊皮碎片，无论韦小宝做什么，怎么对待她，她都毫无怨言，双儿更像一个工具人，毫无自己的人格独立性。没有爱情的关系却让韦小宝与三妻四妾们其乐融融，各有所得。从这点上看，《鹿鼎记》不但反英雄，反武功，反才华，还彻底地一反武侠中的理想爱情。

大侠父亲之死

> 风雨声中，忽听得吴六奇放开喉咙唱起曲来："走江边，满腔愤恨向谁言？老泪风吹，孤城一片，望救目穿，使尽残兵血战。跳出重围，故国悲恋，谁知歌罢剩空筵。长江一线，吴头楚尾路三千，尽归别姓，雨翻云变。寒涛东卷，万事付空烟。精魂显大招，声逐海天远。"
>
> 曲声从江上远送出去，风雨之声虽响，却也压他不倒。马超兴在后艄喝彩不迭，叫道："好一个'声逐海天远'！"韦小宝但听他唱得慷慨激昂，也不知曲文是什么意思，心中骂道："你有这副好嗓子，却不去戏台上做大花面？老叫化，放开了喉咙大叫：'老爷太太，施舍些残羹冷饭'，倒也饿不死你。"（《鹿鼎记》第三十四回）

韦小宝与英雄豪杰们的格格不入在整部小说中屡次上演。在《鹿鼎记》中，传统的英雄侠客并不少，吴六奇、胡逸之，以及红花会青木堂众人等。其中，最典型的人物就是韦小宝的师父、红花会帮主陈近南。有道是："平生不见陈近南，就称英雄也枉然。"可见陈近南是传统英雄中的典范。他身上集中了儒家尊崇的仁义礼智信品格，心怀家国天下的理想，一生为反清复明奔走；为报国姓爷知遇之恩，哪怕受到排挤，依旧对主公郑家忠心耿耿，可谓忠义。他和诸葛亮一样都属于为了心中理想，知其不可而为之的悲剧英雄，悲剧更能衬托出英雄本色，令人心折。陈近南对于韦小宝的重要性在于，他扮演了韦小宝心理上缺失的父亲角色，一位理想化的父亲。陈近南之死是韦小宝最悲痛的时刻，也有着更深层的隐喻。

  陈近南功力深湛，内息未散，低声说道："小宝，人总是要死的。我……我一生为国为民，无愧于天地。你……你……你也不用难过。"

  韦小宝只叫："师父，师父！"他和陈近南相处时日其实甚暂，每次相聚，总是担心师父查考自己武功进境，心下惴惴，一门心思只是想如何搪塞推诿，掩饰自己不求上进，极少有什么感激师恩的心境。但此刻眼见他立时便要死去，师父平日种种不言之教，对待自己恩慈如父的厚爱，立时充满胸臆，恨不得代替他死了，说道："师父，我对你不住，你……你传我的武功，我……我……我一点儿也没学。"

  陈近南微笑道："你只要做好人，师父就很喜欢，学不学武功，那……那并不打紧。"韦小宝道："我一定听你的话，做好人，不……不做坏人。"陈近南微笑道："乖孩子，你向来就是好孩子。"

  ……

  陈近南登时安心，吁了口长气，缓缓地道："小宝，天地会……反清复明大业，你好好干，咱们汉人齐心合力，终能恢复江山，只可惜……可惜我见……见不着了……"声音越说越低，一口气吸不进去，就此死去。

  韦小宝抱着他身子，大叫："师父，师父！"叫得声嘶力竭，陈近南再无半点声息。

  苏荃等一直站在他身畔，眼见陈近南已死，韦小宝悲不自胜，人人都感凄恻。苏荃轻抚他肩头，柔声道："小宝，你师父过去了。"

  韦小宝哭道："师父死了，死了！"他从来没有父亲，内心深处，早已将师父当成了父亲，以弥补这个缺陷，只是自己也不知道而已；此刻师父逝世，心中伤痛便如洪水溃堤，难以抑制，原来自己终究是个没父亲的野孩子。（《鹿鼎记》第四十四回）

韦小宝从小缺失父亲，无论是生物学上的亲生父亲，还是成长中的养父都是缺失的，但凡是缺失，就需要在心理上获得一定程度的补偿。当他遇到陈近南，阴差阳错加入红花会做了青木堂香主之后，陈近南成了韦小宝心理上的父亲。

父亲最重要的心理功能包括对孩子言传身教规则意识，以及作为崇拜榜样，给予孩子理想化的精神指引。可以明显看到，早期的韦小宝身上就缺少这两个部分，他的规则是为了生存可以无所不为，也正因为如此，才误打误撞地成为小玄子（康熙）的伙伴。这套生存哲学让他在皇宫这个"大妓院"（韦小宝第一次进宫时对其的评价）生活得游刃有余，当然也离不开索额图的指导，但这不属于父亲规则，或者说不是带有父性精神的规则。陈近南践行的是一套代表父性精神的规则，这套规则在各个时代呈现得虽有不同，但总体是从精神层面映射到现实生活中的什么可为、什么不可为的道德准则。

陈近南理想化的形象与其反清复明的理想是一种父性的精神指引，这部分会形成孩子自我理想化的重要一环。韦小宝却自始至终都没有精神层面的自我理想化痕迹，他从来没有反清复明的理想，也没有顾炎武、吴六奇等人为报国仇家恨的牺牲精神。韦小宝从没有想过自己要成为什么样的人，他一直被层出不穷的事件推着走，用他的生存哲学见招拆招，逢凶化吉。直到最后路走不通了，必须在康熙和红花会之间做出选择时，他放弃了这两个选择，最终带着老娘、妻儿以及钱财隐姓埋名去大理国过逍遥日子。他的选择永远是基于物质的、生存的，不会是立场的、精神的。

陈近南的逝世，对韦小宝来说是父性精神的彻底失去，这也是他如此悲伤的更深层原因。他虽然与陈近南相聚不多，但依然受到了一些父性的影响，比如韦小宝身上比较明显的"讲义气"特点，这一方面是受他小时候听评书的影响，另一方面也是陈近南这个心理上的父亲带给他的。只是在心理层面上，韦小宝遇到"父亲"太晚，"父亲"离开得又太早，这是他人生的遗憾与悲哀。他如洪水决堤般的悲痛既是对陈近南离去的哀悼，也是对自己缺失父亲、重获父亲却最终丧失父亲的哀悼。

父性精神的挽歌

> 那文士提笔蘸上了墨，在纸上写了个"鹿"字，说道："鹿这种野兽，虽是庞然大物，性子却极为和平，只吃青草树叶，从来不伤害别的野兽。凶猛的野兽要伤它吃它，它只有逃跑，倘若逃不了，那只有给人家吃了。"又写了"逐鹿"两字，说道："因此古人常常拿鹿来比喻天下。世上百姓都温顺善良，只有给人欺压残害的份儿。《汉书》上说：'秦失其鹿，天下共逐之。'那就是说，秦朝失了天下，群雄并起，大家争夺，最后汉高祖打败了楚霸王，就得了这只又肥又大的鹿。"（《鹿鼎记》第一回）

韦小宝这样一个市井小子、缺乏父性引导之人，最终长成一个武艺平平，品位俗气，贪财好色又有些江湖义气的人。但恰恰是这样的反英雄人物，最终却干成诸多大事，获封一等鹿鼎公，位极人臣，这样的故事构思是金庸有意为之。小说开头，作者借文士父子对答点出了"鹿"与"鼎"的含义，对应了小说结尾处韦小宝受封的鹿鼎公爵位。《鹿鼎记》要表达的思想就在这个前后呼应之中，金庸旨在批判中国历史上的统治者们用严刑峻法塑造的压抑社会。

小说发生在清代康熙初年，在小说第一回中，通篇都在写当时的文字狱。秦灭六国一统天下用的就是法家思想，但法家思想和法律公正不是一回事，简单说就是统治阶层对布衣百姓采用严刑峻法的统治手段。也是因为法家太过严苛，秦二世而亡。经过汉朝文景两代采用道家无为而治的短暂阶段之后，到汉武帝时开始独尊儒术，构建出"外儒内法"的统治策略，一直沿用到清，其严苛程度到明清最盛。

法家代表人物韩非子在《五蠹》中的名句"侠以武犯禁"，是最早提到"侠"这个概念的记载，这句话体现了法家对于侠的否定态度。于是乎，在两千多年"外儒内法"思想的统治下，侠是不被允许的，是被打压的，侠的精神在这样的统治背景下一定会逐渐消亡殆尽。这就是《鹿鼎记》为何是部反武侠的武侠小说，因为在古代的社会统治背景下，侠不过是一种想象，想象终究抵不过现实，终将破灭。毫无半点侠气的人反而能够在这样的社会中左右逢源，呼风唤雨，得偿所愿。真正怀有侠义精神的人，如陈近南，唯有壮志难酬，遗恨而亡。

金庸武侠洋洋洒洒数百万字，"飞雪连天射白鹿，笑书神侠倚碧鸳"到底在写什么？如果从精神分析角度，一言以蔽之就是写"寻找父亲"。金庸笔下的主角们大多都没有父亲，或是遗腹子；或是还在襁褓中就失去了父亲；幼年、少年丧父者比比皆是；还有不知道自己亲生父亲到底是谁的。他们开启英雄之旅的心理动力本质上都是在寻找"父亲"，寻找父性精神，并将其继承或发扬。直到《鹿鼎记》的故事，通过韦小宝这个主角，金庸表达了"侠"这种代表父性精神的象征在现实世界中挣扎、磨灭，虽有万般伤感但又不得不接受，于是金庸武侠到此为止。

附录

谈"中西人格的心理差异"

近来忽有所感，我距今从事临床心理咨询的学习与工作已满12年，说长不长，说短也不短，好歹一路走了下来，没有出现倦怠，兴趣也未减。这十多年来，我心里始终有一个疑问，这个疑问在我刚从事心理方面的工作时就出现了，后来还扩展出一系列疑问，面对这些疑问，我始终无法解决，或者说无法做出让自己满意的回答。随着这些年在心理咨询与治疗领域的学习与实践，这个疑问始终在那里，有时候在后台静默，有时候则出现在前台迫使我去思考。

这个疑问就是："中西人格作用在心理层面上，是否存在巨大差异？"具体来说，就是由于东西方存在地域差异，文化差异，人种差异，乃至历史进程的差异，那么中国人和西方人（当然还可以再分）在内在人格层面上是否存在差异，这个差异是否大到足够使各自的心理层面出现极大的不一致性，甚至对立性？这个问题的答案简单来说，无外乎是与否。或者用我们已经驾轻就熟的辩证逻辑来套一下：东西方人格有相同的地方也有不同的地方，需要我们辩证统一地看，去理解，求同存异，着眼实践，关注生活……可是我不愿意在这个貌似清楚，实则混乱的地方停止追问与思考，因此，这个疑问还引发了一系列的追问。

我们奉为圭臬的现代心理治疗与咨询的认识论与方法论均来自西方，是基于西方人的人格心理，针对西方人心理困惑与心理矛盾得出的结论，它是否适合我们中国人的心理？

如果中国人和西方人在人格层面存在巨大差异，那么这些心理治疗方法对中国人适用吗？会不会只是安慰剂，甚至有副作用？

在经过一段时间的临床心理咨询与治疗之后，通过现实与感受的评估，来访者的心理确有改善和治愈，那么这些基于西方人格心理的理论和方法，如何作用于内在人格不同的中国人的心理，起效的原因何在？

……

对于这一系列问题，我至今没有得出清晰的、自己认为完善的、满意的答案，或者说也许永远不会有完美的答案，只有不断地去追问，去思考，去探求。也许这个过程本身便构成了对问题接近完美的回答。

人的心理与人格特质息息相关，人格对于心理的影响是决定性的、先验性的，但人格不具备伦理性，并不是品格的同义词。不同人的人格各有不同，但有共性部分，尤其生活在同一个或相近文化地域的背景中，这样的共性人格是显而易见的，此文讨论的中西人格主要指这个共性部分。

西方人格的形成基于西方文化的塑造，西方文化起源于古希腊文明，经过古罗马文明、基督教文化到今天的科技文明，虽历经数千年，但其内在的核心思想一脉相承，这个核心即是塑造西方人格的关键因素。作为西方文明之根的古希腊文明，其核心思想在那些如群星璀璨的古希腊哲学家的哲思中得以体现。相较西方文明，东方文化的根为道家思想，又诞生了内核一致、外显入世的儒家思想，再异化的法家思想，最终在内法外儒与道家思想的不断切换中，迎来印度佛教思想传入东土，再演变为本土佛教（以禅宗为代表），直到宋明理学出现，将儒释道的思想进行糅合，这个文化发展过程成为塑造东方人格特质的基本底色。

第一个被记载的古希腊哲学家泰勒斯说："这个世界是由水构成的。"从此开启了哲学，开启了对于世界本源的探讨。德谟克利特说世界的本源是"原子";阿那克西美尼说是"气";毕达哥拉斯说是"数"……这些哲人们提出观点,去思考,去辩论,去证明自己的观点。与此同时,东方最伟大的哲学家老子同样提出了自己的观点,他认为世界的本源是"道"。但这个观点不可描述,不能证明,不能分析,不能讨论,因为"道可道,非常道",只能感受,这种"不能言传,只可意会"的文化传统一直影响到今天。不追问形而上的本质,就走向形而下的运用。于是西方与东方各自派生出"无用"的哲学、抽象的几何代数、上帝与有用的黄老之术、治国平天下的权谋、仁治。

东西方文明差不多的文化开局,却走向了不同的道路,这个不同随着历史的发展,在近代已经产生了肉眼可辨的巨大差异。西方由不断形而上的思辨追问开启了个人主义,自由主义;东方则进入了自然主义,实用主义。西方文化的思辨精神最佳注解是笛卡尔的"我思故我在",这是主客分离的二元论,是内在精神世界与外在自然世界的二元分化。对于这个分化,西方文明是用宗教,用上帝,用基督来解决,以达到二者的联结与统一。而这个问题在东方则完全不存在,受自然主义的影响,在东方文化中,内在精神与自然世界是合一的,未分化的,体现在道家是坐忘,在佛家是无我,在儒家是家国天下。所以会有一种激进的观点认为,我们的文化里没有宗教信仰,因为我们文化里没有基督教式的那种纯粹的彼岸式信仰,而是一种更为现实化、世俗化、功利化的此岸式信仰。

二元分化的文化会催生出"我"的意识,我之独立,我之存在。随之而来的是心理上的"自由意志",这是西方人格最本质的底色。在《圣经》中,亚当、夏娃被逐出伊甸园的隐喻便是他们认识到了彼此的不同,认识到了自己与上帝的不同,从融合态中分裂了出来,失去了乐园,但开启了智慧,也开始了自己为自己负责的血与泪的自由之旅。回到东方文化,找遍上下五千年,有血缘意志,宗族意志,家国意志,天道意志……各种结构系统意志,唯独没有"我"的"自由意志"。古今多少大英雄、大枭雄不是替天行道,就是天要亡我,要么是顺应天意,要么是造物弄人。一切行为要合乎心,合乎理,合乎道，心即是理，理即是性，空即是色，色即是空……我与自然合一，内在精神世界与自然世界不分，这是东方文化追求的最高境界。所以"我"在哪里？"我"无处不在，那么又如何有我？如何有自我意识？这个部分的追求在六祖慧能赢了神秀，得了禅宗法脉的那首传颂千年的佛偈中体现得淋漓尽致。

西方文明经过文艺复兴，宗教改革运动之后，基督教对人精神上的影响被迅猛发展的科学技术替代，最终尼采宣告：上帝已死。对西方来说，这是个新时代的开始，是一个最好的时代，同时也是一个最坏的时代。上帝死了，解决内在精神世界与外在自然世界二分困境的上帝死了。这个空出来的部分，是无法用科学弥补的，科学虽然做了很多努力，但至今仍无法担当联结精神世界与自然世界的桥梁。因此，我们可以看到今天的西方世界呈现出越来越多的分裂现象——从内心到外在。上帝死后，才有了西方心理学的出现。从这个哲学层面来说，西方的心理学是替代原本基督教的角色来重新弥合西方心理上的分裂倾向。而东方文明在近代之前呈现的都是融合的自然主义、结构主义的心理特征。血缘，宗族，家国，天下，将所有人捆绑在一起，沉闷，压抑，但也融合，安全，有情（无爱），你中有我，我中有你，但没有"我"，没有自由意志。所以我们近代以前的历史始终王朝兴替，周而复始，你方唱罢我登场，看似很热闹，但本质上换汤不换药，结构不变。打破东方文明这个形式以及心理结构的，是我们近代被西方欺压的那段屈辱历史。我们传统的结构化文化太坚固了，很难进行自身更新迭代，只有靠外力的打破，虽然这个过程是极为痛苦的，但也是不得不挨的。对于现代中国人来说，我们应该感谢五四运动，感谢那些文化先驱，他们用现在看来粗暴，甚至偏执的方式打倒孔家店，开展轰轰烈烈的新文化运动，才使那些彰显自我、自由意志的种子开始播撒到中国人的心里。有了这些部分的生长与发展，我们的文明才渐渐开始跟上这个世界发展的脚步，不断强大。

谈到这里，我们可以粗略地得出结论，西方人格心理问题的本质是由长期内心二元分裂冲突导致的。西方的心理咨询与心理治疗本质上是在弥合这个分裂的部分。就拿精神分析来说，弗洛伊德的"三我结构""地质说""生死本能"都是对这个分裂本质的理性阐释。而他的工作是基于"我"的自由意志大背景下的分析，最终在古希腊的日神精神和酒神精神之间找一个相对自由的平衡点。

而我们东方文化背景下的心理问题在于"传统融合态的打破"和"新的自我意识进入"产生的冲突与矛盾。这个内心冲突矛盾的外在呈现，可以参照、观察南北文化的差异导致地域经济发展的不平衡。这些年，传统文化的提倡与兴起，解读儒释道经典，推崇阳明心学，其背后的心理是对于注入心理结构的新因子使结构暂时处在不稳定状态的一种无意识补偿，是一种偏执-分裂位态，是害怕丧失、混乱才要更紧地抓住过去。

基于上述东西方文化与心理的差异，我们有必要进一步审视西方的心理治疗与咨询作用于我们东方文化下的心理的有效性和负面性问题。这个问题是值得深入、详细、长期地讨论和思考的。限于篇幅问题，我简单谈几个小例子。

人格面具。人格一词原本来自拉丁文中的面具，在西方文化里，人格面具没有贬义的意思，因为人格不具备伦理性。关于东西方人内心的不同有一个"镜子"的比喻。同样是一面镜子，西方人习惯把镜子放在外面，通过外在世界照见自己，所以西方人注重法律、言行、规范，以此来演出自己，展示人格，而不去追究内在如何，因此，西方人更注重个人隐私，哪怕内心再不堪，只要外在合乎法律规范，就算是一名拥有高尚品格（注意，不是人格）的人，这也是西方原罪文化的起源。而中国人的镜子是在心里的，是无垢的，因此，神秀的那句"时时勤拂拭"的佛偈输了慧能的"本来无一物"一筹。中国人无论是看人还是看事，都是从这个自以为无垢的本心之镜出发去映照别人，探求别人内心的镜子如何，是否干净，出发点如何，至于做事的结果反而在其次。因此，好心办坏事、身不由己都是可以被原谅的，因为本心干净。所以，中国人做事常说我摸着自己良心如何如何……要将自己的内心展现给这个世界看，以达到内心精神世界与外在自然世界的融合。但这恰恰失去了真正的反思，镜子是无法反照自身的，缺乏反思更容易走入虚伪、粉饰、自我欺骗之途。镜子的比喻代表了西方人内心的分裂，人格长期外显导致的僵化，因为分裂的加剧，所以才有人格面具的理论，这是一种缓解西方人心理焦虑和僵化的观点。而我们东方人不但不需要摘下这个面具，反而应该更多塑造这个面具，这个面具代表的是"我"，塑造的过程恰是自由意志展现的过程。有意识地戴上自己选择的面具，知道自己在演出并且努力演好是不累的；相较之下，戴上一样的面具却以为自己没有戴面具，在人生的舞台上演出才是累人的。

孤独。因为西方人心理上的分裂体验，所以西方式的孤独是深入骨髓的。这部分在东方文化里是达不到的，因为东方人受传统文化的影响，其心理上是融合的。历史上有很多离群索居的隐士，但那种孤独只是形式上的孤独，而非精神上的孤独，是一种与天地精神相往来，与自然世界融合的体验，是一种以孤独的方式去追求更深刻的融合体验。这与西方文化中在此岸向往彼岸的孤独是非常不同的，西方人的孤独是一种更为纯粹的孤独，是西西弗斯日复一日推石头的孤独，是一种希望在彼岸获得救赎的孤独。而中国的隐士们追求的是与天地融合的孤独，而其他更多人的孤独仅仅是恐惧被群体异化或不容于群体，本质上也是为了融合。所以在抑郁或抑郁症的心理治疗中，如果说导致抑郁的最深层原因是孤独的话，那么孤独的不同层次、不同原因在心理治疗与咨询工作中也要被考虑进去。

除了孤独，另外一种情绪在东西方文化中也有些许不同解读，比如自体心理学非常重视的一种情绪体验：羞愧感。在西方文化中，这种感受主要是由人格面具的演出与内在自我评价相悖的反思带来的；而在东方文化中，人们更多是意识到自己与群体文化不一致导致的羞愧体验，这些都是需要我们细细分辨和体会的。

那么为何在东西方文化差异、人格差异、心理差异的大背景下，西方式的心理治疗与心理咨询还能够在实际层面对东方人的心理产生疗效？这真是一个复杂的问题，目前我还没有一个确切的答案。对此，我联想到，在中国目前的心理治疗与咨询领域，精神分析取向的心理疗法之所以如火如荼地开展并占有相当高的比例，除了客观上精神分析流派进入中国比较早之外，我认为精神分析流派内在的哲学性，即理性、思辨、逻辑，并强调自我，崇尚自由意志的特征暗暗契合了当下中国人内在心理的无意识需要，虽然这种需要也是充满矛盾的，但是，值得去接纳。

后记

这本书缘起于2016年的暑假，我在富春江上行船，一边欣赏两岸湖光山色，一边在一个微信群中聊临床心理，后来不知怎么大家就一起聊到了金庸武侠人物的心理特征，我当时便有了一些灵感。半年后的2017年1月，我写了第一篇金庸武侠人物分析的文章，将它发表在我的个人原创公众号（心狮居正）上。

第一篇文章分析了《射雕英雄传》中郭靖与黄蓉的人物性格及其心理成因与发展，当时并未有系列写作并出版的想法，纯属自娱自乐。之后的几年时间里，每当我在心理咨询工作中偶有所感，并能关联到金庸笔下人物的人格以及心理特点时，我便会撰写一文。这算是对心理咨询工作的一种经验总结，对临床治疗中一些观点的思考。到2021年4月中旬时，我大约零零散散写了24篇人物心理分析。之后这个系列一直停更。直到2023年9月的一天，我突然在网络上得知2024年是金庸先生100周年诞辰的消息，当时突然生出个想法，打算将这个系列在2024年前更新完毕，算是给这个系列画上一个句号，并以此来纪念金庸先生。于是，我在2023年接下来的时间里突然灵感如泉涌，写完了余下的14篇，前后一共38篇金庸武侠人物分析。

济南出版社的姚晓亮编辑作为同样爱好金庸武侠小说与精神分析的朋友，

在 2018 年关注了我的个人公众号，曾经也问过我是否有考虑出版这个系列的意愿，当时我并没有这个想法，于是婉拒了。在 2023 年底，我重新联系了姚编辑并表达了出版意愿，当时心里颇有些不安，没想到姚编辑的热情让我打消了顾虑。于是，在姚编辑与济南出版社的帮助与建议下，我将 38 篇文章进行了一些修改和优化，最终在 2024 年能够出版。

作为一位再过几年就知天命的 70 后，金庸武侠小说以及武侠影视剧是我青少年时期最主要的精神娱乐之一，此外还有二十世纪八九十年代的港台流行歌曲。这两部分深深影响了我个人的方方面面，从人生态度到思考方式，乃至生活与审美。这是鲜明的时代文化给个人留下的印记，会从内在心理到外在表现影响一代甚至几代人。我写金庸武侠人物的心理分析，每一篇都用流行歌曲的歌名或歌词做标题，大多是自然而然地想到，算是一种回顾，一种纪念，一种祭奠：回顾自己一路在临床心理咨询中的工作，纪念我心中的精神父亲金庸先生，祭奠已经逝去的青春岁月。

本书能够出版要感谢济南出版社与姚晓亮编辑的大力支持与协助。感谢我在心理咨询路上遇到过的诸多良师，如中德班的仇剑崟老师、李小龙老师等中方与德方教员，带我入门精神分析的薛伟老师、邹政老师；感谢学习路上遇到的心理学同道们；最后也要感谢我的家人，尤其是我的爱人 Lisa 蒋对我一直以来的支持。

2024 年 1 月 18 日于上海